U0857260

江西文化艺术基金资助项目

# 当代女作家散论

宋庆梅 尹子仪 著

**图书在版编目（CIP）数据**

当代女作家散论 / 宋庆梅, 尹子仪著. -- 南昌 : 百花洲文艺出版社, 2025. 1.

ISBN 978-7-5500-5784-5

Ⅰ. I206.7

中国国家版本馆CIP数据核字第20243BG370号

当代女作家散论

DANGDAI NÜ ZUOJIA SANLUN

宋庆梅　尹子仪　著

出 版 人　陈　波
责任编辑　陈昕煜
书籍设计　朱嘉琪
制　　作　周璐敏
出版发行　百花洲文艺出版社
社　　址　南昌市红谷滩区世贸路898号博能中心一期A座20楼
邮　　编　330038
经　　销　全国新华书店
印　　刷　江西润达印务有限公司
开　　本　787 mm × 1092 mm　1/16　　印张　12
版　　次　2025年1月第1版
印　　次　2025年1月第1次印刷
字　　数　170千字
书　　号　ISBN 978-7-5500-5784-5
定　　价　49.00元

赣版权登字 05-2024-350



邮购联系 0791-86895108

网址 http://www.bhzwy.com

图书若有印装错误，影响阅读，可与承印厂联系调换。

# 目录

# 解读残雪——以《突围表演》为例

女作家残雪对于一般的读者来说可能不是那么熟悉。她的笔下没有大部分女性作家文字中特有的“暖”的人文关怀，给人一种怀旧的、物化成发黄的老照片式的不愿脱身的沉醉。反之，她是以绕开“温情”的人文关怀的态度来写作的。这与以平凡史诗为对象来写作的严歌苓、与以拔高的典型故事来作为写作素材的李碧华、以“呓语”式的独白来写作的陈染或是以“琐语”式写作的池莉都不同。



上述的其他女作家都可归类为传统的类型，她们是坚持中国本位的现实主义立场写作的典型代表。而残雪的文字是现代主义的，是先锋性的。她是在否定现实主义的人文关怀的过程中，同时反推她所认为的现代主义的人文关怀。既然是现代主义，那么在现代主义这种等同于夸张变形、晦涩难懂的文学语境下，残雪的文字注定只属于所谓的高精尖领域的读者。说得精准一点，在这些高精尖读者中还要去掉很多诸如上文所述的“坚持中国文学本位”的专家学者，而被去除掉的这部分专家学者占据了中国学术圈的话语主导权。所以残雪才会用一种“画地为牢”的方式将自己隐居起来，她在中国文坛的身份和地位也才会出现一种走向世界而本土影响力却处于一种尴尬的境地。

在残雪看来，中国的文坛现今正处于一种颓靡的态势。而这种态势发生的缘由与中国当代文坛的生态环境似乎有着莫大的关系。她敢对王安忆作品中的怀旧进行批判，却对卫慧、棉棉等“新生代”女作家怀有一种隐约的赞赏之意。她认为，中国的文学要善于向西方学习和借鉴，中西结合，扬长避短，中国的文学才会有希望。

“当代文学有没有希望，同我们接受西方文化，向西方经典学习的程度是同步的。”[1]她认为先要有追随，然后才会有所超越。她的文学态度，在许多人看来是激进的，是不认同的。但是，激进也有它的缘由所在。我不敢说残雪那近乎于偏执的文学态度一定对当代文坛的走向有百分之百的裨益，但我们不妨在文学领域中切割一块“试验田”，在小范围领域中实践残雪的文学观点。但即使这个小范围的试验田卓有成效，我们也不应该把它大范围推广实现全方位的覆盖，不然我们就会犯民族虚无主义的错误。

或许，我们可以从社会主义市场经济的成功案例中得到启发，在西与中之间寻找一个黄金比例，一个好的契合点，在坚持民族本位的同时取其精华，将立场贯彻到底，将除却了立场这一意识形态的东西的优质层面融化在既有的立场之间。



改革开放后大量西方小说与哲学思潮的引进，将她的眼界打开了。我想，残雪这样全身心地推崇西方的观念和思潮不光是西方的这些东西所具有的固有魅力与哥哥邓晓芒对她的影响，如果结合她的生活经历和家庭背景来看，这似乎又可以解读为一种受创后的离经叛道。

残雪在将哲学贯穿文学的鞭挞式写作中进行一种自我麻醉，从而将自己武装起来，成为鲁迅式的批判者与先驱者。她在揭露“丑”的过程中试图进化人性，而在人类的未来中又尽可能地回避“丑”。她采取的方式不是温和的，而是一种辛辣的不留情面的，所以在我们的直观感受中只感受到整体递进式的这一面。比如残雪的代表作《突围表演》就是一个很好的例子——现代主义、奇异怪诞、嬉笑怒骂，折射出的却是彻骨的悲凉。

“在写作追求上，《突围表演》开始抛开一种实体感，她把那种实体的结构变得漂移不定，本来就很微妙的情节变得更加脆弱，语言变得单纯和统一，语言内部或简略或无限地烦琐、拉长。叙事方式、结构、句子，突破或肢解了传统的阅读习惯、审美情趣，包括长期形成的思维定式。她试图确立一种

---

① 残雪.残雪文学观［M］.桂林：广西师范大学出版社，2007.

新的语言空间和文本结构的概念。总之，她要创作出来的是一个非常奇妙的作品。”①

《突围表演》与传统小说不同的一个方面在于，它不是采取小说中传统的叙事方式写作，它没有开端、发展、高潮、结局这一连串的惯常的已经形成的顺接式的递进过程，而是用了一百多页的篇幅进行立传式的集中错开的描写，其中描写的对象包括X女士、Q男士、同行女士、寡妇、X女士的丈夫以及煤场小伙等多个人物形象，而这些人物形象的重点描述却又是那样的令人发笑。为什么令人发笑？因为它不真实。其实有很多故事都是不真实的，像神话传说、玄幻故事等，但这类作品却不会令人发笑。可见不真实只是令人发笑的一个原因。

真实的故事同样也可能会令人发笑，但这种令人发笑的缘由只是一个短暂的整体性的令人发笑的片段。当然，若干个令人发笑的片段在现实生活中也同样存在，但它们之间必须有间隔，像波浪状的起伏，它有峰尖和谷点。若是这种令人发笑的片段是持续性的，那只能解释为一种虚构。因为真实的人生与周遭发生的关系中的可笑成分只占所有成分中的一小部分，还有一些诸如同情、怅惘、悲伤、郁结、愤怒等成分的存在。这些成分与可笑呈现一种交替出现的状态。但这种交替的方式在每个个体身上存在着差异，这与他们的意念、生活环境与家庭背景有着密不可分的关系。也正是因为这些因素的差异性造成的个体的差异性，才会出现每个个体独一无二的人生，才会有小说人物的独特性格的塑造，小说也才会有生命，才会有内蕴，才会有一种可读性。而神话传说、玄幻故事的不真实之所以不会令人发笑在于它们的叙述方式与残雪《突围表演》的叙述方式不同，甚至说有着很大的差异。前者的叙述方式是一种人们已经熟知的、耳濡目染的不寻常，它们的叙述轨迹都是在现实的基础之上进行一种拔高。而这种拔高往往又是宏大而又绚丽的，是经过了华丽的、流光溢彩的包装的，自然不会令人发笑。它们是“新瓶装旧酒”，在阅读它们的过程当中，读者往往以一种严肃的、直向的思维方式来思考其中的深刻含义；而后



① 卓今.残雪研究［M］.长沙：湖南文艺出版社，2012.

者则是在感官的愉悦之后产生的一种思考，它需要转变方向而后再进行推理，它相对于前者来说增加了一个环节，而这个环节往往会对全体读者产生一种包容性。

这种包容性体现在对不具备理解深层次方面的读者来说具有一种灵活性，它可以在最浅的层次中带给读者一种肤浅的愉悦。而对于深层次理解程度的读者来说，它具备一种伸缩性，他们可以透过这可笑的外表来形成一个转向从而发现残雪真正想要表达的东西。它就像是一个弯道，它会去筛选读者，对于那些不愿意或者没有能力走下去的读者来说他们所看到的只是一种看似近在咫尺实则山高水远的一段距离。

再者，《突围表演》令人发笑的缘由还在于它是通过平凡人在平凡背景中所联合构成的一种交融所造成的。更为重要的是，这些平凡人所做出的行为动作又是极其不平凡的。例如：X女士强大的号召力，X女士的丈夫的那种异于常人的处变不惊，煤场小伙的惊人的性对象的臆想的迁移力以及寡妇的强烈的胜负欲都是如此。正是这种反差造就了荒诞，正是这种荒诞令人发笑。所谓的“抛开一种实体感”正在于此。

五香街中的人们总是不能很好地脚踏实地，过一种日出而作日落而息的安稳的日子。他们非常容易被X女士等人所召集并且不惜放下手中的活而被X女士给他们制造的独特的性欲所吸引。他们似乎回到了原始的群居生活，过着一种紊乱的、失却了条理的狂欢化的生活。这一切的一切，仿佛在做一场梦。残雪在小说中扮演着一种造梦者的角色。残雪也从没有在小说当中交代他们为什么这样做，他们这样做的心理状态是什么，他们这样做又会带来什么后果。但在阅读《突围表演》的过程中，我们可以隐隐发现有无数条透明的线在支配着五香街的群众，他们就像是提线木偶一般在既定的轨迹，在操纵者的创造性中过活。

故事中似乎只有X女士等几个有名有姓的主角被赋予了活生生的人物性格，他们与五香街群众的操纵者之间产生了一种亦敌亦友的关系。他们之间时而抗衡，时而友好，但这位操纵者虽然有时会降格成为X女士的附属品，却在关键时候总是表现出一种独立性，像是从容易上瘾的东西中猛地抽身出来一般，他明白自己只是想玩玩X女士，在玩腻了之后便会让她与五香街的居民同化从而变成自己的傀儡。而X女士等人一直在与这个操纵者抗衡，或者说在做一种无谓的抗衡。他们之间就像是猎人与猎物之间的关系，而猎人只是在吃掉猎物之前玩弄猎物，可猎物还在不自知的情况下做一种无谓的挣扎。这个操纵者的身份是多义的，我们可以理解为群众行为，也可以理解为其他，这就是所谓的“没有实体感”，这种“实体感”是指一种人为的操纵轨迹替代了群众之间约定俗成的秩序，没有了实体感，与实体感相对应的同样实体的情节就会变得更加脆弱，更何况《突围表演》中所展示的情节是极端的隐晦与含而不露，它需要读者自己去捋清情节。所以说，这部小说是可以把它转化成通常体例的小说，但是这项工程是毫无意义而又艰难的，它会减损原作的艺术魅力，使得这种不同叙述方式下的作品显得平庸。

就前文而论，人们大多会去思索，所谓的故事情节没有了实体的庇佑又怎样才能取信于人？情节苍白得摇摇欲坠又怎样能支撑住小说的框架？其实，高明的作者如残雪完全可以做到两全。她借鉴意识流的手法而本身不等同于意识流。她像是一个伟大的建筑师，用最少的房梁建造最稳固的建筑。在稳固的基础上，她还达到了独特的形体美。



接下来我要分析的是残雪作品中的语言。我发现残雪作品中的语言有着一种统一性，或者说是规整之美。这种规整之美不是一种审美，而是一种给读者的适应之感。不论是X女士还是煤场小伙的语言，总是有内在的遣词造句的一致性。也就是说，残雪作品中随意挑选的一个人物，稍有敏感度的人们就可以一眼看出：这是属于《突围表演》中的人物，他们具有一种很明显的标签化特征。或者说，这就是作品的一种基调。所有的人物描写，所有的人物语言，所有的场面描写，所有的氛围塑造都有一个共同的源头。

共同的源头这一说法并不等于完全相同，它是一个作者的语体特征，而不是笔力低劣的写手笔下的不同人物的趋同性。像贾平凹、范小青等作家都具有这方面的特性。而残雪在这方面似乎比他们略胜一筹。前者是所有作品的一致性，所有的作品都是一部作品。而残雪则是个体作品中的内部的一致性，如《苍老的浮云》就与《突围表演》作品中的语体有着明显的差异。但是像莎士比亚就可以做到个别作品中个别人物的语体独立性，这又比残雪厉害。

如果说，贾平凹等人有他们自己独特的风格，那么残雪则是具有风格的多样性。至于莎士比亚，他的风格则是变幻莫测的。所以，在风格的技巧性方面，残雪虽与莎士比亚这样的大家有差距，但在中国当代作家之中，是处于一种优势地位的。在这方面，王安忆也有过对风格多样性的尝试，比如她写的《匿名》这部长篇小说。不过很可惜的是，她写得很糟，算是一个不成功的风格的跨界。所以王安忆在写《考工记》时又回到了她所熟悉的写作风格，不同的是她更为克制（具体我会在分析王安忆的章节中进行阐述）。

“具有真正的空灵境界的诗人，将烧煮地狱沥青的火称之为‘神的艺术’——一种人间觅不到的圣火。这些沥青的作用是用来煮熬肉体的，邪恶的肉体在那下面进行着黑暗的舞蹈，一边挣扎一边咒骂，一边感受酷刑的力量，并时刻不忘伺机突破。这是单靠激情达不到的自审，在剿灭一切自怜和伤感的刑罚面前，一定有某种神的力量在起作用，是因为有了她，幽灵们才会在下意识里发挥表演的激情……所以在精神的自由表演中，肉体是提供激情的大本营，这种激情在神圣的召唤下升华为崇高的理念。”①

在《突围表演》中，残雪渴望有这样的“烧煮地狱沥青的火”，但是这仅仅只是一种渴望，永远没有在故事中实现。残雪将这个故事写出来，正是为了让千千万万富有悔罪精神的读者充当这种角色。残雪希望抵达的是一种自我熔炼的境地，也只有自我熔炼才能真正地净化我们所生存的这个充斥着性压抑等因素的污浊不堪的社会。

意识形态批评家阿尔都塞认为国家意识形态统治下的国家暴力机器对人们的约束作用只是被动的、不彻底的。真正的人们的自律与社会的和谐稳定需要人们约定俗成的一种民间的法则，需要舆论的正确导向。不是自己被要求怎么做，而是自己主动怎么做。而这主动又不是一种主观上的“愿意”，而是一种无意识的本能。只有人人都做到这一点，社会才会没有罪恶，才会没有人性中的“恶”的成分，我们的社会才会有一种“自主”的美好。这正是残雪这部作

① 残雪.残雪自选集［M］.海口：海南出版社，2004：640.

品问世之后所希望达到的效果。但这只是一种理想主义，是在现今的社会中不可能实现的，所以残雪才会一直在追寻，一直有隐忧，她将希望寄托于下一代的年轻人，希望他们或者几个连续的下一代能解决她《突围表演》中所存在的问题。

而肉体并不等同于性的泛滥与一哄而上的猎奇。正常的性是可取的，它是人的一种本能要求。但是性的异化是我们需要反对的，例如五香街的群众在一种完全没有缘由的情况下疯狂簇拥X女士，追求X女士，这就是一种半截子的性爱，一种只有现象的性爱。真正的健康的性是能够带来激情的，因为阴阳结合本来就象征着一种和谐，在这和谐的过程之中产生激情的碰撞也是理所应当。只有将肉体与激情相结合才是一种最原初同时也是最健康的关系，这种健康的关系有着积极正向而又深远持久的影响，它能催生一种最高层次的理念，就像是万千激情经过自审下的一种聚合而达到的绝对理念，在这种理念下，人的灵魂才会得到一种升华，人的灵魂的高尚的力量才会在这种理念下得到彰显，所谓的“大同社会”也许就能够实现。但是这一环扣一环的过程之间需要长时间的酝酿，需要时机，需要全体人类的努力。



残雪的《突围表演》出版时改名成了《五香街》，我相信大部分的读者都会认为前者更好，而后者更带有一种市井的亲切之感。

“《突围表演》是残雪的第一个长篇。它既是五香街众多人物的突围表演，也是作家在小说体裁上的突围表演，同时更是作家个人精神层次上的突围表演。”[①]五香街众多人物的突围指的是什么呢？我认为指的是一种超越正常行为方式的“突围”。他们通过一种怪诞的行为方式、怪诞的心理状态来进行一种“突围式的解放”，但是这种所谓的“解放”是一种开倒车的行动，是一种逆行的解放。可他们并不关心解放是否“正向”这个问题，他们关注的只是一种形式，就像是做给别人看的一种炫耀。这就有点类似于流芳百世和臭名远扬之间的关系，同是出名，方式不同，最后得到的效果也会不同。五香街的人们难道就一点也不关心这个所谓的效果吗？他们还真的就不关心。

---

① 卓今.残雪研究［M］.长沙：湖南文艺出版社，2012.

将《突围表演》通篇读下来我们会发现：五香街就像是一个与外界隔绝、遗世独立而有着自己的一套运行体系的街道。残雪从来没有写里面的人走出去或是在X女士及其丈夫进来后外界的人走进来的情节。就算是最后写的五香街的群众选取X女士做代表也只是稍稍暗示五香街未曾搞过分裂。但是除了这一点点推理性质的暗示之外，对外界的描写几乎为零，对外界与五香街的沟通而造成的互相影响的描写几乎为零。残雪这样描写的用意有二：一是营造一种“反世外桃源”的情境，谋求一种独立的写作空间。在这一点上与王安忆的小说《天香》有着相似之处；二是突出五香街居民的精神落后的原因在于与外界的不接触。

这种与外界不接触的独立所造成的结果只有三种：一是利用自身得天独厚的环境发展出辉煌灿烂的精神文明。但显然，五香街并不具备这种得天独厚的环境；二是保持民风的淳朴，就像是陶渊明《桃花源记》中所营造出来的桃花源。但为什么五香街的人们就不能形成这种精神气质呢？究其根本还是在于五香街与外界不是绝对的封闭，而这打开的看外界的小口往往又是有选择性的只能看到一种病态的存在；三是导致一种落后于外界精神文明的麻木和愚昧，像是清朝闭关锁国所带来的狂妄自大。五香街就是这一类型。

从客观上来说，五香街是残雪的一种夸张和变形的产物。五香街中各式各类人物的丑陋以及他们之间的弱肉强食都是剥离人性复杂性的一种提纯，再对这种提纯的产物进行一种放大。所以说，虽然现实中的人不可能像五香街的群众一般有一种全方位的百分之百的丑陋，但是在人类的兽性占据主导地位的时候，我们依旧如此渴望“性”。当我们的人性异化的时候，我们也会参与群众暴力。残雪在《突围表演》中让我们不能逃避地直面着人性中赤裸裸的肮脏的一面，就像一具腐尸，是每个人不愿见到而又必须经历的一种状态。至于什么叫“作家在体裁上的突围表演”，我在前文已有阐释，在这里就不再赘述。而“作家个人精神层次上的突围表演”，则指的是作家精神广度与深度的一种拓展与加深。《突围表演》与《苍老的浮云》《黄泥街》等作品完全体现出作者不同的两种精神深度。这种精神深度不是随着作家年龄的增长而加深，它就像我前文所说的需要一个契机，需要一个导火线，需要某种“顿悟”式的体验。

残雪在《突围表演》中完全站立在一个显性的先锋位置，她将自己成套艰深的哲学思想与日常式的关于围绕“性”等话题的感悟通过笔下人物神经质式的呓语以及大篇的议论来体现。它存在一种隐喻，但这种隐喻是哲学上的，是一种文本的隐喻，尤其凸显为一种人物融化在情境之中的浑然天成的隐喻。我们通常所认为的“小说”，一种是以故事情节、人物形象等来展开的主流小说，另一种则是以议论的方式串联情节而形成的不能被称为主流的小说。残雪明显是属于后者。

这种小说形式的转变需要“作者精神层次上的突围表演”，也对应着“作者精神层次上的突围表演”。我们看西方现代主义小说，以意识流为例，像乔伊斯、伍尔夫、普鲁斯特等人难道不知道如何写现实主义、浪漫主义、古典主义小说吗？他们懂，他们只是认为这些方式无法表达他们深邃的思想，因此想进行一种忤逆，所以他们选择了意识流，选择了这一在当时看来崭新的体式，在这崭新的体式所包含的同等量的文字中表达出甚于传统方式的深邃的精神内涵，而这种精神内涵往往比哲学、人类学等更为抽象、更需要与逻辑思维的学科相联系，残雪在写《突围表演》也同样是在走上述作家们的创新式的轨迹路线。但她又与这些作家不一样，她的《突围表演》是属于现代主义的，但是我们却不能将它细化。



如果可以将这部伟大的小说细化到某一个小派别之中，残雪也不能称为一个小说革新家，她也不能被称为先锋派作家的代表人物。而《突围表演》这一书名在再版的时候被改为《五香街》，我认为是一种降格。

所谓的“五香街”，只是一个地名的指代，而“五香”二字也没有特别的象征意义。如果硬要说出“五香街”这个题目的好处，可能就是在于它的大众化与通俗化。一般的读者看到“突围表演”这个给人以陌生化、反常化的标题，不可避免地会产生一种畏惧的情绪，这会带给他们一种延长化的理解，而大多数的普通读者没有能力做出明晰的延长化理解，反而会越去试图理解越觉得糊涂，最后产生一种畏难的情绪而放弃购买这本书。读者在看到这个书名时的心理正像是看到诸如《判断力批判》，拉康、黑格尔等带有艰涩化标签的人名和书名时一样。而“五香街”这个书名则明白晓畅，人们似乎还能在这个书名当中自然而然地联想到一些有趣的故事，于是便毫不犹豫地将它买下来。等到真的翻开书看，发现也确实十分有趣，便会产生一种内容与自身心理相一致的满足感。“五香街”这个书名象征着小说内容的表面上的、浅层化的方面，而“突围表演”这个书名则是象征着深层次的东西。

对于普通读者来说，书名与小说内容形成了一种不协调的反差，这样的书名是不成功的，所以出版社可能是考虑到了这方面的因素，为了销量与利润，便采取了这种迎合式的改名。事实上，改了书名之后的《突围表演》确实比以前更好卖了。从《突围表演》改名这一事例当中，我们又可以思索，在销量与质量面前该怎样取舍？我认为，虽然换标题这一行为是一种对于书的质量埋解上的一个败笔，但同时这一做法在客观上会吸引更多的读者去阅读这部伟大的作品。即使他们阅读的方式是粗浅的，但是他们的人生阅历会在时间的打磨之下弥补他们文化理解水平的缺失，这对于他们的一生会大有裨益。



可能在他们活到了一定年纪之后会幡然醒悟，原来早些年看到的《突围表演》不仅仅是一部滑稽小说，在其中还蕴含着多么深广的内容啊。而书名的更换对内容的审美的影响有限，在这样大的警醒面前它应当为此而牺牲自己的利益。

“性的观念和态度问题是五香街居民为之兴奋的核心所在。五香街的代表人物——寡妇，她始终生活在对性的热烈渴望和不屑一顾的矛盾之中，她身体丰满，招男人喜爱。在街上她还故意搔首弄姿、招蜂引蝶。一些男人被她挑逗得夜夜去叩她的窗棂擂她的门，她却表现出一副贞夫烈妇的姿态来。她从不给男人真正的实惠。男人们对她的热切渴望和欲火焚烧的样子才令她感到畅快无比。”①

在我看来，寡妇是一个变相的“艺妓”，她用自己的美貌与风情博得男人的捧场，但任何男人都必须因此遭受“只可远观，不可亵玩”的痛苦。从深层次来看，寡妇是个极其聪明的人，她懂得求而不得所造成的躁动的持久性。如果将身子轻易地给了那些男人，所谓的强烈的渴慕便会世俗化成了一种桃色

---

① 卓今.残雪评传［M］.长沙：湖南文艺出版社，2008.

交易。而一旦成为了一种桃色交易，原先寡妇在男人当中所占据的绝对主导性就会错位而变成男人的主导性，这样一来寡妇是十分悲惨的，她就像是金字塔顶层那尖尖的部分。如果她没有保持住自己的操守，那么金字塔就会倒立，她将由众星捧月的地位转而背负着一座大山，所带来的痛苦可想而知，想要保持住这一点实属不易。寡妇也是一个正常的女人，她也有自己正常的生理需求，她为了男人的热切渴望和欲火焚烧不惜一直压抑着自己，以自己的美作为代价来换得自己在男人心目中的性方面的冰雪美人的地位。可是她似乎已经骑虎难下，她不得不以牺牲自己为代价来维持自己与众多男人之间的地位的悬殊、主与次的关系。

但是我们在同情寡妇、理解寡妇的“深沉的悲哀”同时，我们也会对寡妇采取一种不屑的态度，认为她是自作自受，因为她的不安分和想要在女人之中出众的好胜心。她是自甘堕落的，她为了获得众多异性投射到自己身上的快感的滋养而舍弃自己本身可以得到的快感，这其实是一种变态的异样的占有欲。



从另一个角度来说，或者从残雪的文字中直接给我们的明示层面上来说，寡妇是个高等的调情者。自己的生理需求可以通过其他方式来获得，她可以借助男人的渴望，并将她转化成为一种自我媾和的动力，这种动力给寡妇带来的快感可能还会大于她与男人直接交合的快感，所以寡妇乐此不疲地一直经营着这项勾当。

如果说我前文的分析还依然是把寡妇当作正常人的前提下的一种人性深层次的推理，那么在后文当中，寡妇已经不再是一个正常人，她是真正的现代主义语境之下的变形的产物。而这种产物，在每个人的身上都有体现。残雪所希冀的，是将潜意识变成无意识，将无意识变成彻底的不存在，这样的社会的畸形的部分才会得到修正甚至是彻底消失。

“X女士与寡妇是一个人的两面，她们看似相去甚远，实则两极相通。”①X女士矜持自守，经营着炒货店，晚上则通过集会为大众排忧解难。她像是一个巫师，一个有着神秘背景的后现代主义大师。她从不去招引男人，

① 卓今.残雪评传［M］.长沙：湖南文艺出版社，2008.

而男人却会自动为她的魅力所吸引。相反，寡妇却要使出浑身解数来勾引五香街中的男人，她是一个主动的存在。寡妇一直在与X女士较劲，与她比赛赢得男人倾慕的魅力，但却总是输给不动声色的X女士。这样看来，她们二人确实是相去甚远的。

正是在这种相去甚远当中，我们将这两个人物拼接组合会发现其实她们就是同一个人当中的互补的两面：X女士的禁欲，寡妇的滥情。只要我们将她们二人组合起来，就会发现这就是一个正常的人。所以残雪在《突围表演》中用的另一个很突出的手法就是人格的撕裂性与片面性。而X女士与寡妇，包括跛足女人、煤场小伙、Q男士等人都是没有具体姓氏的，只是用一个看似生硬的代号来指称他们，更不要说是五香街的广大群众了。在他们出场的时候，残雪总是用一个集体名词来概括他们。这样来描写并不是残雪为了省事，其实恰恰反映了残雪的独特用意：借助现代主义的表达方式不给笔下的人物指名道姓，从而让笔下的人物产生出一种适用对象的广泛性，从而起到含沙射影、以小见大的效果。也就是说，残雪写这部小说，不光是给人们讲一个滑稽荒诞的故事来博取人们的视觉的新鲜感与一点感官层面的笑声，更是要通过这部小说表达出一种全人类层次的人文关怀。





它是放射性的，并不局限于传统小说的特定场景与特定场景所造就的气氛，并不是要表达一种封存的美感。这种封存的美感最杰出的代表是川端康成，他笔下的《雪国》《山音》等都是如此。残雪不同于川端康成，在这一方面她与川端康成的美学追求是背道而驰的。记得残雪曾在一个访谈中说过，日本的文学很好，诸如大江健三郎先生笔下的文学作品,可是它们都体现了东方文学中的缺陷，要弥补这种缺陷整个东方的作家必须向西方学习。我们在残雪的一系列文学评论中看到了残雪所推崇的西方文学大师，诸如卡夫卡、博尔赫斯、但丁、歌德等。残雪吸取了这些文学大师的营养，她的身体力行对西方文学的直接引进或者通过她笔下的小说对西方文学的间接性传入也许能为中国当代文学的发展注入新的力量。

我看残雪的照片所产生的第一印象是她应该是个慈祥的有知识的老太太，应该操着一口字正腔圆的普通话。但是熟悉残雪的读者都知道，她的口语中含有大量的长沙口音。而很多著名的作家普通话似乎都不是很标准。这让我开始思考一个很有意思的话题。像残雪、王安忆这样的前辈作家曾深深地扎根于生活，他们具有地方色彩的普通话是不是也正是他们沧桑岁月与高深文学功底的体现。而现在的年轻作家多是生活在城市之中，他们的普通话说得好，可同时他们的文学方面的才气却远远比不上上述前辈作家。这是不是缺少一种地方性的历练的缘故？他们是不是缺少了那种地域性的经历？而普通话与文学才华之间在一定程度上是不是存在一种悖论？

# 解读王安忆——以《长恨歌》为例

说起王安忆，我们都会认为她是一个非常勤奋的女作家，自从她发表处女作《向前进》就一直笔耕不辍，直到今日称她为著作等身一点也不为过。《小鲍庄》《本次列车终点》等早期作品体现了王安忆的先锋意识，但她后来的作品则更多是在抒写一种情怀，这种情怀多是绵柔式的，逃不出上海式的绵柔，以致很多评论家都认为王安忆只能进行以上海为辐射点的小范围写作，而在这个范围之中又流于琐屑。

《天香》是个世外桃源的故事，同样有着上海的精神气质。《长恨歌》《考工记》更是直接写上海，有所不同的是前者更偏向史诗这一类型，会显得更为讨喜，而后者则是有一种缩减这种宏大的倾向，更偏向于一种内省式的写作。《黄河故道人》写得很诗意，却依旧逃不脱吴侬软语。不论她怎么变，总是万变不离其宗。

我们不应去苛责这种风格化的个体特征，对于一个作家的风格我们不能怀有一种百科全书式的期待，就像我在分析残雪的篇章中所说，那样的作家是极少的。但也不是说百科全书式的风格就一定是最好的，我们看一个作家时总希望能够从她的身上归纳出一些特质来，即所谓的独特性，八面玲珑的作家我们认为她很出色，但失去了个性。

再者，就算一个作家能达到百科全书式的书写，但没有对其进行深度拓展的作家总是会流于泛泛而谈。《匿名》似乎就体现出王安忆试图超越自己文风的尝试，很可惜这种尝试并未成功，她似乎驾驭不了过于偏向雄性的世界，即使在她看来这个世界是充满寓言式的，可普通的读者根本就不买她的账。

王安忆在写这部小说的时候有些向残雪的现代主义方向靠拢，却导致自己在一个不适宜于自己的文学语境中只能写出孤芳自赏的作品。这之后的王安忆充分吸取了教训，她开始懂得自己真正的写作土壤在哪里。接下来我想以《长恨歌》为例向各位解读王安忆。

“小说的时间背景是在1964年至1965年前后。王安忆何以将故事搁在这个时间点，这不是一个无关紧要的问题，也许是作家童年记忆的导入，也许是故事的逻辑本该如此，因为这部作品并非将感时忧国作为内在的叙事目标；另外一种可能就是作者是否有意切断政治暗示性的话语接口，措于一种庸常的生活背景，个性的存在自然产生了放大效果，更显现自主的特征而不是某种与时代风云相联系的命运。”①

王安忆写《富萍》，也许是在凸显一种平静与祥和，但即使如此，我仍然发现王安忆的很多小说都体现出一种与政治的脱节。



《长恨歌》中的女主人公王琦瑶的生命历程是去政治化产物下的绝对私人化。例如，王琦瑶总是过着一种相对的与世隔绝的生活，如果不是小说中充当时代背景的明示性，仅仅充当交代时代背景而不参与到王琦瑶的个人生活的因素在隔一段故事的关口出现，我们都会认为王琦瑶的生命周期是在同一个时代里上演。如果我们忽视这些明示，便会自然而然地会发现人物生命的流动性和时代前进步伐的停滞性之间的悖论关系。这也许是王安忆想要达到的一种效果。

我发现王安忆笔下的很多人物都是在不自觉地随着时代的浪潮随波逐流，并且她们都是处于一种不自觉地将自己紧紧包裹着不去关注时代的生活状态之下。以王琦瑶作例子，王琦瑶去电影厂观赏电影拍片到她当上“上海小姐”，这个转变过程的背景很容易让我们想到是民国时期，可是等到中华人民共和国成立以后王琦瑶开了私人诊所，遇上了严师母、康明逊、萨沙等人的时候，她们之间的言谈举止，她们所处的居住环境包括她们频繁地开派对的种种行为都

① 李庆西.话语之径［M］.上海：复旦大学出版社，2011.

会让人觉得这不是中国。王琦瑶以及她周遭的人似乎都有一种魔力去逃避政治事件与政治风潮。

当然影响还是有的，只不过王安忆在这一方面借鉴了极简主义的表现手法，在王琦瑶的小资生活以及她与众多男人轮换式的感情面前被悄无声息地掩盖。但在改革开放之后，王安忆对王琦瑶的处境式描写发生了转变。王琦瑶开始渐渐地拥有了一种在热闹场中来去自如但又保持着一种自持之心的心境。王安忆十分隐秘地写出了年龄带给王琦瑶的老练，同时还夹杂着一种不愿退出繁华交际场的一种韧性。所以说我们在看这一部分故事的时候会发现王安忆似乎开始注重政治对人的影响了。

但其实这只是一个方面。王安忆在这一部分确实加大了对政治对人以及对人的生活的渗透力度，但更为主要的是在于王安忆充分地把握住了人的年老与政治倾向加强的一种共通性。或者说，在《长恨歌》这部小说中，王安忆将政治在某种程度上的反映等同于年老的感觉。的确，我们会发现王安忆的这种隐性见解有她的合理之处。政治带给普通群众的直观感受是一种遥远的状态，而年老的王琦瑶相对于女儿那一辈的年轻人同样有一种年龄上的自然的凌驾，但我们又会发现老练的政治又是不稳定的，有时竟会以一种狂热的方式表现出来，例如王琦瑶的那种不甘心年老，不甘心退出年轻人的狂欢的心态，但这种不甘和狂欢只是我们分析出来的东西，王琦瑶本身的这种潜意识并没有通过王安忆的笔触直接展现出来，这又可以对应政治狂热的“当局者迷”的特性，而这种所谓的“迷”只是一种共性之中的特性，所谓的大的共性在于王琦瑶在年龄增长的过程当中已经具有了一种无形的政治思考的倾向，她似乎觉得政治这个东西与自己很像。

这种共鸣只是一种影影绰绰的感受，王安忆在表达这种深层次的共鸣的时候依旧没有用直接表述的方式，甚至连一种暗示也没有，她是通过一种隐秘氛围之下的心态共鸣达到的这种小说文气的贯通性。所以说，王安忆在书写改革开放的这段故事的时候不再具有那种与政治的直接的或逃避的关系，就像是在写民国时期的那一部分中的电影导演劝王琦瑶不要参加“上海小姐”的评选而王琦瑶不听一样，这就是一种显性的排斥，到后来她年老时虽然不再具有一种直接让她表明政治的倾向，但其实老年的王琦瑶已经对政治形成了一种认同感。

王安忆用这样一种极其隐晦的方式来彰显出王琦瑶对政治态度的变化过程，从坚决抵抗到心照不宣再到在自身怀旧情绪与政治现实的矛盾之间寻找到心灵的一种相安无事的法门，这其实也在侧面表现出政治对人们润物细无声的滋养作用。所以我前文所说的“与政治的脱节”只是一种普泛式的理解方式。如果我们对王安忆的小说进行更深层次研究的话，会在对故事的整体感知中发现其在阳光的照射之下才显得有迹可循。

那么这种政治暗线在《富萍》中又是怎么体现的呢？这其实表现为一种从始至终的反抗倾向。但这种反抗又不是我们所理解的那么简单。这就是与引文所说的“切断政治暗示性的话语接口”。富萍挣脱出他人操纵自己命运的成规，用自己的不懈努力来赢得属于自己奋斗出来的人生。而他人为什么试图操纵富萍的命运？这就是政治时代背景的产物。所以将“反强权”扩大来看其实就是一种反抗的体现。



“作者将创作的视野重新回置到上海风情的描绘。王安忆立足于上海的小情调，有意从低处着眼，对人物也作低调处理，以一种平缓、慵懒的气氛开场，显出作者的从容。”[①]“年轻时特别喜欢色彩强烈的醒目、奇峻的东西，现在人到中年，慢慢安静下来，喜欢蕴含很深的戏剧性，不是表面的，从前未必看得到，在底部的像潜流的东西。看上去特别安静，但里面有一种演变动力，由很小的东西一点一点积累起来，最后形成一个大动作。”[②]

王安忆以一种别开生面的方式开始了《长恨歌》的写作。她不急于开门见山、直奔主题，在她的作品中很少看到这么直接的切入故事的方式。她总是习惯一种不疾不徐的预热式的慢节奏，而这种慢节奏一直持续到整本书。即使是《长恨歌》的结尾王琦瑶被长脚杀害，王安忆也是描写得这么离奇梦幻。所以说在她的小说中看不到我们在传统小说中的开端发展高潮结局的惯性写作

---

① 姜燕.中国现当代女性作家作品研究［M］.长春：吉林人民出版社，2016.

② 王安忆.王安忆说［M］.长沙：湖南文艺出版社，2003.

方式。

《长恨歌》中的物哀式的唯美高潮是与结尾联系在一起的。王安忆的《长恨歌》多是一种絮聒式的拉家常式的描写，这很像是散文。但这种小说散文化的倾向只是体现在故事的节奏方面，小说中该有的情节、人物等因素它一概不少，反而超额完成了任务。王安忆的这种预热式慢节奏表现为开头的大量篇幅的景物铺排式描写以及人物出场的铺垫式、渐变式的自然流转。她写弄堂、鸽子，写许许多多的物象却一点也没有并列式的排比所造成的那种宏大的气象，相反它所形成的是一种精致绣品织成过程中的一针一线，我甚至可以看到它的针脚的细密。为什么会这样？因为王安忆用的是一种繁复的笔调来写《长恨歌》。

我们通常所认为的排比段的作用是增加气势，可那只是针对粗犷的语言组织方式而言。繁复的语言组织方式所构成的排比段会带给读者一种完全不同的感受。王安忆发现了这一创作原理，她也敢于去实践，最后使《长恨歌》成为经典，也形成了她自己的独特风格。而正如引文所说王安忆的繁复是从低处着眼，然后再从低处开始形成一种垒砌的作用，从而在制造好整体风格的前提下不断建造出这个史诗般的故事。所以说我认为《长恨歌》这个故事的格局不是在于她反映时代的高层次的深广，而在于一种小说主人公的人生广度与深度的深广性。

接着说道上海风情在《长恨歌》中的体现。在这部小说中，不论是拉家常式的时光慵懒式的徐徐道来的写作手法还是对景物、服饰、建筑、整体氛围的描绘抑或对人物的神情姿态外貌的勾勒无一例外都显现出一股浓郁的“小家子气”的“颓靡之美”。

在这里，我尤其想分析一下《长恨歌》中的男性形象。程先生一直单恋着王琦瑶，在民国时期作为一个摄影师本身就具有一种十足的摩登气派，可想而知他的薪水不低，人又是那么英俊潇洒。时过境迁，王琦瑶对他一直保持着一种接近朋友的关系，或者说王琦瑶对他是有过爱恋的，她也许曾把他当作自己恋爱中不确定轨迹的一种后备的未雨绸缪的慰藉，为什么如此？这就在于男女之间的感觉的互通性。就算是没有李主任在王琦瑶生命中刹那闪过的经历，王琦瑶可能永远不会在主观上与程先生相结合。

就像我上文说的，在一种情爱极端困窘的情形下，她才会停下她前行的步伐，她会后退数步，以一种看过世间百态的心境回到程先生身边。所以说，程先生在王琦瑶从未有过实在的爱情经历之前，他永远不可能得到王琦瑶，可是程先生依旧是王琦瑶生命中不可替代的存在，他是王琦瑶感情部分被动的单方面的启蒙者。在王琦瑶已经有过了几段感情的淘洗之后，他们再次相逢。

在这时，他们的人生已经处于沧海桑田的变化过程的某个阶段之中，还不知道自己的归宿是什么，他们的相遇只是在渐变过程中的相遇。他们有一种人们预期得到的故知重逢的感觉，这种故知重逢拉近了他们之间的距离，但是离恋人之间的距离却还有一条巨大的鸿沟。这就像是两个极端。

我们在小说中的叙述之间可以看到，程先生无微不至地照顾着王琦瑶但却从来不在她家过夜，他们之间恪守着“发乎情，止于礼”的准则。如果程先生主动一些不再纠结于君子之风他是不是早就得到了王琦瑶呢？这就是程先生的特性：斯文儒雅中带着一份不逾矩的软弱。再看与王琦瑶有过直接肌肤之亲的另一个男人康明逊，他身上依旧有着那种阴性化的男人的特质。在与王琦瑶交合致使她有了身孕之后，他选择了逃避。他是不忍的，但他无法明媒正娶王琦瑶，以至王琦瑶去引诱萨沙，将肚子里的孩子嫁祸成为他的骨肉。这样的男人用今天的话来说是“渣”，但是我们却对他恨不起来。一旦想到他年轻俊美的面容，他的潺潺泪水，他的无助式的哀怜与他孱弱的身躯，无论是谁都会心生一种保护欲。



王琦瑶也是不例外的，她要保护自己爱的男人，即使在后文的故事发展中这种爱已经变成了一种无言的沉默。她也要保护自己的孩子，想要给自己的孩子生生地牵绊住萨沙这样一个假想中的父亲。即使她失败了，她要面对一个女人独自抚养孩子的漫长的艰苦，但在犹豫再三之后她还是选择留住了孩子。

王琦瑶对康明逊就好像世人对待光源氏一样。光源氏即使再怎么拈花惹草世人对待他依旧是有一种仰望式的怜惜。有的时候姣好的容貌与高雅的气质确实可以掩盖住人身上的缺陷。而在王安忆的这些叙述之中，我们可以看到在充满了烟火气的上海人心绪的流动，我们可以发掘出上海的繁华表象背后的悲凉。同时我们也可以看到王安忆潜在的悲悯情怀。

我发现书写上海写得入木三分都会产生一种命运的漂泊感，张爱玲的小说是如此，王安忆书写上海系列的小说也是如此，金宇澄的《繁花》依旧如此。上海市民小说构成的海派的深刻性给人以一种迷离而无所适从的感觉，只余下一种久久浸淫其中的悲哀。而像京味小说、以池莉为代表的以武汉为背景的小说则不似海派小说一般给人以一种层层剥开式的苦涩，它们给人的是一种直接的震撼式的重锤，有一种振聋发聩式的效果。

《长恨歌》是王安忆年轻的趣味发展到中年偏好之间的一个过渡阶段。其中有大量色彩强烈的、醒目的、奇峻的东西，这些东西就像是浓妆艳抹的美人给人一种视觉上的震撼，我们会惊讶于王安忆的词汇量之大，更会惊讶于王安忆是如何将这些强烈陌生化的词汇组成一个序列，像是见缝插针一般丝丝入扣。这种丝丝入扣的贴切性丝毫不会让我们觉得是在堆砌辞藻，只会让我们感叹中华语言的魅力与作者王安忆的写作技术的高超。而内蕴很深的、底部潜流式的戏剧性又表现在哪里呢？

从表面上看来，王安忆的这部小说不具有很明显的戏剧性，一切都是家长里短、水到渠成。但如果我们细细研究的话会发现其中还是有一些突兀的不合常理的戏剧性，最突出的就是王琦瑶在故事的尾声时“意外”地被混混长脚杀死。这种所谓的意外是令读者想不到的，但又印证了那句老话“既在意料之外，又在情理之中”。它突兀，但不会让人感觉无厘头，谁又能想到李主任留给王琦瑶的金条最后会成为王琦瑶碧落黄泉的导火索呢？而这金条又一直是王琦瑶视为后备物资的使她安心的存在。

王安忆善于从人们熟知的物象中延展开来，以一种超出人们期待视野的方式展现出戏剧性。这种戏剧性正印证了她所说的“内蕴很深、底部潜流”。换一种说法，王安忆的戏剧性都是可以向反方向顺藤摸瓜的。再比如说程先生之死。谁又想到程先生会死？但我们从故事描写的氛围与程先生这些年来遭受的苦难来看这一切似乎又是顺理成章的。

我认为，王安忆在处理程先生之死的时候比她处理王琦瑶之死处理得更好。程先生之死的原因是一个意识流般的存在，是一个经历式的存在，它不像王琦瑶之死的缘由那样仅仅凝固在一个具体的东西身上，也就是说程先生之死比王琦瑶之死处理得更为厚重更有内蕴。但是王安忆这样处理王琦瑶的死，换一种角度来说又可以体现为一种世事无常的深刻。正是这种不与自己应有的死亡方式相对等的死亡反而更能激起一种戏剧性。这一处理方式虽然打破了王安忆对自己写作的审美期待，但这种戏剧性不是潜流式的，它的内蕴很深。

综合这两个示例来看，我们会发现王安忆有着多样的小说戏剧性的表现方式。而后者似乎是《长恨歌》中的一个异数。萨沙的离开，康明逊渐渐在王琦瑶生活中的隐退都体现的是前者的戏剧性。前者所提到的戏剧性与人物水到渠成的命运又有一种相似性，但它们又有着本质的区别。萨沙的离开与康明逊的隐退是有一种戏剧性，但更多的还是水到渠成，就像是一个整体中不同因素的占比，只要这些因素没有过于渺小或是过于宏大，它们其实对整体的向前或向后的推动都贡献出了自己的一份力量，而不是一种“无”或是全部囊括式的力量。



“女性需要的是：贴近但有距离，和谐但有冲突能力，团结但能孤独。”[1]王琦瑶十分充分地满足了这种需要并拥有着这种需要。王琦瑶是个表面上合群的人，刚刚和她接触不久的人都会有这种直观的感受，甚至是与她接触了很长一段时间的人倘若没有一颗敏锐的洞悉人心的感知力都会被这种表象所蒙蔽。她能接受乌泱泱的一大帮子人在自己家里开派对。我们通常只能看到派对进行中的欢愉，却似乎都忽视了派对结束之后留下来的狼藉。难于打扫卫生是一方面，从这方面也可以看出王琦瑶即使愿意自己累一点也需要人群的滋养。她尤其喜欢年轻人，在自己年轻的时候，年轻人体现为与自己同辈分的人，在自己年老的时候，年轻人则体现为与自己隔了代际的人。但是一般的年轻人与王琦瑶有的只是蜻蜓点水般的情谊，真正能进入王琦瑶的内心的是那类有着时代感的复古的年轻人，在小说中则将这种观念具象化地收缩在老克腊这个人物身上。

王琦瑶为什么喜欢年轻人？我想原因在于她人生的鼎盛时期是在青年时

① E.M.温德尔.女性主义神学景观［M］.上海：生活・读书・新知三联书店，1995.

期，在青年时期她选上了“上海小姐”，成了上海的名人。更让她骄傲的是，她被李主任所包养，成了高官的女人。我在想，王琦瑶所隐隐引以为傲的不在于成了李主任的女人之后她会住着好的房子、过着锦衣玉食的生活，而在于一种传奇化的快感。就像是金屋藏娇一般，她有着历史的如临其境的感觉，她似乎感觉自己是被珍视的昂贵的器物，她过的是一种迥异于家庭妇女生活的彰显女性个人价值的生活。

什么是女性的价值？女性的价值在于她做着丈夫背后的女人，为了整个家庭的生活奉献着雌性的感染力。她想实现女性的价值，但当时的她实现的是一种自私的个人价值。这种个人价值是将自己单纯置于阴阳结合中的“阴”的一方面。她唯一的目的就是更好的壮大象征着“阴”的自己来辅佐着“阳”,来为“阳”的壮大做足助力的工作。当然，她在这一阶段中成功了。她过着一种真正的“女人”而不是“婚姻中的”“家庭中的”女人的生活。她的角色是平面的而不是立体的。立体的东西需要支撑，在当时她完全不需要这种支撑力，也完全找不到那种支撑力。她过的是“妃子”般的生活，而李主任就是她的“皇帝”，同时也是她的主宰。她每日在家闲来无事，便出去逛街打发时间。每天晚上她就在大房子里等着李主任的临幸。可是我们会去想，这样的王琦瑶难道不会有一种深闺怨妇般的难熬吗？当然会有一种怅惘之感，可是这种怅惘在王琦瑶心中还没有达到一种哀怨的高度。





她还太年轻。年轻总是好的，年轻人的思想很单纯，他们不会考虑到中年老年的生活，他们还不具备一种前瞻性，不具备一种预见性，他们总是生活在当前的世界中醉生梦死。即使有的时候他们在欢爱之余产生了烦恼忧愁的情绪，但这种所谓的烦恼忧愁只是感官层面的，它是由事而发的，正恰似古代文论中的“感兴”，它是有实实在在的物象作为载体的，而这种物象只具有暂时性。一旦这种暂时性被其他的东西所覆盖，暂时性就会永远地消失，甚至都不能成为一种回忆，更不要说作为主体的王琦瑶会去主动追忆。可是一旦等王琦瑶的年岁渐长，等她与李主任的相处时光像梦一般烟消云散时，她开始过着脚踏实地的生活，她就要领略这种难熬了。金条是李主任和她交往过程的一个有力的确证，她时时提醒着王琦瑶那段时光是真实存在的，所以说金条的作用还在于它是梦境与现实的一个衔接点。

在现实中，王琦瑶的一生都没有那种正常的“立体”般的新生家庭的生活。少女时期一度想逃避的东西在中老年的王琦瑶看来竟成了一种奢望，而这种奢望贯穿了王琦瑶的后半生。但是王安忆并没有直接表现出这种奢望，她是以一种对人物的隐性心理描绘来暗示。从李主任、程先生到康明逊、萨沙再到老克腊，这些在王琦瑶的生命中留下印记的男人都只是王琦瑶生命中的过客，他们满足不了王琦瑶渺小的“奢望”，以至于王琦瑶对新生家庭已经由一种向往转变成了一种平和。作为后代的女儿也只是男人血脉的延续，她只是男人的附属品。再度失去了男人关怀的时候，女儿只是一个工具，是王琦瑶用来睹物思人的工具。从王安忆的叙述当中我们可以看到，王琦瑶为了挽回老克腊，将他永远地拴在自己的身边，不惜用李主任给自己的金条来诱惑他。王琦瑶真的不是那么刚强的女人，一旦遇到了男人，她再也不是那个独自将女儿拉扯大的崇高女性形象。她只是一个小女人，一个需要依靠男人的女人。收拾派对过后的残席，不是一种身心上的疲累，而是一种人去楼空彻骨的悲凉。想想看，前一刻还因为人气足而显得热气腾腾的家突然之间变得寥落，乱糟糟的屋子里又让人无法回避地彰显出客来客去的这样一个动态的过程，收拾狼藉的同时何尝不是在努力地平复自己的心绪？



这是一个努力克制的过程，是心脏抽动的悲凉。如果说没有客人来访自己独自守着空寂的屋子，那种持续性的低谷的状态还不会如此的痛苦，可一旦有了这种落差，心中的跌落式的痛苦可想而知。而这种痛苦又会滋生出一种渴望，所以王琦瑶才会不停地请客，为的就是在这一次次的请客过程中重拾自己阶段式的欢愉。所以我们分析在女儿薇薇长大成人后的王琦瑶的心态变化，就会发现那是像心电图一般的波动。

长期处于心态剧烈波动之中的王琦瑶，就算结局不被长脚杀死，只怕也活不长久，落下个早死的下场。所以从这个角度来看，王安忆设置的王琦瑶的结局不是更有艺术魅力吗？这样的王琦瑶不是更可以延续她“上海小姐”时的风光吗？这样的王琦瑶不是可以更好地为读者所铭记吗？这样的《长恨歌》不是才能更好地成为一部经典的上海传奇吗？王琦瑶的沪上淑媛的标签不是更好地得到了首尾的呼应吗？

王琦瑶是非常想回到自己年轻的时候的。她年轻的时候就是一个未解之谜，她想要她老了的时候依旧能保持自己的未解之谜的标签。她喜欢男人去探索她这个未解之谜，遇到投缘的人她便多将自己的部分谜底透露给他们，碰到不投缘的，她便由着他们抓耳挠腮、急不可耐而做她的“清心寡欲”的玉女。但她无论是对多么熟悉的人依旧有一种紧握最后底牌的神秘的自恃，这就像是引文所说的“距离”。

王琦瑶的母亲不懂得自己女儿的诡秘而幽深的内心，她只是一个普通的从泥土中来的上海小市民。而王琦瑶却有着明星式的高贵的气质，即使这种气质从小并没有得到刻意的培养，它更像是与生俱来的产物。至于程先生，他们之间发乎情、止于礼，就算他们是多年老友，依旧有着非恋爱而不可共通的隔阂。至于康明逊，他和王琦瑶之间在某方面就像是一夜情一般的随意，说来就来，说走就走，见不得台面而只好鬼鬼祟祟。但是他们之间又不同于一夜情，他们之间有一种不可言说的互相理解，他们之间的关系我觉得用一句古诗来概括最为合适——“海内存知己，天涯若比邻”。王琦瑶在后来的日子中最为痛恨的诗句也许就是这一句了。这一句说得轻巧，太过于置身事外，其实正是一种不负责任的表现。再谈到王琦瑶与萨沙，那就更是体现出一种距离了。他们之间除了调笑的愉悦与被调笑的愉悦以及肉体上的关系以外可能只剩下萨沙对王琦瑶的恼羞成怒和单方面的逃避了。他们之间的关系显得那么的空洞无物。接着我们再来谈王琦瑶与老克腊，我觉得他们之间的关系是精简版的王琦瑶与康明逊，他们互相视为知己，但他们没有那种感情上的惺惺相惜，所以老克腊是可以自己选择离开的，而康明逊是被迫离开的。与之相对应的，王琦瑶对康明逊是一种无望的心平气和的爱恋，而对老克腊则像是对待“男宠”般的一种可替代性的挽留。

为什么挽留？因为没有人会对她这样一个老太太有兴趣了。世界已经属于年轻人了，如果有备选对象，王琦瑶可能就比较容易放手。说得通俗一点，王琦瑶只是在找一个相处得舒服、说话投机的青年人，而老克腊这个人物在她挑剔的要求面前是不可错过的，她要生生地拽住他，哪怕是要以自己视为情结的、视为后备物资的金条作为交换对象她也心甘情愿。从上文的分析中看，我们会发现王安忆善于以一种不动声色的方式将人物的心理露出一点点需要人们层层推导的线索，这体现了王安忆非凡的人性捕捉能力。所以很多读者在看王琦瑶和不同男人的感情时只是把它们看成一种“礼拜六”派小说中的茶余饭后的谈资是不对的，认为王安忆写王琦瑶与这么多男人之间的关系是一种啰嗦的重复更是不对的。王安忆这样一个著名作家同样是写男女之间的感情，却蕴含着如此不同的而又深刻的内涵，也可以从侧面反映出王安忆感情的敏锐。

在这方面，她的另一部小说《我爱比尔》同样也体现出了这一点。所以说不同作品之间是个性化的存在，但又存在一种普遍性，这种普遍性是作家笔下永远不会写尽的话题。

最后我想谈的是《长恨歌》中的一段显得很脱俗的情节。那就是王琦瑶回到外婆家时候的描写，特别的清新。王安忆是可以写出唯美的农村的，但这与开头我说的“王安忆逃不出写上海”并不矛盾。王安忆是在用适宜写上海的笔法来写农村，从客观结果看来这种移花接木的写法似乎也是成功的，这也可以看出王安忆文笔的适应能力。

# 解读严歌苓——以《陆犯焉识》为例

严歌苓是个有故事的女人。这一点从她的照片上便可看出，她整个人显得很有气韵，有一种耐人寻味的神秘的美感。所谓文如其人，这在她的一系列小说中得到了充分的体现，这也会让读者滋生出很多幻想，而这种幻想正好与人们的审美相贴合。





《小姨多鹤》中的多鹤身上的坚韧顽强与严歌苓稚拙的理想是一致的，这正是严歌苓本人对女性期待的部分展现。《金陵十三钗》中的女主人公赵玉墨以及《陆犯焉识》中的女主人公冯婉喻等女性人物形象，也都在不同程度上体现了这一点。

严歌苓将自己富有光彩的笔墨都投入到了女性人物的塑造上，即使是在《陆犯焉识》这样一部以男性与政治相结合的作品中，女性的光辉与艺术感染力也同样大于男性。

这种写作姿态是与作家性别同步的，而在大多数情况下这种同步往往就等同于读者的审美取向。女作家与女作家所写出的作品应该同步，男作家与男作家所写出的作品也应该同步，但在男女作家中总是存在着一群跨越性别的书写从而给人们带来一些反差，这种反差所体现出来的具体形式有着很大的区别，我们可以举两个例子来分析：一是迟子建，二是苏童。我们在阅读迟子建的作品时，扑面而来的是一种属于男性的快刀斩乱麻的干练，似乎是一个简朴而又被精心打磨好的模具，没有别出心裁的装潢，甚至可以说一点所谓的“一枝红杏出墙来”文字上的延展性也很难看到，迟子建的作品是专注于文字的纵深之感的，这是典型的男性作家惯有的写作方式，她笔下的男性角色非常典型，是将男性与女性相区别之处书写到一种极致的状态，就连她笔下的女性形象也具有男性身上的某些特征，也可以说是一种“中性”的特征，而且不光是在人物的塑造上，她在对小说氛围的塑造以及对小说场景和景物的描写等方面也同样如此。

在她笔下，一切女性化的极致或女性化的倾向以及与女性化倾向发生联系的东西都很难看到——文弱的书生气质的男子、杨柳依依的明媚春光、两性之间的如胶似漆都不是迟子建所精心描写的对象，她热衷于写一种偏向于“神秘”的现象，例如白茫茫的大雪，例如异族的场景……《额尔古纳河右岸》就是一个很好的例子，她的故事是有她独特的味道的。如果说严歌苓作品的味道是陈酒的醇香，苏童的作品是残春的花香，那么迟子建的作品就是一股金属生锈的气味，它总是以过滤了事物新生的、原初的、茁壮的生命体征而昭示给我们时间的亘古。若将金属生锈与两性对应起来，我想每一个具有人文敏感性的人都会将其与男性相对应而不是女性，所以大多数读者在未曾事先了解过迟子建这个作家时看她的作品总是会将她误以为是位男作家。这种反差给人们带来的效果是惊奇的，但它不会给人们带来沮丧。



我们阅读苏童老师的作品时，同样也会被文字本身所蒙骗从而误以为苏童老师该是个具有病态美的富家公子，可一看苏童老师的真容发现并不如人们的想象一般，这种反差同样会给人们带来一种惊奇，可这与迟子建式的惊奇不同的是，这种惊奇具有一种负面效果，它会给人一种沮丧之感。

接下来我想具体谈谈小说中的延展性问题。具有典型的延展性的小说大多是描写女人的或者是描写具有女性气质的男人的，描写“极端”的男人或者中性抑或与中性相对应的情景是不需要延展性的。那么延展性究竟是什么？我个人认为它部分地表现为一种物象层层联系的延展，比如苏童的小说《妻妾成群》中颂莲由景生发出感情，再由感情延伸到一种朦朦胧胧地对命运的不可捉摸之感；比如王安忆《长恨歌》中对弄堂、鸽子等物象的无尽的联想，但无论这种联想有多远都与原初物象保持着一种相同的感情基调；再比如我们在这里要重点分析的《陆犯焉识》中对陆焉识所做事情的一环扣一环式的描述，这同样是一种联想，只不过是将这种联想现实化了。延展性还需借助各种感官的调动从而保持一种文字上的“编织”效果，这种编织可以是紧张的也可以是漫不经心的，例如苏童的《米》就很好地做到了这一点，它有的时候还需要女性气息在作品中的张扬，张扬到一种深入人心的地步，比如茹志鹃的小说《百合花》。所以说，延展性这个概念所对应的就像前文所提到的浅尝辄止，它像是在一针一线地编织故事，而有些作品却像是在用订书机订作业本似的给人一种有规律的、短促而有力的声响，前者需要眼力和耐心但同时也会存在一种语言惯性，而后者则需要规整和严谨，这也是大致的女性写作和男性写作的区别。

严歌苓是很踏实地遵循这一传统的女作家，在她的每一部作品当中都体现着这种延展性。在《陆犯焉识》中，无论她前期写具有女性倾向的陆焉识、恩娘、冯婉喻等人，还是在后期写本身就偏于雄性本位的陆焉识，她依旧保持着前期写陆焉识延展性的写作方法。



与此同时，严歌苓也很注重人物本身的延展性，比如说冯子烨这个人物，严歌苓在描写他的时候是没有使用延展性的笔法去写的，但这个人物从刚刚在书中出现到他最后一次登场都保持着人物本身的延展性，他和邓指、河北干事等人都是用非延展性的写作方法来抒写的。

“一部小说的成功，在多大程度上取决于它的叙事方法，是个值得讨论的问题。然而不争的是，除了叙事方法之外的其他因素，无不依靠叙事方法来实现它所具有的功能。对于北美华人文学来说，似乎可利用的非叙事因素过于丰富和繁杂了，来自异域的故事总是能够依靠它本有的新鲜特质而吸引住读者的注意力。因此文化主题的彰显和叙事方法的疲弱交互出现的状况，也时常困扰着华语文学的前行脚步。”[①]“在美华新移民女作家中有着不可替代地位的严歌苓则是一位始终如一地维持叙事方法与文化主题等非叙事因素并重的作家。她的大陆新时期文学的底蕴使她的修辞天赋得以张扬，文体意识久而弥强，而她对华人移民历史不断的探索和追究，亦使她的小说充满了厚重的史诗质地和

① 陈晓晖.当代美国华人文学中的“她”写作［M］.北京：中国华侨出版社，2007.

人文考量。”[①]

我认为叙事方法的个人化使用可以对小说的观感与艺术价值产生深刻的影响，不同叙事方法的运用能遮住作家写作方面的瑕疵或者将瑕疵放大。《陆犯焉识》采用了不同于小说惯常运用的叙事方法，《许茂和他的女儿们》是采用一种交替式合并的写作方法。有一部分作家意图在叙事方法上做文章，像《冬天里的春天》就是一个很好的成功的例子，正是因为这种独特的叙事方法的运用给人以一种扑朔迷离的感觉，如同坠入万花筒中，使人产生一种幻美。《陆犯焉识》能采用高难度的“Y”字交替式合并的写作方法本身就需要作家强大的写作功力做支撑，并且需要对故事进行一个宏观的把握，而严歌苓在这方面显然是做足了功课。我们从这种叙事方法中可以直接得出这样一个结论：严歌苓不是那种随着感觉走的想到哪里就写到哪里的作家，这一点与林白、陈染等人不同，后者是以写主观的感受见长，而感受是有方向的，它必定是从开端向四周延伸，所谓的交替式感受是不存在的。这一点也不是新写实主义小说作家的路子，对于他们来说他们的写作是撑不起这种叙事方式的。



也就是说，对于敏感的读者，一看到《陆犯焉识》的写作方式就可以推断出它是适用于大的故事甚至是史诗的，也只有像严歌苓这样的大作家敢去尝试这种新鲜的叙事方式。它需要天赋，同时也需要匠心。它需要谋篇布局而难以一蹴而就。

严歌苓采取这样一种叙事方式给读者很强烈的感觉就是对陆焉识的人生进行的对照。陆焉识的前半生是安逸的，即使有波澜也是柔和的无害的涟漪，而他的中后期却是在艰难中小心翼翼地顺时势而生。这种叙事方法的正常运行脱不开严歌苓笔触的转变。

我认为严歌苓这部小说中的高妙之处在于她很懂得赋予人物不同年龄阶段与不同处境的个性化色彩，而在这种个性化的不同之间又有着一种表现人物的韧性般的共通之处，即使在故事后几章的双线的汇聚之中也是如此。严歌苓没有将这一点藏着掖着，而是在文中几处都明示出来，那就是恩娘评价陆焉识的

① 陈晓晖.当代美国华人文学中“她”写作［M］北京：中国华侨出版社，2007.

“无用”。而这明示的几处又恰恰起到了遥相呼应的作用，成了对照双线与合并线中的点睛之笔。而陆焉识的“无用”当真等同于一无是处吗？从表面上看来，陆焉识的“无用”正像严歌苓所说是他“有用”的伪装。他没有活在这个世界上的精打细算的法门，而是遵循着儒道思想。“儒”被他崭新地诠释为一种息事宁人，“道”则被他诠释为随波逐流。可陆焉识本身若是纯粹的无用便好了，他偏偏有那么一种不与时代合拍的格格不入的“有用”，在他的血液之中流淌着，在本应该“无用”的用处占据着光辉灿烂的明哲保身地位之时倏地蹦出来将他原先的“无用”所积累下来的资本通通付诸东流，除此之外，他往往还附加了冲破自身生活正常秩序的代价。而这被冲破的秩序究竟离原秩序本身有多大的还原难度呢？我们从小说的发展脉络中可以看到，“无用”是给了“有用”许多转圜余地的，例如陆家房子的失而复得等。但陆焉识心底的“有用”是如此的不老实，它仗着自己的在整个人类发展中的先进成分而甘愿做陆焉识与周遭人物命运的摧毁者。陆焉识与婉喻分离，以及入狱与加刑，甚至包括婉喻最后的阿尔茨海默病……不都与这所谓的“有用”有着不可脱离的关系吗？





我觉得可以用这样一个比喻来形容陆焉识的“无用”与“有用”。“无用”是一大片体积大密度小的薄雾，它平整地覆盖在陆焉识的表面，成为陆焉识的一个伪装。但是“有用”就像是密度极大而体积非常之小的一个原子，在人们与陆焉识的普通的交往中难以发现它的存在，因为作为障眼法的“无用”的作用实在是太强大了，以致未曾见识过陆焉识的“有用”的人们必然会被蒙骗，即使疑心这单一而厚度极大的“无用”是否真的如自己眼见一般也难以在大海捞针的过程中找到“有用”的存在。而一旦这“有用”以势如破竹之力冲出之时，陆焉识便已经人格分裂，他所拥有的第二重性格便会支配着他，这一点非常像尼采哲学当中的“超人哲学”。陆焉识暂时的聪明便会消失殆尽，变成了一种愚蠢，可是为了真理而牺牲掉现世真的是一个好的办法吗？高尚的真理总需要这些直面的冲击，它不需要“思路的婉转”。所以说狂热与冲动在特定的场合是与人类永恒的英雄事迹相贯通的，婉转细腻的“无用”不能带来变革，而陆焉识在重大的选择上是属于前者的，所以我认为他是一个英雄般的人物。

我们可以发现这样一个规律，对自己而言聪明的人总是在日常生活的细碎中采取一种“有用”的生活态度，在人生的重大选择中采取一种“无用”的态度；而对全人类而言聪明的人则正好相反。所以说，严歌苓在一种没有任何称赞的文笔之下描写的陆焉识其实表达的正是对陆焉识式人物的讴歌，这是严歌苓在这部小说当中“隐”的方面。那“显”的方面又体现在哪里呢？那就是严歌苓所极力书写的现世的苦难尤其是女人的苦难，这正是所谓英雄行为的代价。所以严歌苓其实在向我们摆出一组矛盾，那就是英雄与反英雄的矛盾。讴歌是隐性的，是需要我们去思忖的，而我们在字里行间当中所看到的其实也就是严歌苓所选择的一个主题：反英雄。反英雄这个主题是作家们所经常讨论的一个话题，它绝不是对英雄的讽刺与恶意抹黑，它只是要让读者看到在光辉壮烈的英雄行为之下有多少人为此付出了代价，又付出了什么样的代价，效果又是如何。



严歌苓不同于邓一光等作家，她会更好地展现出镜子后面的不为人知的东西，除了满足人们的好奇心以外，她的写作也更加地贴近民生，更好地投入到了人们丰富细腻的生活当中。

接下来我想讨论的是关于《陆犯焉识》中的“异域”问题。可能谈起严歌苓小说中的异域色彩最先在读者脑海中浮现的是她的《扶桑》这部小说，因为小说中扶桑的东西方的两段感情实在是过于经典。但其实只要我们细心一点便会发现，这一切可能与严歌苓的经历有关，在她的大多数小说中总是有着异域的成分，只不过表现的程度不同。例如《小姨多鹤》中的女主人多鹤本身就是一个日本女人，她在中国的生活经历总是拔高地显现出不同文化的磨合以至到最后上升到中日两国人民超越国家关系的一种情谊。

再例如在《金陵十二钗》中，异域的战争冲突是作为故事发生的一个大背景。而在《陆犯焉识》中，严歌苓又是将“异域”放在一个怎样的层面来架构故事呢？我个人认为，异域在这部小说当中是作为一个“避难”点来书写的。为什么这么说？比如陆焉识十几岁的时候到国外去留学，他结识了一个外国女学生，而在与这位外国女学生短暂的爱情当中他是不是把她当作自我逃避与冯婉喻婚姻的避难所呢？再比如后来陆焉识将自己的大女儿丹琼托付给陆焉得带到国外去生活，同时陆焉得将自己的儿子彼得托付给陆焉识带到中国来生活，可是这两个孩子的结局是什么样的呢？丹琼在国外健康成长并在国外扎了根，而彼得却受到了大卫·韦的教唆参加革命身陷牢狱之灾以致最后不得已被陆焉识遣送回国，严歌苓对此给予的解释是彼得不懂得中国，现在的年纪要他懂得中国实在是太难了，可是丹琼同样也没有在外国生长的经历，那为什么丹琼却能在意大利安然无事呢？

我主观臆测一种可能，也许是因为丹琼所在的中国有很多关于意大利的书籍所以她对意大利的现状有过一些了解，而意大利关于中国的书籍尤其是关于中国当时社会的书籍很少，所以才会有他们二者之间的适应与不适应的区别。这种假设有一定的道理，从这种假设的可能性当中我们也可以发出这样一些疑问：为什么会出现这样的反差？中国与外国是不是存在着一种落后与先进的对比？落后向先进学习，先进是不可能向落后学习的，它只可能从落后这里得到某些教训，找到某些落后的原因。可一旦先进对落后采取的是一种鄙视的态度时，那么这种探究也就不复存在转而成为一种肤浅而固化的认知，当时的外国对于中国大多是持有这样的一种看法，这就印证了上述的观点。





可是，如果细细想来就会发现这种观点是站不住脚的，而严歌苓在书写这样一个发人深思的现象之时也不会简单地将其归于这样一个原因之上。即使对外国有了很深刻的了解，但一旦亲自踏入那片土地，甚至是要在那里生存度日，书本上的知识是远远不够的，需要实践和躬行。这样看来，做功课的效力只能在短期的旅游中起到效用，而在长期定居当中是远远不够生存下去的。如果照这样来推理的话，我们可以直接推理到“避难点”这个层面。而不需要通过那站不住脚的衔接处来过渡到这一层，我想这也许是严歌苓的真实用意。例如在故事的末几章中写到丹琼与陆焉得合力撺掇陆焉识与冯婉喻重新结婚，在形式上也做到再续前缘。而这一做法是在母亲身边长大同时也是土生土长的中国人思维方式的冯子烨与冯丹珏非常不赞同的，但奈何他们一意孤行，这样他们害怕的事情果真发生了，母亲冯婉喻像是疯了一般地反抗以致她的阿尔茨海默病更加严重。

而这时，陆焉得与冯丹琼是怎样的反应呢？他们觉得兴味索然，逛上海的名胜古迹也提不起劲来，便早早地回到了意大利。这其实又是“避难所”在小说中的体现。但是，严歌苓在表现这一意图的同时还向读者展现出了中外之间思维方式的区别，并昭示了这样一个道理：即使在血缘关系上是一家人，但若是很久没有生活在一起，即使感情上仍旧那么亲密甚至是会更亲密，但对方意图爱好把握的偏差也会昭示着时间带来的隔阂。

其实，严歌苓在《陆犯焉识》这部小说中表现的“异域”并不仅仅是指在中国或外国这个地理层面上的异域，小说中的地理异域的相对值其实更小，主要是指在上海与其他地方之间所构成的异域关系，而且严格意义上来说，只要离开了冯婉喻那么就算是一种“异域”，比如说陆焉识到重庆结识了韩念痕，这对于他和冯婉喻之间的关系就有了一个客观上的“避难点”，再比如陆焉识被抓到西北的大荒漠去坐牢，这相对于陆焉识本人也成了一种客观层面的“避难点”，这种避难是为了多年以后见到“崭新”的冯婉喻做铺垫。即使是陆焉识逃亡，在日复一日的距离上趋向于冯婉喻之时他所在的地方相对冯婉喻所在的上海依旧在主观上构成了“避难点”，因为在离开冯婉喻，离开上海的任何一个地方他都有自首的可能，他都有在政治上改过自新的可能。可一旦到了上海，一旦到了冯婉喻身边，他就开始犯难了，因为一种趋向于冯婉喻的动力将他与政治上的革新区隔离开来，不过从严歌苓后来的叙述中我们了解到了陆焉识躲过了这一“难”。



从这一系列的分析中我们可以看出，“难”是相对的，而“避难点”同时也是相对的。在《陆犯焉识》中，严歌苓喜欢运用“相对”这一手法来架构故事，来表现人物的内心波澜，例如描写冯婉喻晚期的疯魔状态：冯婉喻一直牵挂陆焉识，但她牵挂的是理想中照片里的那个陆焉识，在面对年老的陆焉识时，她表现出一种木然，陆焉识永远活在她的记忆之中，她因为阿尔茨海默病的折磨以至于最后表现出来的形态是她爱的不是陆焉识这个人，而只是陆焉识人生中的某一个阶段。

这其实就是一种“相对”。再比如说，在冯丹琼等人“强行”安排她与陆焉识复婚之时，她表现出来一种决绝的态度：她反对包办婚姻。可是如果不是包办婚姻，她又如何能与她所爱的陆焉识结婚呢。再如，正是当初她闻到陆焉识身上的那种好闻的健康的少年气息她才爱上了陆焉识，这种爱是一瞬间的，并从一瞬间迅速地过渡到了永恒的信念，也确实是在往后的岁月当中得到了印证，而陆焉识对她的爱正好相反，从无到有，从有到炽烈，再从炽烈到无以复加，是经过了漫长的岁月的磨砺的。

这其实也是一种相对性。在严歌苓的小说中，相对性所涵盖的范围是不可以归为一种类型的，它往往囊括了许多种类、许多性质。但也正是这种或隐或显的相对性部分地构成了严歌苓小说中的多姿多彩的“嚼劲”。除了上述举例，还有更多的层面值得我们去挖掘。

“作家写小说，即使生活经历再丰富，也不能原样复制，毕竟小说不是自传，大量的细节都要在想象和虚构中完成。亲身经历尚且如此，何况那些仅有只言片语的社会新闻。粗略的新闻事实只能充当最原始的写作素材，相当于小说的骨架。而小说除了骨架之外，还要有翔实的细节作为血肉。小说是对现实的模拟，环境是人物的土壤，法国自然主义文学观念对现实生活的忠实摹写不一定会产生杰作，但对现实环境粗枝大叶和错漏百出的描写则一定不会产生杰作。严歌苓的小说除了以人物心理挖掘和语言的精准形象见长，她对各种小说细节科学研究般的勤奋与严谨，也足以成为有志于以小说为业的后来者的楷模。”① “中国传统小说是透过人物的动作、语言来侧面反映心理。西方小说是通过连篇累牍的大段描写来直接描摹心理。严歌苓综二者之成，将心理描写渗透到整个小说的角角落落，点点滴滴，既有对一个人横贯十几年、几十年情感线条和心理变迁的起承转合的精准把握，也有对人物稍纵即逝的情绪和一闪而过微小意识的敏感捕捉。严歌苓曾说过，怎么写比写什么要重要得多，其中蕴含的是‘只有烂题材，没有烂小说’的自信。严歌苓自信的源泉在于其进入人物和复活人物的能力，‘一个作家，要能站在任何人的鞋子里，去感受、去发现。’只要人物活了，小说就活了。在某种程度上，命运即选择，选择就是一个人的基本性格在不同场景下的习惯性的处理方式，而基本性格就体现在一次又一次的微观心理的累积中。如此推导下来，心理活了，人物就活了。严歌





① 姜燕.中国现当代女性作家作品研究［M］.长春：吉林人民出版社，2016.

苓小说的成功，某种程度上，是其心理描写精度和开掘深度的成功。”①“在我的读解中《陆犯焉识》的意义，关键全在一个‘犯’字上。”②

在《陆犯焉识》中，陆焉识在西北大荒漠中劳改的生活占据了很大的篇幅。读者会发现严歌苓在称呼这个时期的陆焉识时用的是特定时期他的别称“老几”。如果说是在书中人物与他的对话中称他为“老几”是符合小说中叙述的正常规律的，可是在这一时期中严歌苓就算是对陆焉识的第三人称的叙述与描写中依然使用“老几”这样一个称谓，这就不太符合正常叙述的方式了。

这种创新意在突出人物在不同时空当中的剥离。陆焉识的生活在严歌苓的叙述中可以分为三个时期，而在这三个时期当中严歌苓所分别塑造的由人物与故事基调形成的氛围是不一样的。这种不同对于陆焉识本人来说不是简单的平面上的人格的一种分裂，而是三维状态下的重叠性再生的过程。而维系着这三种重叠性再生的最重要的纽带是冯婉喻，但这个纽带的作用不是均匀分布在严歌苓的叙述当中的，它的存在方式是一种集中式的浓墨重彩。所以说严歌苓在描写陆焉识生命中的三个时期时其中的顺承式的关联性不是很强，这其实又是在印证上文我所提到的叙事方式的问题。

陆焉识的这三个时期的过渡不是由一种循序渐进的东西以一种人们所难以察觉的姿态做到的，它是通过一个人，或者是很明显的一桩事来达到这种效果的。这种不是那么“舒适过渡”的反差在某些评论家看来是不成功的，但她确实是严歌苓所期待创新的一种写作方式。

对陆焉识的受监禁生活的描写尤其是对他的逃跑经历的描写有评论家认为失真，有些将个人能力夸大化的嫌疑。的确，在那样的环境，那样遥远的距离，从中国的西边逃到中国的东边几乎是一件不可能的事情，可是陆焉识却做到了。而又是什么帮助了他的逃亡呢？除了他的瞅准时机与精心准备，更多的是巧合。严歌苓的小说中巧合太多了，陆焉识掉进糖缸来躲避追捕并且依靠粘在身上的糖来应对自己的进食问题，陆焉识好几次从绝境中脱身诸如此类都有



① 姜燕.中国现当代女性作家作品研究［M］.长春：吉林人民出版社，2016.

② 朱小如.和小说家过招［M］.上海：上海人民出版社，2016.

失自然，这也是严歌苓在这部小说情节设置上的一些缺陷。但是，就像严歌苓自己所说的，《陆犯焉识》写的是她的祖父祖母的故事。

在有限的材料面前，如何将材料扩充和润色是摆在作家面前的一个重大的问题。这绝不同于故事的扩写，这是一种再创造。有的时候，如果是根据我们的经验来重新编造一个故事，故事的张扬部分，诸如各类描写，都是在编造故事的想象范围之内进行运作的，它们都属于一个体系，而一个体系之内的东西因为它们彼此之间都存在着同一个衍生的母体，所以写出来的东西在这个体系之中自然就会合情合理。但是，如果是在真实事件的基础之上去进行扩充式的创造性发挥，那么源与流之间就会存在一种真实与虚构的区别，即使是说虚构是在真实的基础上去虚构，但是虚构却并不等同于真实。

再者，源是固定的，它固然可以固定作家的写作核心，让缥缈纷飞的思考尽快尘埃落定，但它同时又会成为作家思考延展故事的一个桎梏，就像一块巨大的磁铁，它会在客观上规定出一个磁场，使思维的活性不能够自由地奔放地展开。正因如此，为了在大体上符合故事的真实性，就像是将两个需要千折百回的故事线才能链接在一起的起点和终点一样，中间的这条故事线不可避免地不会那么自然。但是像严歌苓这样优秀的作家能将这一部分写成这样已经是很好了，它不生硬，体现出一个技艺高超的作家应该表现出的写作素养。

在这里，我还想提出严歌苓在写作上的另一个高妙之处：她会在小说中使用中国传统小说中所习惯使用的动作、语言描写，也吸取了西方心理分析小说之长，最为重要的是，她将这二者结合起来使其悄无声息地融化在人物中，融化在情景中，融化在氛围中。她懂得使故事显得浑然天成的诀窍在哪里。

人们在阅读以《陆犯焉识》为代表的小说中得到的是一种整体性的概念，而在欧美的一些小说当中，心理描写、动作描写等就像一个巨大的惊叹号一般夺人眼球，这样的小说中各类描写通常是聚集的，呈现出块状的形态，如果是初学者用这种方法写作往往写出的作品给人的观感会是一种浓墨重彩的斑点式的不适之感，而且这样的写法不太适用于写作严肃的长篇史诗，更多地适用于滑稽短剧、片段描写或者是对人物的瞬间状态的捕捉性描写。严歌苓懂得自己是要写什么样的题材，懂得自己的作品最终要呈现给读者的自我理想的状态是什么，这体现了一个作家极为优秀的整体把握的能力。

接着我想谈谈严歌苓独特的“复活人物”的能力。在我看来，艺术上的复活人物不像医学上的复活一样需要一个漫长的严谨的同时还需要天赐良机的这样一个过程，例如植物人的苏醒。而写小说就像是绘画，画中的人物形体已经具备，要想让人物“活”，只需要这最后的一步：给他加上眼睛。艺术上的复活是什么？是这个已经“活过”的人物的眼睛被擦去而需要我们去重新摹画它失去的眼睛。

当然，摹画与原图一模一样是不太可能做到的，人们可以有自己个性化的见解，只要摹画的是眼睛就行。当然，技艺存在高下悬殊的画家画出的眼睛是不同的，也就是说人物都会复活，但是他们复活的结果和状态也会不同，有的人物是凝滞呆板的，有的人物恍如真实。所以说，艺术上的复活是每个懂得基本常识和原理的人都可以做到的一件事，只是批评家甚至是普通人一眼就能看出“复活”的优劣。



所以说，“复活人物”是一种能力，它不是一种定性的存在，它是可以量化的，绘画如此，写作也同样如此。而严歌苓“复活人物”的能力量化出来一定是极高的，她的很多笔触都可被称为神来之笔，例如婉喻的疯，陆焉识的几次离去归来的反复以及其最终的离去都是如此。而这些神来之笔又同样是给我们带来心灵震撼的笔触。

“陆犯焉识”，在陆焉识的形势后边加上了一个“犯”字，我认为是别有深意的。陆焉识在很长的一段时间内客观上是一个犯人，但是他犯了什么罪，一直是不清不楚的。既然不清不楚又为什么把他称之为“犯”，这种朦胧性其实正是严歌苓想要给我们以很大的思考余地的所在。

再者，陆焉识对于婉喻，对于家庭亏欠了那么多，他难道不是一个彻彻底底的犯人吗？在这里，“犯人”这一称呼又有了一种明确性。可是，陆焉识的儿子冯子烨一直将自己的父亲当作犯人而陆焉识就真的没有赎罪从而摆脱“犯人”这个标签吗？这些疑问严歌苓都将其抛给了读者，这些疑问都值得我们认真思考。

# 解读陈染——以《私人生活》为例

我头一次接触陈染的作品还是在读大学时，那是一种动机不纯的接触——我原是要看林白的作品，顺带着看了一下陈染的小说。也确是如此，在中国当代文学史上讲到女性私小说，陈染是紧随林白的一个女作家，往往与其并称。但这样排序久了，似乎是在诱导人们往一个错误的方向思索：陈染似乎是林白的一个附属品。

我在图书馆找这两位作家的作品，林白的作品数量也总是多过陈染。在细读过这两位女作家的作品，并将她们的作品加以比较之后，我发现这种说法确实存在一定的道理。林白的作品比陈染数量多，尤其是长篇小说，受众也更广些。除此以外，林白的小说是那种“容易获奖”的小说，它主流，话题度更高，一针见血地戳到了当代女性的实质。而陈染的作品，似乎一直游离在主流之外，深广之处不及林白，不太会制造话题，相对于林白的作品来说，陈染的小说更加小众，像是城市边缘者独白式的感受与呓语。

从研究方面来看，学者们肯定更愿意研究展现妇女切切实实直面问题的林白的作品，或者说更辛辣的作品，像《一个女人的战争》《妇女闲聊录》等，而不愿意研究相对于展现个例、小众甚至于有一种“黑色的叛逆”和“青春期的躁动”的陈染的作品，如《无处告别》《与往事干杯》《私人生活》等。

从大众方面来看，大多数人都是正向成长的，很少有陈染笔下女主人公的内心境遇，没有一种超出可控范围的敏感，自然也就只能在理解的过程中去想象一种“感同身受”，或者说是以一种窥视欲去看陈染笔下女主人公的遭际来满足自己的好奇心。而他们对待林白的作品就正好相反，是一种知根知底的延伸，是对自己的切身利益有益处的填充。就像是诗与柴米油盐的区别，普通的读者都会选择后者，这是他们赖以生存在这个社会的根基。

因此，从这些角度来看，陈染的读者大多是物质富足、精神富有的人。他们是不食人间烟火的，但他们毕竟又是少数的群体，与为生计奔波的林白的读者们比起来在数量上呈现出劣势。

可我们在阅读陈染的作品时，会自然而然与卫慧后期的作品相对比，她们笔下的女人具有一种惊人的一致性，但为什么卫慧的作品可以大卖，而陈染的作品却永远不能那样风靡全国？这就要从她们二者之间的行文方式与“论”和“述”的侧重比例谈起。

卫慧在《我的禅》中同样有“论”的部分，也有“理”的部分，但她的这些部分与“述”的部分是分开的，这就迎合了两类读者，一类是愿意钻研深究的读者，另一类是单纯看新奇的“述”方面的读者。前者是从头看到尾，后者则可以很方便地跳着看。而陈染的作品是论述相当的，一般的读者需要花费精力去剥离这两部分，从而会产生一种怠惰的不情愿。在行文方式方面，陈染是以一种含蓄空灵的笔法写事件、写感受，就算在涉及性描写时也是一种丝毫给不了人快感的哲学写法。相反，卫慧则会把肉体转化成欲望，她是一个调情能手。

从我上面对陈染和林白的比较以及对陈染和卫慧的比较来看，陈染似乎处于一个尴尬的地位：既失去了主流又失去了读者。那么这样的陈染我们研究她还有什么意义吗？有。就像哲学，它离地面有距离，就算人们想要去通俗化它，也只能管窥蠡测。但在我们酒足饭饱之后追求更高的精神生活时，它就是一种必需的补品。抱着这样的研究理念，接下来我想从陈染的代表作《私人生活》入手为读者解读陈染。

在陈染看来，《私人生活》所体现的价值观是“黑色”的，是一种“青春的黑色”。在陈染同时期的作品中也同样浸染着这种理念。《无处告别》中的黛二小姐、《与往事干杯》中的蒙蒙都是如此。

倪拗拗也不例外。在她小时候，她与母亲、“奶奶”、狗坚定地站在一起，她沉默寡言又心思敏感，她与寡妇禾的感情，她对T老师的恨以及与伊秋的人生交集中的暂时扶持等等都是例证。但我们也能在陈染的另一些描述中发现她在试图从“黑”的张扬与决绝转化成为“灰”的中和中的藏而不露。这种转化的动力在小说中就表现为男人的爱，具体化为T老师与她短暂的畸形的恋父的爱以及尹楠与她纯真的却又不可复返的爱。

陈染借拗拗之口说“性，从来不成为我的问题。我的问题在别处——一个残缺时代里的残缺的人”。

拗拗将“性”当作一种额外的奢侈品，她与T老师之间的性爱则是由拗拗的怜悯产生的，未曾主动；她与尹楠之间确实是有性爱，这种性爱是没有掺杂任何杂质的最本真的性爱，可随着尹楠的离别，之前深刻的性的美好永远成了拗拗尘封的回忆。他的离去于拗拗而言象征着性爱酣美的收场。

除去这一本质特征后，性就仅仅只是一种加餐了，它由生活必需品变成了高档耐用品，看似是一种升华，不如说是一种因悬殊而产生的疏离与淡漠。我们看到这句话是在故事开头的回忆之前的感慨，是三十年后的拗拗说的，因此这句话是有阶段适应性的。然而，这种阶段适应性比大众所体味到的阶段来得更早，这其实正是陈染小说中的岁月的超验性的体现。

拗拗称自己为残缺的人，这从浅层次来讲是因为自己所爱的、爱自己的人一个一个以不同的方式，或死亡或永远的离别或不动声色地退出自己的生活而产生的一种由不同个体拼凑起来的看似牢固的群居到独居的一种抽离。这里所谓的残缺便是情感关系网的一条条断裂，一种没有凭依的迷惘的无所适从。而从深层次讲，这些陆续消失的人其实都是自我的一部分，他们原本是精神的组成部分，他们离去，剩下的只是一个空架子。这些部分不可再生，乐观点来说需要漫长时间的修复才可再生一部分，或者说是一种新生，因为新生意味着忘记。而那些最核心的，起着支撑作用的东西直到死都永远不可能获得新生。残缺的架子就像一具游尸，她平和淡然，充满哲理性质的感悟，但不是因为主观。她是客观的、外力的催生物，不了解的人会称赞她的早慧。

的确，从性质上来看，她确实是早慧的，只不过来源不一样，不知内情的人永远分辨不出其中的区别。所谓残缺的时代指什么？我认为这是一种由个人遭际看世界的主观唯心主义。

我说主观唯心主义，并不是以课本上的观点去批判拗拗或影射陈染，而是一种态度，这种态度正好对应了“私小说”这个名词。具体来说则是由自我扩充到社会的以小见大，包含了一种造化无常、命运弄人的意味。正是时代这个大主题所容纳的命运造成了个体命运的紊乱，造成个体精神的残缺。禾的死是如此，母亲的死是如此，尹楠的离去也是如此，此类例子书中还有很多。

时代没能让它所统辖的“平凡中的超人”过上积极的预定轨道或是良性变通的生活，何况普通人呢。这样的时代不是残缺的又是什么？将这句话从整体的层面观照，我们会发现它作为一种理念与三十年前的拗拗的理念形成了“本末倒置”。那时的拗拗处于残缺的对立面——完满的层面中，而性成了当时拗拗的最大问题。陈染在写这个问题时展开了许多，她将时间距离无限地拉长，用一种慢镜头来写，而这些慢镜头正好对应着“黑”这个层面，这个层面占的篇幅是全书的绝大部分，而三十年后的“本末倒置”则成了时间快镜头的概述性的无限缩短，这种无限缩短对应着“灰”这个层面。而“灰”这个层面所占据的篇幅很少，但它在全书中起到了一种很重要的前瞻式的作用。这是陈染自己的前瞻。



早在写《私人生活》这部主基调为“黑”的小说之时，叛逆的陈染就已经敏锐地发现自己有一天也会走到“灰”这个境界，但她的发现仅仅只是一种发现，她在那个年龄阶段还充分陶醉在“黑”的状态之中。她对“灰”有涉足，但仅仅是一种忧虑，一种“涉而返”的状态。因此，这句话，不仅是拗拗的自白，还是陈染的自白。陈染在拗拗这个人物上寄托了很多自己的经历与感受。

拗拗在很小的时候就有一种“灵”与部分的“肉”分离与融合的矛盾的意识。“于是，我对我的胳臂说，‘不小姐，我们不生气。’我给我的胳臂起了个名字叫作‘不小姐’。因为，我觉得很多时候，它代表着我的脑子。”“我给我的腿起的名字叫作‘是小姐’。因为，我觉得它更经常地只代表着我的肢体，而不代表我的意志。”

陈染用了这两个“怪异”的比喻，让人与自己身体的一部分进行对话，看似有些匪夷所思，其实陈染要达到的效果正是让拗拗这个在外人看来带有神经质的女孩显示出她过人的早熟及神志无法操控肢体的“疾病式”的陌生化。说得更精确一些，这种操控是局部的。而这被操控的局部反过来又操控着“灵”的部分。通俗地来讲，拗拗的神志被分化成了两种情况：一是被身体的局部操控，一是与身体的另一局部的脱节。这种现象在常人看来是极为不正常的、似乎是先天的一种精神瘫痪。但除了先天的不可逆转的因素，我们又可以从她所处的家庭环境中看到些什么？

她所处的家庭是我们司空见惯的一种“两分派”家庭：父亲一个人为一派，其余家庭成员为另一派。可就是这个人数占多数的派别反而在势力上处于一种力不从心、没有后劲地与父亲的这派势均力敌，而这种艰难地维持着的势均力敌又被父亲瓦解。不过有意思的是，到最后这种表面上优劣分明的状态并没有以一方的失败告终，它的僵持状态像是由波浪的顶点没有过渡性而飞降至最低点，它是由一种悬殊的反差在没有中间地带的情况下到了一种完结式的独立的平和。这是在后来一系列的变故没有发生之前的不常态的因素之一，而这种不常态的因素又何以对一个人的性格，甚至是人格倾向造成如此巨大的倾斜？我觉得拗拗从小所处的居住环境似乎也是一个影响因素，但也起不到一种实质性的影响，更多的可能只是一种诱导。



拗拗小时候的居住地是一座中国传统式的院落。我一直觉得除了那种宏大的院落，其他的平民院落多是阴性的。我们看中国民间传统的宅院，漆多是刷成素色的，不太可能刷成那种大红大紫的绚烂之色，用这种色所建造的大多是祠堂。素色占据全部就会成为一种阴性。拗拗生活在这种没有明亮之色来支撑起自己情绪的环境下养成这种性格，也是情有可原的，加上她身边的人，除了那只公狗，全是女性。她稍远一些的邻居，包括寡妇禾在内，似乎都是女性占主导。就算她与父亲生活在同一个屋檐下，但她与父亲的心理距离远远大于她与寡妇禾等邻居在内的空间距离，这是一种主观的心理封闭、一种拒斥，所以说拗拗从小成长的环境中没有男人的存在。“奶奶”与母亲等女性独有的敏感以及公狗被阉割化了的女性维护，是她这种性情形成的重要因素，当然，更重要的是她的先天因素——一种与生俱来的潜在因子，在后天的激发下彰显到了极致。

其实结合后文来看，拗拗的这种人格倾向变得柔和了一些，尤其是尹楠这个人物的出现在治愈着她。我发现只要是有美好的常态出现，尤其是一种来自雄性的美好常态，拗拗的人格倾向便会有间歇期的好转。当这种美好常态持续得越久，拗拗的间歇期也会越长。但这种“久”终归有一个限度，它不可能会无限期地“久”下去，它要保证那种来自外界的阴性力量不会突然发展到一种不可收拾的状态，而盖过这种美好的常态。但这是有难度的，所以注定不会无限期地“久”下去。

接下来我想分析一下T老师这个人物形象。从一开始陈染对T老师的描述中我们只会拥有一种单纯的感受，认为T老师只是单纯地讨厌拗拗，而讨厌的原因归结为一点就是拗拗孤僻反常的性格给T老师带来一种无法掌握的不确定性，这种不确定性似乎给他带来了一种恐慌。在这恐慌的驱使下，他便用各种试图纠偏的方法来使拗拗归顺，但这并没有成功。



我只是单纯地心疼拗拗，她感受着世俗与敏感的厮打，感受着T老师的气急败坏与拗拗的保护自己心灵阵地的无声反抗。这是一种矛盾。可是如果故事就这么发展下去，陈染也就没有她所具有的那种优越性。陈染接下来所抒写的转折是具有一种人性的突兀性的，会给读者一种显性的心灵触动。

她与莫言、王安忆、毕飞宇等作家不同，后者的作品中也会有转折，但这种转折是没有印记的转折，读者会觉得自然而然，不会有一种很明显的分界的触动。在不知不觉中读到大结局则会有一种恍然醒悟已太迟之感，就是说读者会觉得结局离开头已经太远，但这之中的每一次小的转折都没有察觉，会有一种沧桑之意。读陈染的作品的感受就正好相反，她会明确地提醒读者“我这里要转折了，请注意！”这种转折最明显地体现在小说中的便是T老师与拗拗在办公室里的一次单独谈话。

T老师以教拗拗什么是“私部”为由对拗拗的身体来了一次触碰式的猥亵。但拗拗的反应很奇怪，她不像普通女生那样有一种羞耻的自卫，而是一种潜在的反击。她想摸摸T老师的两腿之间，告诉他这就是私部。这样从客观上看来，拗拗的不语并非不知道私部是什么，也不是羞于启齿，而是一种刻意将自己麻木地闭锁。这又可以谈到一个很有意思的话题：拗拗没有羞耻感。她被男人摸不觉得羞耻，她的脸红则是一种“混杂着愤怒、激愤与反抗的矛盾情绪”，她的心跳只是一种紧张与不安。这在小说的其他地方对此也有互见。如她看禾的裸体只感到一种旭阳的温暖，再如她看到伊秋与她的男友做爱只是装作若无其事——她从未看过，从未做过，却有一种如此深刻的淡定。在这次事件过后，T老师把拗拗留下来扫雪，但拗拗提前走了，T老师的“苦心”白费了，但他的衷肠总会有倾泻的时候。但在那个时候拗拗又逃之夭夭了。

T老师不甘心，终于找到了拗拗家里，在拗拗对他的同情之下发生了性关系。后来拗拗离家想结束这段不伦的经历，T老师又找到了拗拗。在陈染的小说中似乎经常能发现不伦之恋的影子，像《与往事干杯》就是如此。但其实，这不算是一种“恋”，而是一种追求与无意识接纳的结合。

T老师为什么没有名字，而仅有一个代号，这其实正是拗拗的一种不愿面对的逃避，正如在《与往事干杯》中蒙蒙之所以要逃避老巴是一个道理，只不过后者是一个间接的映射。再有就是，T老师对拗拗而言是一个畸形的负面的存在，他让拗拗人格的偏离倾向加重，同时T老师只是她特定时间段的一种需要抛弃的东西。她不愿记起他的名字。T老师有一种对于不常态女人的磁铁互吸的癖好。T老师表面上比谁都世俗，但他内心里的被压抑的苦闷在碰到拗拗之后就像得到了一剂药方。他与拗拗不是猎人与猎物的关系，而只是一种单方面的寻求慰藉的渴望。而拗拗不领情，只是有一种被动的怜悯，所以最后T老师淡出了拗拗的生活，这也正是T老师这个人物形象的可悲之处。

陈染笔下的每个人物都有一种宿命式的悲剧，寡妇禾也是个例子。陈染将禾设置成一个寡妇，是在为她与拗拗之间的微妙关系提供叙述的空间，是一种“去男性存在”的体现。拗拗对寡妇禾是一种复杂的情感。寡妇禾对待拗拗的复杂情绪要弱一些，其中有把拗拗当作自己感情缺失的补给品的成分，但更多的是无私地倾注一切的喜爱。

拗拗与母亲之间的关系是平常的微弱烛光式的温暖，而与寡妇禾之间则是一种诗意的空灵的相互舔舐的慰藉。拗拗每天与母亲住在一起，已成为了一种习惯，而她只是在一种精神失衡的时候去找寻寡妇禾。母亲进入不了也无法理解拗拗的心，只有寡妇禾可以理解，因为她们都是同类的人。

我一直认为陈染在描写寡妇禾与拗拗的独处时的文字是独特的，是一种伤感的哲学，这与她和尹楠相处时的“去哲学”的甜蜜的恣意不同，与她和T老师相处时的沉入深渊的哲学也不同。拗拗生病醒来，意识到自己身处寡妇禾的家中之时，她不感觉到饿，生理上的感觉已经消失。她只想禾陪在自己的身边，陪自己说说话。或者正如前次一般——她有一种女性柔美的性幻想。这种性幻想在拗拗渐渐长大的过程当中被深埋，被弱化，它只会成为一种回忆，永远不会在现实中再次发生。究其原因，我想还是在于时间。时间将禾催老，她处于性压抑的阶段也已过去。同时，拗拗小时对于女性的皈依以及对于男性的一种排斥也随着自己的渐渐成长而消失，取而代之的是新的人格倾斜病态。

那么，寡妇禾对拗拗的倾注一切的好有没有功利性？我觉得是一种无功利的功利。她做这一切是无意识的，但客观造成的结果不也是一种精神上的扶持与对拗拗能给自己养老送终的一种期待吗？在文中有这样一个情节是很好的印证：当拗拗主动提出要为禾养老送终之时，禾流了泪，紧紧地抱住拗拗。这其实是一种潜在的期待被实现之后的一种具有冲击效应的满足。可寡妇禾未曾享受到一天天伦之乐。一场大火将她烧成了一具焦尸。可笑的是，正是因为前文已埋下伏笔的电冰箱引起的火灾，且只造成她一个人死亡。寡妇禾的意外死亡本身就已经让拗拗撕心裂肺，但陈染未在纸面上交代的伴随着的悲剧性是在于寡妇禾这个美的化身是被烧焦了的。一个女人，尤其是寡妇禾这样的女人该是多么在意自己的容貌，而陈染就连她的那种小小的愿景也无情抹杀。寡妇禾终于去陪那个负了她的早死的丈夫了。

我觉得小说中最具戏剧性和神秘性的人物是尹楠。尹楠为什么要离开？还是永远不再回来的离开。尹楠的家庭背景究竟是什么？这些很重要的东西陈染都故意不予交代。我所理解的陈染为什么要这么处理的意图是在于她只想把尹楠这个人物简单化成拗拗的一种永远的执念——一种如梦如幻、如泣如诉的执念。这部小说中我最喜欢的一个情节是在尹楠即将辞别之时约拗拗出来话别时，拗拗脱去了自己的衣裳，最后一次与尹楠做爱。“我永远都会记住你！”“我要你的身体……记住我。”我尤其喜欢后一句话，这句话所带来的催泪效果是最大的。大脑记忆是以生活片段相连接的方法记忆，而生活片段容易因为时间的流逝而模糊不清。身体记忆是以感受的方式记忆，它与生理的感受相连接，这种记忆直到死都不会消散。每当身体疼痛之时，想到它，每当身体舒畅之时，想到它。它是一种伴随式的附着。

伊秋这个人物在小说中在特定的发展节点出现，又在特定的时候无声无息地消失。我前面就已经暗示，伊秋虽然不是真正意义上的拗拗的性启蒙者，却是拗拗的性引领者。也不光限于性这个维度，很多方面都是如此。她是雌性的尹楠，她和尹楠都是一种向上的正的存在。他们在不同阶段救赎着拗拗，就如我前文所提。

伊秋是被T老师分配而与拗拗一个学习小组，伊秋是身体上有残疾的人。而拗拗是“心灵上”有残疾的人，正如伊秋所言她是因为客观的原因不被大家所接受，而拗拗则是因为主观的原因而不被大家所接受。其实只需要将拗拗的健康的身体与伊秋的没有大的偏差的心灵结合到一起，组合而成的人就会是一种世俗的完满。但陈染似乎更着意于将目光集中在不健全的身上，她欣赏着这种残缺美，热衷于向读者展示这种残缺美背后的问题。陈染还十分懂得搭配，将人物与场景、与所用的器具搭配。譬如说伊秋家中不洁的马桶、伊秋的表面上看起来有缺陷的男朋友都是很好的例子。陈染还很懂得人物的均衡分配，她不会让伊秋和尹楠同时出现在拗拗的生活之中。这是陈染所奉行的均势的、和谐的布局之美。

陈染作品中有很强的女性意识以及对男性的反抗意识，我们可以从故事的女主人公倪拗拗小时候的心理活动看出。“我当时还做出了一个肯定：即使我长大了，也不会和他一样高大健壮；即使我长大了，也永远打不过他。我是从我的母亲身上发现的这一个残酷的无可改变的事实的——他是一个男人！”陈染借拗拗之口说出了她的女性观。这种女性观不是一种身为女性为自己争取权利的女性观，而是渴望身体上、精力上获得与男人对等的附加到女性自身的女性观，具体体现为一种对男性功能性的崇拜，这与反抗男性并不矛盾。陈染眼中的反抗男性在于对这种功能附加在男性这个性别之上的不满。也就是说，陈染的女性意识的基石是要从男性身上掠夺，狠狠地抢过来，致使男性与女性地位的互换。但这种互换只是臆想中的，现实的情况打破了陈染美好的幻想。既然抢不过来归自己占有，那就成为一种敌视，一种畏惧的排斥。而陈染借拗拗这个人物的成长似乎对这种原始的观念有了一种纠偏。她懂得了以柔克刚的法门。既然女性自身没有这种功能性的力量，那就设法征服那个具有这种功能性力量的男性本身，从而间接地获得这种功能性力量。例如小说中拗拗对T老师的怜悯性占有，与尹楠的交合都是如此。

但这种方法也有它的局限性。那就是可能会因为男性主观的原因或外在的客观因素致使这种获得具有不稳定性与再寻觅性。而这种再寻觅的过程需要时间，甚至是艰难的，也不一定就会有急功近利式的满意的结果。所以到后来随着拗拗的长大，陈染再一次给了我们一种彻底的解决方案，那就是放下自己的这种年少的偏激的感受。在小说中则具体表现为拗拗和祁洛之间的关系。他们之间的关系真正地做到了无欲无求，是一种君子之交淡如水的禅理。

“我从小就有一种特殊的消解、转移或忽略事物悲剧成分的本能。”“我总是习惯在事物的对抗性质上膨胀自己的情绪，有一种奋不顾身地在死胡同里勇往向前的劲头，那种不惜同归于尽的毁灭感，很像一个有当烈士癖好的人。”就像是拗拗在面对“奶奶”的离开一样，她伤心，但不是那种专注的伤心，而是有一种意识流般的自我调节。她懂得怎样去联想，去类比，但是又很容易陷到那类比的物体中脱不开身。例如，她由“奶奶”想到自家养的公狗，想到T老师，而她就这样顺着这个思路一直走下去，到最后往往脱不了身，忘记了自己为什么要想这些东西，自己想这些东西的初衷是什么。有些时候，在她思索到极致的时候，我们在她的一系列联想中竟然找不到直接的联系。她想关于“奶奶”离开的事情，竟会对脚趾缝隙中的泥巴专注。我们似乎可以这样理解，拗拗的思维会有一段放空时期，这是一种灵魂被抽离的放空，通俗地来说是一种“诗化的发呆”。拗拗在见“奶奶”最后一面时，她对“奶奶”单方面没有难舍的诉说，没有泪眼婆娑的不舍，所有关于壮烈情感的流露在拗拗这里都转化成为一种理性的复仇的信念。但这种理性不是与感性产生的机制属于两个体系，它是一种因果关系的展现，一种感性到极致而催发出理性的防卫的一种心理变迁。不是每个人都具有这种能力，具有这种能力的人仅仅只是拗拗这样的少数，这也就是我前文所说的她与人们正常心理转变流程的一种对立。

"奶奶，等我长大了，挣了钱，我接你回来。我让他走。我要报仇！"讲完这句话后，拗拗就头也不回地跑了。可是我们在后文陈染的叙述中，拗拗确实是一步步地长大，可是从未提到过要接"奶奶"回家的描述，就连"奶奶"这个人物都已经销声匿迹了。

从行文设置上来看，"奶奶"这个人物，包括公狗，都只是一个工具，并且是映衬拗拗小时心境的工具。后文拗拗长大之时，有更多的工具来反映拗拗，而这些工具在消失之前都会有一个高潮出现，就像是回光返照一般让人印象深刻。就像禾被火烧死，尹楠与拗拗的最后一次做爱，T老师来宾馆找拗拗，公狗去撕咬父亲……而这些高潮过去后，他们都销声匿迹了。

所以我看陈染的《私人生活》，发现她写人物是交替来写的，而且这些交替的人物是一个轮换的群体。她写人物不是在情节中从一而终的。这种写法很有意思。我在其他作家的写作中发现他们作品中的人物都是从头贯串到尾的，所谓的人物的中途死亡或者离开也不是以这种交替式写作来展现。譬如作者明知这个人物在以后的情节发展中要"死"了，所以他会去浓墨重彩地写这个人物，而不是像陈染这样在大量人物的片段式描写组合中只在最后一个片段有一个浓墨重彩的高潮。譬如说王安忆的《长恨歌》《我爱比尔》就是很好的例子，她惯用一种单线条的波浪式的写作方式，而不是像陈染这般用多管而下的多线条的区隔性写作。所以我觉得陈染的这种写作方式有些像电影表现手法中的蒙太奇，虽说她的大量哲理性感受的片段并不适合用蒙太奇来表现。如果我们抛开陈染的主观写作意图，单从拗拗的心理的变化来看，我们会发现拗拗是一个健忘的有着一种话语冲动的不负责任的女孩子。"奶奶"在当时的环境下对她的影响极为深刻，可是在长大的过程中有各种"新"的人物进入拗拗的世界，在这种情况下"奶奶"就成了一种闲暇之时感时伤怀的回忆，就像那万千在自己生命中烙下印记的人一样，有一种"止步"的态度。我所说的"止步"的态度是指思想上的一种超越回忆的僭越以及行动上的寻觅。仅此而已。

但也许陈染只是挑选拗拗生命中有"超越"价值的东西写进小说，至于拗拗长大后去寻找"奶奶"，梦想接回"奶奶"的过程则选择不写，也许"奶奶"已经死了。再深一步思索，我发现陈染不喜欢用"大的""等值的""远的”前后照应，她只会用“隐秘的”“小的”“近的”前后照应，例如寡妇禾家的坏冰箱引起的火灾。所有人物的死亡或离开除了对拗拗心灵上所造成的直接影响外，没有对她生活遭际与命运有影响。

我对陈染的《私人生活》的文本解读就分析到这里，但其中所蕴含的可供挖掘的东西还有很多，值得写一部专著。我看作家出版社所出版的《私人生活》这一版本中插进了许多大胆露骨的插画。我个人是不喜欢这些插画的，因为它们与《私人生活》这本书的精神内涵实在是不搭，要是把它们插进卫慧的书当中也许会更为合适，卫慧的书才是讲男女之间的关系与性。陈染的《私人生活》虽然提到了这样的内容，但这不是陈染真正想表达的东西。

我所理解的这本书的主题是意在通过一个名叫拗拗的人格边缘化的女孩的成长经历展示一种女性在城市生活中如何安身立命的精神困局，重在精神困局，城市只是陈染在此书中的一个背景。陈染在小说中一贯弱化背景，突出感受，不像王安忆的作品那般将人与城市联合起来，探讨地域城市与人的共同的宿命。



我看陈染的近照，她剪了短发，面容也露出了苍老之态。随之而来的，她的近作也由“黑色”渐变为了“灰色”。岁月催人老，同时也催化着作家的作品更加具有沧桑之感。从她的近作再回到《私人生活》，也会产生如拗拗一般的抚今追昔之感吧。

# 解读李碧华——以《霸王别姬》为例

我最初了解李碧华便是从她的《霸王别姬》开始的，而看《霸王别姬》这部小说的动因又是由电影《霸王别姬》开始。后来看了她的其他小说，如《青蛇》《秦俑》等，便在对李碧华的写作风格有了一个总体把握之后爱上了她的作品。在不需要标明作者是谁的情况下，她的作品是一个很有辨识度的存在。





从形式上来看，她非常爱分段，有很多段落都是只有一句话。这就可以明显看出她的小说应当会有一种思维的跳跃性、一种情节的跳跃性，同时，她的小说不会有大段大段的哲学化的议论。从内容上看，李碧华的小说多是讲传奇式的故事，其中包括普通人的传奇，如《霸王别姬》中输入了许多与世俗性的日常生活相离较远的因素，比如具有历史性的年代、戏子等；还有神话故事新编这种通俗意义上的传奇，比如《青蛇》；再有就是将宗教与绵长深刻的感情结合在一起的传奇，如《秦俑》。

总之，读她的小说最初的感受是一种投入故事本身的感官式的体验。李碧华用她的笔编织出一个又一个动人的、缠绵悱恻的、牵动人心的故事，第一要义就是要叫座。可是如果她的小说只有叫座功效的话，她的小说绝对没有今天这么高的地位。但她小说中“叫好”的成分是第二性的，是一种被延迟了的理性，这种理性是与阅读这个故事本身的过程分开的。读她的小说，我们不会有一种抓到某种可以停下来的可供思考的点，我们有的只是一种延续性阅读的欲望，一种从头看到尾的欲望。在这一点上，她与本论著中所谈到的残雪的《突围表演》完全不同。

读残雪的《突围表演》，我们是可以中途停下来就她提出的某个观点进行一种深入的甚至是发散式的意识流思考，而读李碧华的小说就不会有这种体验。或者放大来说，我们会发现所有现实主义的小说大多不具备这种可以中途停下来思考、发散、延伸的特质。读它们的时候，我们需要将整个故事看完才能发表自己的评论、展开自己的思考。而以残雪为代表的现代主义作家则不需要一种“整体分割再推理”的过程，她的作品是可以进行“部分再推理”的。而现实主义作家的小说就像是一个完整的剧目，它们有开头，有结尾，有首尾照应，有伏笔。在这许许多多技巧同时也是限制的情况下，我们如何能够断章取义？就像是毕飞宇、格非等作家的文字，它们有着清晰的脉络。我们不能人为地切割这些脉络。就算硬是要这么做，也只会得到一些粗陋的毫无价值的结论。而李碧华的作品尤为如此。她的长镜头式的描写，她的写作的跳跃，这一切都只适合整体性分析。正是因为这种强烈的整体性，她的小说才会被不断地改编成电影、电视剧、舞台剧这些可以调动人们多种感官的艺术形式。因为她小说中的感情的强烈起伏、人物命运的大起大落等，在改编成更为直观的视觉形式时不会那么吃力。况且大众恰恰喜欢这种戏剧性，所以她的小说中能用文字描写出来的部分都能改用电影镜头来展现。



她的小说生来就具备一种多栖的顽强的适应力。但与同是写平凡人物身上传奇故事的张爱玲不同，张爱玲的小说改编成电影、电视剧等形式上就有些困难，因为在她的小说中微妙的感受太多了，心理描写与物态相联系导致的强烈的抽象性与不可实物化特征太过于明显，所以在关锦鹏导演的《红玫瑰与白玫瑰》这部电影中，人物的心理描写只能用苍白的字幕来代替。我相信有关人员在这方面是费了脑筋的，但依人们目前掌握的电影艺术的水平来看，是不具备这种将心理充分熔铸在观感部分的能力。或者说，他们的想象力、适应性的技巧还不够。再或者说得绝对一点，电影这种传媒根本就不能承载张爱玲的小说。

接下来我想将李碧华笔下的传奇与严歌苓笔下的传奇进行一个比较。她们二者之间给我最直观上的不同在于：严歌苓笔下的故事有一种明显的修饰痕迹。这种修饰不是雕琢，而是在于我能在她的文字中发现严歌苓一遍遍修改故事所费的心血。这里头少了一些天然的东西，斧凿气很浓。这可能与她上过专业的写作班并在其中修得专业的写作技巧有关。

严歌苓的小说是如此的完美，它恰似一件人工绣成的精美的绣品。它很美，我不禁会惊叹于语言的特定排列组合之下的美妙，但同时我又会产生一种惋惜之情：在这么精致的作品中，我需要繁难地抽丝剥茧才能看到故事背后的原型。就像是我要通过绣品去猜测它的原型是什么，而不是通过自然的实物来对艺术作品形成一种了然于心，能快速地发现作者的提炼在哪里，哪些地方体现了作者的匠心。就像张爱玲所说，我们总是先看到海的图画，然后再看见海。可我在看严歌苓作品时的一个很直观的感受是我只看到海的图画而看不见海，就像是一种顺接关系中的后半部分被掐掉了一样，被云遮雾罩得失去了那最纯粹的自然的东西。但是李碧华的作品就不是这样。我能感受得到泥土，而不仅仅是怀旧。





在李碧华的文字中我能追根溯源。这跟她们小说的题材没有关系，有关系的是她们的表达方式。前者的文字有遮掩，后者则是一种坦率的曝光式的写作。这不禁让我想起了当下以培养作家为任务的文学创作专业。它教会了学员技巧，他们的写作水平确实会有很大的提升，但同时他们是不是也失去了那种最本真的自然主义的东西呢？

就像从复旦大学文学创作专业走出来的作家张怡微一样，她认为“自己再也写不出以前的那些文字了”。这句话当中没有对自己写作水平进步的那种庆幸，它所透露出来的是一种怅惘之情。就像《孩子们写的诗》一样，我们看到那些幼童的诗句即使是那么的质朴无华、缺少技巧，却可以从中看到那些受过专业写作教育的成年人所不具备的那份自然的天真无邪，而这种天真无邪是作家班中的作家所缺少的东西。这种东西很重要，它是一种情怀，一种岁月流逝的见证。他们的心已经再也回不到那种原初的状态，这种原初的状态也就是一种写作的初心。这种初心仅靠传授技巧是无法教会的，它同时也是与技巧相舛驰的。而有一部分的作家似乎意识到了这个问题，诸如冰心、泰戈尔等。他们从来没有受过文学写作的专门训练，但他们却从另一条路懂得了文学创作究竟是为了什么。

我并没有说开设文学创作专业是不符合作家发展规律的。我只能说，不论是冰心、泰戈尔还是从文学创作班走出来的苏童、严歌苓等，他们创作的终极旨归都是回到孩童。可能对于某些作家来说，通过文学创作班的学习会让他们离这一终极归属更远，会走一些弯路。但对于另一些作家来说，这又可能是他们人生当中必须经历的一个过程。

我在此必须强调一点：不是说一定要将作品写成孩童式的天真。我强调的自然，是一种未受过外界因素干扰的人性本能的自然，而泰戈尔、冰心式的天真烂漫只是自然的一种表现形式，它们不能对自然进行以偏概全式的阐释。李碧华与严歌苓的相同之处在于她们在对于传奇的把控力上都是十分到位的，她们能将传奇局限在传奇当中而不至于使其沦为一种幻想，当然这是一个成功作家的基本功。在这一点上，所有成功的作家都是相通的。像苏童的某一类作品中的细腻的文风不仅对此是一个佐证，我还觉得他是一个文风阴性化了的男性作者，是与李碧华、严歌苓一个系列的。他们是一个标签下的不同分化，在文坛中各放异彩。 

我上文的分析并不是抬高李碧华而贬斥严歌苓，只是说在上述这个层面上严歌苓不如李碧华。但是平心而论，我主观上认为严歌苓的创作功力是高于李碧华的。严歌苓是靠小说挣饭吃，而李碧华则更多的是通过小说的影视化出名。从我们固有的眼光看来，电影作为一种近百年出现的大众传媒，它的地位远没有纸质媒体那样高、那样受尊崇。事实上也确实如此。严歌苓靠作品捧红了自己，而李碧华也红，但是她的作品比她本人更红。这当然也与李碧华本人不爱抛头露面的性格有关，这又另当别论。

《霸王别姬》这部作品讲的是关于京戏名角的故事，这让我想到了同是表现这方面题材的作家陈彦的著名小说《主角》。但是《主角》不是传奇，它没有那种宏大的作品格调，抛却了京戏本身的如梦似幻而着眼于褪去名伶面具之后的小人物——忆秦娥，她在生活上遇到的喜怒哀乐和点点滴滴，最后汇聚成了一部动人的史诗。这又让我联想到谌容的《人到中年》，褪去人物身份的外衣之后，其实他们通过笔下的人物所表达的东西都是一样的，这也是不同作家之间不谋而合的精神追求。

程蝶衣的性别存在一种转化式认同的过程，这个过程是艰难而又短暂的，它借助了强大的外力的扭曲。这种外力在小说中集中性地体现在关师父身上，当然同样作为外力却容易被我们忽视的是段小楼和同门师兄弟。但作为外力的因素又有一种内驱的必然性。就像是命运的指引，致使外力来将命途主体塑形在命运的轨迹上。程蝶衣天生就注定有朝一日会成为名旦。但要达到名旦这一身份所要付出的努力又是需要日积月累的，光靠自身很难达到，这是一种命运的必然性，于是命运就派遣在特定阶段与命运主体相联系的旁支来匡正主体，而这旁支对命运主体本身起到一种辅助性质的作用，我们通常称他们为“贵人”。

从这样来看，程蝶衣的母亲也是程蝶衣的贵人，因为她为程蝶衣成为名旦这一事件提供了一种初始化的契机。但抛开命途之说，从个人性格的养成来看，程蝶衣的母亲又是程蝶衣健康长成的一种逆行因素。她具备对程蝶衣直接的无可替代的母爱输出的可能性。但是在她将程蝶衣卖给关师父并切断他的废指开始，这种可能性就让位于命运的助力性，程蝶衣的母亲也就从程蝶衣的养育者转化成了程蝶衣的贵人。她作为贵人这一身份并不是在程蝶衣的一生中都扮演着一种延续性存在。

在她离去之后，她就与程蝶衣再也没有关系。所以说贵人的身份是有时间性的。但是这所谓的时间性所真正承载的时间有长也有短。假如程蝶衣的母亲与程蝶衣一同进了关师父的戏班，那么这种贵人所特有的暂时性又可以拉长，同时又可以照顾程蝶衣的日常起居。

但这样又会出现一个问题：如果程蝶衣的母亲留下来照顾程蝶衣，那么程蝶衣与段小楼的关系很有可能不会那么亲密，他也会少受一点师兄弟的欺辱。然而，这样发展下去的程蝶衣虽然得到了母爱，但他对于生命的苦痛又会了解得更少，这样一种因素的重新排列可能会致使程蝶衣成为不了名旦，演不了《霸王别姬》这出戏。

反之，贵人的时间性缩短亦然。比如说如果段小楼在程蝶衣还未成为名角前就死了，程蝶衣照旧不能成为名旦，可见每一个对命途主体产生影响的时间延长性或缩短性贵人都可能对命途主体产生影响。不过，我说的只是一种可能。小说中命途给每个贵人分配的相对于命途主体的时间长短都是已经注定的，具有一种不可知的、不能察觉的排布性。

另外，贵人是阶段性与持久性的统一。再以程蝶衣的母亲为例。她为程蝶衣的名旦角色的养成打下了基石，但在对最后程蝶衣的凄凉晚年并没有造成一种实质性的直接性的影响。但我所说的持久性在于程蝶衣的母亲由前者的基石地位后退到了一种强大的力量中的小成分助推力。我们难道仅仅只能说程蝶衣的命运悲剧是由段小楼、红卫兵、小四等人所造成的吗？在这个整体性的人物的终极性的层面上，程蝶衣的母亲仅仅只是由主角变为配角，变成一种居于次位的后勤地位。

再者，贵人是可以在性质层面上加以转化的。例如说，段小楼在前期对于程蝶衣而言完全是一个正向的精神支柱式的存在，但在中后期，他对于程蝶衣来说更多的是一种执念，一种相爱相杀的决绝。这又可以分段来看，从对于程蝶衣的演艺事业来说，他不再是贵人，但对于程蝶衣的性格悲剧所造成的壮美效果来说，他又是贵人。贵人在预设上是复杂的，但正是因为命运将贵人这一角色预设得如此复杂，才有每个个体之间各异的斑驳灿烂的人生。



回到前文，在促使程蝶衣性别认同的贵人当中，段小楼和同门师兄弟所起的作用就像是巨大光圈周围的光晕。至于光圈本身则是关师父。光晕由光圈产生，却不像光圈这样刺目，它作为附着在光圈周围的产物有一种温和性，与光圈本身有一种背道而驰的倾向，具体体现在《霸王别姬》中的如下部分：

关师父组建了京戏培训班，他在班子里头处于一种核心的地位，没有了他，戏班子也会解散，而他所收的徒弟又是由他手把手所教养的，具有一种技艺多向度转移的同化性。

但是，他的徒弟受制于关师父，在关师父的威势面前处于一种下风，一种温和状态的体现，而这种温和状态对新来的程蝶衣来说又有两种不同的分流，其一是温和的异化，将自己在关师父面前的被迫采取的温和态度转化成一种由客体转化成为主体的轮换式的优越性，如众多的同门师兄弟。其二是温和的维持，一种从对上的温和到对下的温和的不同方向的转化，如段小楼。

我们可以针对这两种不同的表现形态来得出一个结论：前者是被迫的温

和，一种由外而内的一种表象性的温和；后者则是主动的温和，一种由内而外散发出去的一种精神气质，这是一种本性的温和。程蝶衣的性别认同是与本来的性别相对立的性别。从男到女的心理性别的转化是一道巨大的鸿沟。这又让我联想到了变性。

我认为，在达成“变性”这一生理性别的转化前提是需要心理性别的转化，但并不是说只要心理性别转化就可以有生理性别转化。这不是一种逻辑推论，前者仅仅只是为后者提供一种可能性，中间还有许多分岔的路口。除去上述生理上的变性外，第一，心理变性者只是享受作为女性的快感；第二，心理变性者通过心理上的变性臆想自己已经生理上变性，但他们并不想真正从生理上成为女性，他们沉浸在一种扮演家家酒的幻想之中。我说的这两种类型反过来亦然。通读整本《霸王别姬》，我认为程蝶衣更偏向于我上文所说的第二种类型。



在程蝶衣从一个男性向第二种类型的转化之中，我们看到他是极为不情愿的，甚至他自以为自己会表现出来的女性成分仅仅存在于戏台之上。但是他为什么最终处于一种人戏不分的状态？因为“女性”这一角色已经作为他的一种潜意识在他的心中埋藏，并在时间的流逝中以一种他自己难以觉察的速度生根发芽。仅仅只是关师父的威逼和惩罚能造就戏台上的虞姬这一人物形象吗？不可能。程蝶衣心中本来就有这样一种转换性别的渴望，只是一种世俗的对自我的外在的性别认同一直压抑着这种渴望。我们可以在开头程蝶衣对母亲的亲昵态度就可看出端倪。

普通男性孩童大多是阳光开朗、活蹦乱跳的，但幼年的程蝶衣却不是如此。他异常的寡言。他敏感、善于观察。这些都体现出一种性别偏移。放大来看，我认为所有的具有敏感、寡言等特征的男孩子都有一种阴性化的特征，这当然与他们的家庭环境有着密不可分的联系。

所以，与其说关师父对程蝶衣的性格扭转是一种生硬的强扭，我倒认为这其实是对程蝶衣天性的一种释放。关师父正是有着这样一种穿透表象看本质的智慧，将施加在程蝶衣身上的种种社会与世俗方面的外在的顾虑通通剥去，让程蝶衣那最具有可塑性的艺术特征的本质完美地展现出来。在旧社会的中国，戏子成了一种变相的男娼，他们总是被有权势的男人所玩弄一时。而这些占据主动权的男人似乎都是一些内心残疾、年事已高的糟老头子。

尤其是李碧华将《霸王别姬》开头的背景设置在晚清，在那个年代就更是如此。

在我们的印象中，晚清虽然比那些更久远的年份在物质方面有长足的进步，可是它所带给我们的精神风貌却是颓唐而又畸形的。除却历史文化背景的因素及晚清自有的客观存在的因素，我觉得这还与黑白照片的发明有关。其实黑白照片在当时作为一种时新的媒介引入中国本身就带有一种生涩，这种生涩的技术来将彩色的世界黑白化，难免会给人一种压抑的感觉。

作为现代人的我们，在了解晚清以前的时代时，几乎都是通过以唯美文字写就的古书与诗词来对此进行一个了解，自然就会有一种感情上的厚古薄今的倾向。李碧华写作《霸王别姬》确实是用虚构的故事来展现当时的客观社会，但她同样也利用了人们的历史情感偏向的惯性，从而使她的小说更容易与读者形成一种共鸣。



将程蝶衣的一生说成是一种成长，我是不赞同的。程蝶衣的生平我觉得是一种紧随命运的演变，他不存在真正的成长，他永远都保持着同一种“痴”的状态，即使是在小说结尾他放下了这段感情也依旧不能说他成长了——这只是造化的结果，这种结果具体体现为“痴”的放下。我们可以试想，如果李碧华真的将程蝶衣塑造成了一种动态的成长的形象，《霸王别姬》是不是要大打折扣？真正的好小说是将主人公刻画成为在周遭人事的不断变化中漂流而同时自己却保持不变的形象。成长式的故事只是廉价的心灵鸡汤，这是李碧华这样富有才情的作家所不屑于下笔的。

“在为京戏写史的同时，作家也为香港文化命运所系，成功地新编故事来回应现代文化市场。此书写出了在地香港人的共同记忆和感受，为更好地理解内地和香港的文化差异打开了一扇门窗。”①

---

① 许华集.李碧华《霸王别姬》中不同生态文化面向探微［J］.名作欣赏，2018（17）：141—145.

接下来我想分析上面的那段引文。不知道是因为引文的作者是生活在香港还是什么原因，他总是在强调李碧华这部小说与香港之间有着如何密切的关系。其实这种说法我认为是不准确的，因为李碧华的这部小说的绝大部分篇幅的背景都是北京，当然在小说的尾声部分确实是以香港作为背景的，但是将主次颠倒是不对的。

我想李碧华选择香港作为她写作的第二着力点的城市，也许与她本人生活在香港有关，写自己熟悉的城市会更好下笔。但是我觉得更深层次的动机则是为了突出一种对照关系：北京是古朴的象征，香港是摩登的象征；北京是主人公大半辈子所待惯了的城市，香港对他们而言则是一个陌生的城市。

从北京到香港，突出的是一种个人命运带来的漂泊之感，体现的是一种世事沧桑。所以即使李碧华在最后写了香港，但香港只是一个符号，这与她极力刻画的对小说主人公有着深刻影响和深切记忆的北京是不可对等的。





通过对以程蝶衣、段小楼为代表的戏痴的刻画，我们也可以看见京剧在那风云翻涌的几十年中的盛衰沉浮。所以我们在读这部小说的时候，除了着眼于主人公的命运之外，还可以从主人公大半辈子所从事的行当——京剧入手，分析京剧与时代背景的关系。能将这层关系如此圆熟地内化在作品当中，李碧华的学识修养与创作才华确实了得。

至于说为“理解内地和香港的文化差异打开了一扇门窗”我认为属于一种片面式的解读。对于香港的读者来说，读《霸王别姬》确实可以增加他们对于内地文化的理解。但是对于内地读者来说，对香港的理解是十分有限的，说得更准确一点，仅仅只能为他们增长一点见识。正像我前文所说的，香港在李碧华的这部作品当中仅仅只是一个符号。文坛有很多的表现陆港两地文化差异的好作品，但李碧华的这部小说意不在此，它所带来的客观效果也没有这么高远，有拔高化和以偏概全之感。

“人从镜子中得到一个关于自己的映象，这个视觉的形象与自我感觉合为一个结构，形成了个体对于自我存在的认证。”[①]这个论断对于程蝶衣而言是

---

① 方汉文.后现代文化心理：拉康研究［M］.上海：上海三联书店，2000：61-78.

最为贴切的，学界一般以“真假虞姬”为例进行分析。而对于段小楼来说这个论断是不成立的，霸王之于段小楼不存在这一种映像式的关系，更不用说将这种映像与自我相融合从而形成一种确证。正是因为在段小楼身上找不到这种确证，他演项羽永远不像程蝶衣演虞姬一般惟妙惟肖。他没有这种感性的代入，自然就无法真正懂得程蝶衣的心意。所以说为什么段小楼在感情上显得如此的木讷，甚至是有些僵硬，这都与此有关。但是演项羽这样一个雄性的、英雄式的角色本身并不需要这种细腻入微的感情代入。

然而，将雄性演绎到一种极致只能带给人们短暂的具有冲击式的精神的激越，它不像以虞姬为代表的女性给人一种延长式的绵柔，一种可供挖掘的可能性。所以我们在读文学作品时，会发现女性或者具有女性特征的男性会更具有令人咀嚼的深度。

贴合以上引文的人物除了程蝶衣以外，我觉得菊仙也是个很好的例子。菊仙原本为妓女，却在遇见段小楼之后想摆脱自己妓女的身份嫁给他做个良家妻子。段小楼就是菊仙在镜子中的映像。



在遇见段小楼之前，菊仙是没有灵魂的，每日的花天酒地、招徕客人，吃着青春饭、过着醉生梦死的生活。可是段小楼的出现让她真正明白了虚假的交际和爱情之间的界限，她在段小楼身上找到了自我的确证。也正是因为有了这种确证，她找到了活着的意义。她从一种机器般的“不思索”的状态中挣脱了出来，她开始思索自己的未来，开始为段小楼、为自己与段小楼一起组成的家庭操心。在段小楼遭遇危难的时候，她不顾一切地用自己微弱的身躯去营救，哪怕是飞蛾扑火也义无反顾，甚至因此而流产。这一切她都不怕，她只需要拥有段小楼这个人。可当段小楼被逼着与自己划清界限，说他从未爱过她时，种种重压一股脑儿涌上了她的心头，作为这种绝望的附属品将她推向自缢的深渊。

从深层次来看，这是因为她自以为的“确证”没有了，而这种由确证关系将自己和段小楼联系起来的纽带也已经断裂。所谓的结构的匀称性以及结构内部运作的条理性都已经分崩离析。没有两个或两个以上个体组合的团体哪能叫结构，那只能叫个体。

那我们可能会想，菊仙何不“退化”成为嫁给段小楼之前的状态呢？这是不现实的。就像是从来就没有过和得到后再失去的区别一样，这中间隔了一层“记忆”，这是一种经历。感情的依托可以失去，但是对于感情的记忆是永远不会失去的。虽然菊仙和程蝶衣这两个人物都适应这个定律，可是因为定律是多义的，他们适应这个定律的形式又会有所不同。最显著的方面在于程蝶衣的认证对象是一个已经文学艺术化了的，不复存在于他所处时代的一个虚拟性的形象。

而怎样将这个虚拟的形象转化成为活生生的实体，程蝶衣选择的方式是演绎。而演绎又有着多种阐释。对于他来说最好的方式是自我代入，他是用自我的埋解和感情去塑造虞姬这个人物形象，在演完戏之后进行一种半抽身式的确证。

但是这种确证是不能将主体与客体置身于同一个时间与空间维度的，于是程蝶衣为了与确证的映像进行一种更好的结合就有了他的一种人戏不分的情结。概括来说就是程蝶衣自我确证的对象其实是虞姬与自我的一种结合体。

如果说程蝶衣的确证对象显得很抽象的话，菊仙的确证对象就具象得多了，如我上文所提的就是她的夫君段小楼。她和段小楼可以生活在同一时空维度之中，这似乎有一种优越性。但是他们属于不同的个体，菊仙对段小楼没有一种完全的掌控能力，自然就会滋生出一种世俗的无助感，这与程蝶衣的确证所滋生出来的更高层次的苦闷有差别，前者在某种程度上更为具有生命层面的致死性，而后者的影响多是一种生的煎熬。

“虞姬把命运寄托一个英雄人物拯救，她们最终的悲剧命运，是源于男性的自身的不确定性。女性属于室内空间，男性属于公共空间。男性在公共空间内受挫，例如战场上或是政治运动中，可以躲到室内得到女性的安慰。现代的虞姬有能力走出室内空间，在爱情上不再依附男性，即使爱情消亡，仍然具有自我的生命价值，实现现代女性在精神上的独立和成熟。改变虞姬的悲剧命运，不仅需要外在政治社会因素变革，也需要其内在的自我认知转变，自我救赎。”①

程蝶衣正像是虞姬，他渴望段小楼对自己感情的救赎。但他一直没有自救，或者说他没有能力进行自救。这其实是段小楼身上的一种性格缺陷。如果说段小楼、菊仙等人的悲剧命运都与社会和宿命有关，那么程蝶衣悲剧命运的最终结果还需要考虑的是他的性格，他的身上有一种性格悲剧。他其实很愿意做段小楼的“室内空间”，但是段小楼不属于他，段小楼属于菊仙，即使在菊仙死后也是如此。他的心中已容不下别的陌生女人，更不要说是他一直视作亲兄弟的程蝶衣。

其实很多时候，陌生人比熟悉的人更容易发展成为爱情的对象，甚至是一种依托。李碧华在小说当中也充分表达了这一点：段小楼逛窑子爱上了妓女菊仙，而他与菊仙相识的时间远远不及他与程蝶衣相识的时间久，感情也不是那么深厚。我这里所指的感情主要是指除爱情以外的情谊，而对于爱情，它不是那种时间相处得越久便越浓烈的存在。它需要一种“天作之合”的宿命，而这种宿命是再怎么样努力也无力更改的，这更是需要契机的。



李碧华《霸王别姬》所带来的另一种客观的向上作用就是在呼唤一种在感情面前的自主意识，但是李碧华想表达的本意肯定不是这样的，这种看法也许只有人在处于一种乐观之境的时候才会联想得到吧。

---

① 李燕.李碧华《霸王别姬》中真假虞姬意象心理分析［J］.社会科学前沿，2017，6（6）：799-803.

# 解读林白——以《妇女闲聊录》为例

林白是一个感受力极强的作家，如果硬要将她与她横向的同是私人化写作的陈染相提并论的话，我还是更喜欢陈染。但同时我又认为林白作品的艺术成就可能要高于陈染，这是一种很矛盾的心理。简单来说，林白的作品显现出来的作家驾驭文字功底的能力可能要更强一些，而陈染使用的则是一种自然率真的笔调，让我感觉非常地实在而又亲切。



当然，上述陈论只是针对她们初露文坛头角时的作品而言，到了《与往事干杯》等后来的作品，陈染就开始表现出与林白同样的老练和凄惶，以至于让我从运笔层面很难看出林白与陈染作品的区别。当然，从其他方面我是可以分清楚的——林白的作品取材比陈染更广，作品的张力也更大。比如说她的中篇小说《北流》就跳脱出了陈染所习惯于描绘的男女之情或以男女之情辐射出去的情感，而上升为一种普世的情怀；再比如说她的《西北偏北之二三》，同样是以男女之间发生的故事为主线，但它不等同于男女之情，男和女这两个元素只是她所表达部分主体的负载者。林白的小说善于描写阶层低的或者正处于阶层低的暂时性状态的人民，像她的《万物花开》，她笔下所描写的监狱里的生活是如此的生动，对农村场景的洞悉和熟稔，让人读起来就像是一辈子生活在农村里的人。

而陈染是很少直接写下层人民的，即使写了，她给我们展现出来的姿态仿佛是城里人到乡下暂时性地栖居一样，农村里的一切在陈染的笔下都会有一种美感。但这种美感不是农家乐式的恬适的美感，而是一种将农村比城里落后的物质条件与自然相结合的画中的美感，多少会带给人一种疏离感，有些不够接地气和真实。

林白和陈染同是用一种恍惚迷离的轻飘飘的感受性话语去叙述她们笔下的世界，或者说这种叙述其实也是从属于她们心态的描写，一种呓语式的氤氲雾气般的缭绕。可是她们的这种纯感受又完全使用的是西方的意识流手法。

我读诸如乔伊斯的《芬尼根的守灵夜》等意识流作品，会发现西方的意识流同样是表达一种感受，但这种感受给我的直观印象是一种脚踏实地的存在，虽然它很难懂。换句话来说，读林白、陈染的作品我会很容易地坠入那种由感受支撑的叙事当中，就像在做梦，沉浸在一个古老而又偏远的城市当中，我不需要思考，只需要去感受。而读乔伊斯的时候，我与故事则完全是书里书外两个泾渭分明的存在，我会去审视这种感受，同样也会去思考这种感受，这是需要动脑筋的，需要读者理出一个脉络来。



而读林白、陈染这种给予读者牵引式感受的作品，其实是很多作家开始写作的时候，尤其是写散文的时候容易写出的，只不过很多作家都没有坚持下去，他们或是转到了别的写作风格，或是干脆不写，而上述的作品也不能算得上是真正的经典。真正能达到“私小说”极致的中国作家也就是林白、陈染等寥寥几人，有很大一部分原因在于她们坚持在一种流派中耕耘。

在林白这么多部作品当中，《妇女闲聊录》是极为特殊的一部作品。它可能是林白目前为止所发行的作品当中唯一一部以底层视角来写普通人的作品，整体给人一种干练朴实的泥土风。引用复旦大学张新颖教授的话——《妇女闲聊录》相对于文学是“上升”的艺术来说，它是一门“下降”的艺术。

“个人记忆既是对个人经历、经验的记取，也成为作品的一种独特的叙述方式、结构方式。人们对一段段岁月的记忆向来是零散的、片段性的，而这种片段性的回忆成为小说展开叙述的方式。”[①]

《妇女闲聊录》的叙述者叫木珍，她是一个地道的农村妇女。小说的主要叙述地点是一个叫“王榨”的虚拟的村落。通过木珍的叙述，我们得以听到

---

① 易晖.当代文学管窥［M］.北京：文化艺术出版社，2014.

王榨这个小村子中的妇女的声音。而这些声音都是原生态的，未经过文学的斧凿，因此读起来没有加工过的痕迹。我们经常讲，原生态的东西都只是文学创作的原型，可林白却以一种十分大胆的先锋性的方式直接将未加工过的实录挪到了一向被认为或应当是精雕细琢的严肃的出版物上，因此，有人不禁要问：这样大胆的东西真算得上是文学吗？我们对文学的定义又是什么呢？

我觉得这就是文学，只不过它是一种对传统文学的挑战，就像是现代主义对现实主义的挑战一样。乡村妇女间的谈话如果将它们分解成一句句的话来看，它只是闲话，可是有一种对话的应和，在其中又可以发现某些趣味甚至是某些形式上或是俚俗内涵上深刻的东西，这就是口头文学，而一旦有一个记述者将这些话语群记录下来，它就成了书面上的文学。

就像是《诗经》的成书过程不也是经过了采诗、献诗、删诗吗？之所以现在我们对《诗经》是不是文学没有疑虑可能存在的一种隐性因素就在于它离我们的时代过于久远，这种久远使得它具有开创性的地位，而我们对于开创性的东西总是会有一种崇敬的感觉。

但这种所谓的开创性又不能添加过多的限制性条件，就像我国文学史上第一部现代白话小说是《狂人日记》一样，而《狂人日记》其实不是顺序排列上的“第一部”。顺序排列上的“第一部”小说其实是现代女作家陈衡哲的《一日》，但为什么是《狂人日记》而不是《一日》会成为“第一部”白话小说呢？那是因为《一日》写得还很不成熟。

林白比陈衡哲的写作功底更强，自然也要更高明。虽然她是在以一种原生态的方式记述王榨这个乡村妇女的口头语言，但是将口头语言转化成为文字本身就是一种加工。林白所保持的只是农村妇女话语完全的不经雕琢，但它不可避免地需要描述，毕竟《妇女闲聊录》不是一部对话体的小说。描述即使再怎么样地贴合泥土，它也不可避免地要沾染上作家本身娴熟的写作技巧的习气，所以它不是纯粹的原生态，它依旧是别样形式的文学。它源于泥土，但是我们也要看到，《妇女闲聊录》的作者是林白而不是木珍，木珍只是林白在群像中虚构出来的一个具象，王榨的农村妇女的话语林白也不一定全部听过，她只是用同一种话语方式并根据现实存在的农村妇女的话语来推导衍生出来的话语。

所以说，它不等同于一般的口头文学修改的产物。还是拿《诗经》做例子，《诗经》的润色者所面对的是一篇一篇实物性的诗作，它不需要去推导，这也是它与《妇女闲聊录》成书过程中的一个区别。我又想到了韩少功的《马桥词典》，它的叙述体例在某种程度上与《妇女闲聊录》有一定的相似性，都是以一种集群性的方式来建构故事。但是《马桥词典》更偏重于一种历史的厚重感，而林白的《妇女闲聊录》则是在揭露一些问题，展示出人性的劣根性的痛感，所以从深层次来看这二者之间还是有着极大的不同之处。

“文学史上总有一些作家，他或她们生逢其时地与某个文学风尚相遇，成为这一风尚的核心甚至旗帜，并最终被文学史所铭记。他或她们与这一文学风尚互为表里，榫卯贴合、水乳交融的阐释关系；这种阐释关系，放大了他或她们的文学意义，使其成为‘经典化’道路上的醒目标记，甚至跻身‘经典’之列。当然，这种阐释关系在将其文学意义推向极端的同时，也可能对其文学写作的其他向度进行了删削或遮蔽，使其文学意义在醒目的同时又不免显得扁平、狭窄。”①

这段话对《妇女闲聊录》来说是十分贴切的。它是私人化写作的产物，是女性主义代表作家林白所写就的作品，它存在一种迎合文学大势头的一种讨巧，自然就会成为代表作品，自然也会贴上标签，也因为有了“思潮”“势头”等光环的笼罩，它们就像是被包装一般能拥有额外的附加价值。可是我们一提到林白，就会有一种惯性思维，自动跳转性地想到“私人写作”“女性主义”，可是除了这些，林白的身上当真就没有可以挖掘的其他的特点了吗？当然不是。就像一窝蜂地去钻研某个点，把某个点研究得很深很深，可是其他方面却仍然处于一种未被开垦的状态，这就造成了人们在离开了那些讨论的固定话题的藩篱之后就会转变为一种“失语”的状态。

这种失语的状态是很恐怖的，同时又是一个很深刻的问题，它折射出了学术界的一些很不好的“跟风”现象、“蹭热度”的现象、“炒作”的现象，而这些现象如果一直这样下去，我们的学术将变成一种所谓的市场化的产业，学

① 王侃.翻译和阅读的政治［M］.上海：复旦大学出版社，2014.

术的未来将没有深度和严肃性可言。所以我想跳出这些前人已经研究得十分透彻的东西，结合文本来谈谈《妇女闲聊录》中它本身所反映的真正所具有的深度问题，而不是像写八股文一般对人们的创造性培养起到一种不好的影响。

“个人化写作是一种真正生命的涌动。是个人的感性与智性、记忆与想象、心灵与身体的飞翔与跳跃，在这种飞翔中真正的、本质的人获得前所未有的解放。”[①]“写作是一种飞翔，做梦是一种飞翔，欣赏艺术是一种飞翔，不守纪律是一种飞翔，超越道德是一种飞翔，它们全部是一些黑暗的通道，黑而幽深，我们侧身进入其中，把世界留在另一边。”[②]“在我的写作中，记忆的碎片总是像雨后的云一样弥漫，它们聚集、分离、重复、层叠，像水一样流动，又像泡沫一样消失，使我的作品缺乏严密的结构和公认的秩序。”[③]“所幸的是从《万物花开》开始，林白逐渐走出了自我封闭的叙述场景，开始在写作中与现实对话。她的《妇女闲聊录》通过记录一个农村妇女对于当代乡村充满喧哗的世俗生活的讲述，生动展示了底层生活的浮躁与狂欢，是‘口述实录文学’的重要收获。”[④]“中国人的现世安稳，略带悲观、富含悲悯的人生看法，隐藏在那些欢快而散漫的语句与节奏里。那个骄傲、多疑、苛刻、敏感、容易受伤的‘自我’，转以平和的心神、深邃的眼神、感慨的姿态去打量这个世界，那个沉湎于‘内向’的自我，朝‘外向’进发，‘内心’的自我，催生了‘外向的’自我。”[⑤]

从这几段引文中我们可以看到林白创作心理的转变。当然这种创作心理的转变并不是一个跳脱式的变化，而是在同一个范畴之中的不同层面的转变。林白在《一个人的战争》中有飞翔式的解放，但是我们又不能武断地说在《妇女闲聊录》中林白的这种飞翔式的解放就不复存在了，我们只能说林白的这种

---

① 林白.记忆与个人化写作［J］.花城，1996（5）.

② 林白.守望空心岁月［M］.广州：花城出版社，1996：238.

③ 林白.空心岁月［M］.南京：江苏文艺出版社，1997：293.

④ 樊星主编.中国当代文学史［M］.武汉：武汉大学出版社，2012.

⑤ 胡传言.刑德之下的格心与遁心——关于《致一九七五》的随想［J］.当代作家评论，2008（3）.

态度更为收敛了，她是将自己原有的感受与农村社会问题结合在一起，以达到一种隐秘的解放，我们在这种解放之中还能看到别的东西，甚至还有一种将别的东西置于主导地位的观感。而《妇女闲聊录》中的农村百姓的生老病死与嬉笑怒骂又何尝不是一种生命的飞翔呢？在我们将这种飞翔当作是一种可供我们欣赏的东西时，它们本身所具有的意义就已经不复存在了，它们就像是脱离了本身内涵而被一种强大的精神氛围所浸染了的存在，在这种别样的角度中，这一切的一切都是作为一种集群观念来看待的，我们在其中得到了一种灵魂的飞翔。

在《妇女闲聊录》中，这些看似絮絮叨叨的不成体系的话语似乎是林白的一个显而易见的缺点，但我们对优点和缺点的划分标准是什么？为什么林白的这种缺点不可以成为她个性化的体现，成为一种优点呢？这种别样的超出传统的并且有个性化的东西我们难道不应该以一种接纳的眼光来看待，并对它进行一种呵护式的、扶持式的珍视吗？所以我不是很认同引文中的“所幸”这个词语，我认为这个词语其实就是带有一种优劣式的偏见，我们只能说这是一种大的前提下的小的转变。



林白的文学功底已经达到了她所能拥有的一种极致，我们所要讨论的只能是她风格的转向问题。《妇女闲聊录》中大量淳朴短句的使用对林白而言确实是个不小的突破。这一点引文说得没错，这确实是林白试图冲破以自我为中心的牢笼向外部世界勇敢地探出头去，将自我与外部世界联系起来。也就是说，林白懂得了孤立的自我的素材似乎已经很难再写下去，所以她需要转型。就像她本人所认为的，写完那几部长篇小说感觉自己很长一段时间都不会再写长篇小说了，因为自己所要表达的东西在小说中都已经表达完全了。

在以木珍为主人公的叙述当中，我看到了劳苦的农村民众坐火车的常态。每个人都是带大包小包的吃食，带上一副扑克以便在火车上闲得无聊时打发时间。劣质的羽绒服中冒出羽绒出来，暖气力度不够大，厕所的拥挤……这一切都是劳苦人民生活的一部分，反映出了农村人民生活水平的低下和铁路设施的不完善。

任何东西似乎都处在一种半工业化的过程当中，但在这种半工业化当中我们又可以从人民生活的咬啮性的小烦恼中发现生活的趣味。这其实就是一种世俗的狂欢。如果社会的工业化与现代化进程达到了一个高水平的阶段，人们的生活固然是更为舒适和便捷的，人们自然而然地也会感到一种幸福。

可是我们想过没有，这种幸福是由现代化本身所带来的，而这种东西给人们的幸福是不长久的，是一种直接催生的产物，它会促使人们产生对当下的不满与无休止的欲望。这种欲望从客观上是好的，他能推动国家社会的进一步发展。这时候的人们缺少的是一种追忆式的来自泥土中的快乐，是一种安于现状的满足，在某种程度上来说，安于现状虽然会使人类社会停滞不前，但它积极方面的作用在于一种“麻痹”式的快乐，将这种快乐具象化就相当于“围炉夜话”般的温暖。这样人们的心理才是健康的，这样的人们才是最为淳朴的。

所以我们从这个方面来看，也就能很好地理解孔子的“克己复礼”的思想。我们不应一味地将其看作是消极的一方，对于当下的国与国之间的竞争压力以及客观的人类进步的需求来说这确实是有些不合时宜，但我们不能将发展理解为一种不间断的马不停蹄式的发展，它其实是曲折性的发展，而其中迂回的部分就是上述思想的反映。





我们不能将迂回看作是发展过程中的一个不好的但又必须经历的一个过程，其实它也是一种积极的存在。发展需要暂时性的停歇，这停歇的过程是为了让人们更好地去适应发展。停歇到了一定的时候如果有需要便重拾发展理念，因为发展是人类社会进步的体现。说得更为精细一些就是，在主观的发展中而给人们呈现出一种客观的停歇状态，在客观的停歇状态中依然还存有一种潜在的不易察觉的发展。

在《妇女闲聊录》中，林白还以十分生动的笔调描绘出了夫妻生活中的嬉笑怒骂。就拿木珍的丈夫小王来说，只因为木珍没有给他零用钱就开始闹别扭，待在床上不起来，甚至闹着要离家出走，而作为妻子的木珍也十分洞悉自己老公的小心思，用她的话来说，拿到钱她也不怕，小王爱上哪上哪，又能跑哪去。这样的质朴无华的语言将家庭生活描绘得惟妙惟肖，夫妻之间的“小奸小坏”淋漓尽致地表现出来了。

这又让我想到了一个很有意思的话题。人们都说“老顽童”，像小王一样的中年男人为何也变成了“顽童”，做出这样一些幼稚的举动？其实这种丈夫的幼稚与妻子的强势仅仅针对于彼此而言，而林白正是懂得这种中国式夫妻相处方式的真谛，故能如此生动地展现出来。小王为什么会这样？因为在他的内心当中他是怕老婆的，而他又不甘心去面对自己怕老婆的事实，便以一种看似刚强实则幼稚的方式做一种无声的抵抗。他明知这种抵抗是无效的，但为了自己作为一个男人的面子，他总是要走走过场。而木珍在家庭中扮演妻子的角色，同时又是主动的一方，她乐于享受男人给予她的主导的“特权”，也乐于霸占这种特权，以一种以假乱真的方式维持着这种家庭女性霸权的地位，但其实这种霸权地位不是真的，因为妻子相对于丈夫处于一种强者的地位，是基于丈夫对于妻子的爱和不愿意管事的懒惰性，久而久之形成的，这种爱和懒惰性的初衷已被时间磨洗并消失在了丈夫的记忆中，从而这种地位关系就成了一种法则，一种惯性，这就可以很好地解释为什么在当丈夫对自己的妻子不再有那么强烈的爱，甚至是产生了厌倦情绪的时候，他依旧甘心处于家庭的一种附属地位。

小王对于木珍服软有这方面的因素，但是我想最主要的因素还是在于小王对木珍的爱的习惯，而这种爱的习惯的延续正是一个家庭得以红红火火地延续下去的一个很重要的因素。这又让我想到了家庭生活的另一种存在方式，那就是相敬如宾。

中国式家庭能够在岁月淘洗中依然保持相敬如宾的状态，我认为这样的情况是少数的，其一在于夫妻双方都得经受过良好的教育并且性情温和，其二在于丈夫对妻子或是妻子对丈夫存在一种内疚式的亏欠，故而那感觉亏欠的一方便一再妥协，达到一种婚姻形式上的稳定性，这同样存在婚姻中的强者和弱者，只不过这种强弱的对比是一种客观上的极端的不情愿，像是有一股强大的意念在支配着处于弱势的一方。从表面上看，这样的家庭固若金汤，对不知内情的人来说他们营造出的幸福和美的表象足以令人羡慕，可他们一旦有了孩子，在孩子少不更事的时候可能会持有跟外人一样的看法，可是随着年龄的增长，孩子总会逐渐发现他所处的原生家庭的问题，而这种感知能力与孩子本身的敏感程度有关，这样的孩子很可能发展成为那种心思极端细腻敏感的孩子。

我们假定他拥有父母双方对他的分别的强烈的爱，可是父母之间却没有那种与之相对等的浓烈的爱，这就像是一个稳定的三角关系中三角形的一条边突然失去了，那这种稳定的三角关系自然而然就成了一盘散沙。

我认为，即使这三者之间彼此的爱都是存在的，可如果这三者之间的六条爱的关系线存在着一种强烈的不对等的话，那么这个家庭即使不会成为一盘散沙，同样也会出现问题。所以掌握好这种平衡关系至关重要，这种不对等不仅仅表现为一方相较于其他方面更弱，它还在于一方相较于其他方面有着一种参差的对比式的强，就像是这六条关系线中，某一条关系线所表现出来的关爱尤为强烈的话，同样也会出现问题。

如果一个家庭中有两个或多个孩子，那么他们与父母之间构成的关系以此类推是四角和多角的关系。但是我认为四角和多角远没有三角稳定，因为里面牵扯到许多复杂的因素，而因素一旦复杂，它的不确定性会更强，自然做不到稳定。



也许有的读者会产生疑问，以为两者之间的关系会更为稳定。但我们都知道三角关系是最稳定的，更何况两者之间能构成一个平面化的图形吗，就更不要谈角的问题了。如果一个家庭只存在两者，又存在三种情况，一是这两者是父亲与孩子，二是这两者是母亲与孩子，这种关系都是极为不正常的。它们之间只能形成一条孤立的线，但这条线段又比只有一个点的单个元素要显得完满，有一种相依为命的因素在里边。还有一种情况是丈夫和妻子，他们所构成的线又象征着另一种形式的不健全，也就是说，不同情况下的线和点都有着不同的分析语境。

但我似乎遗漏了一种情况，那就是假如是个四口之家，而这四口之家中少了父亲或是母亲，那么他们同样可以构成一个三角，但这种三角是铁三角吗？显然不是。也就是说，要符合我的这个三角定律的准则所必不可少的元素在于父亲或是母亲，但如果失去其中一个孩子不一样也可以成为一个铁三角吗？如果是这种情况就又存在一种感情因素的作用。在这个孩子失去之初，这个铁三角有可能会涣散或者会出现涣散的趋势，因为其余的这三角，或者说在其中作为同样是少不更事的孩子角度上的一角除外会因为这失去的一角而悲痛，从而破坏自身所存在的稳固性，但随着心态的调整、亲朋好友的劝慰与时间的冲洗，这个新生的三角因为那一角失去而悲痛万分以致一种永远无法愈合的三角关系有可能会变得更加坚固，从而形成一个新的铁三角。

其他拥有更多孩子的家庭以此类推，如果这个拥有更多孩子的家庭的孩子像我上述所说的情况一样接连死去，那么就像是它们本身所具备的多角关系的逐级增加的不稳定性一样，它们重组而成为铁三角的可能性会越小。另外我还要阐释一点，这种多元素之间构成的角的平面图形有着代际性，而这种代际性的元素又会有重合。就像是父母同样是他们各自父母的角状图形的一部分，但他们同时又是相对于他们的子女而言的角状图形的一部分。他们除去作为他们父母的“主角”之外的“附角”而言，也与上述情况遵循着同样的定律。但随着他们包括他们父母所经历过的在人世的时间的拉长，作为“主角”父母的死去所带来的涣散的效果不像我前面所说的这么强烈。其实这是两个极端，如果是在孩子年龄较小意识不健全时就已经失去父母了，那么效果同样不像我上述所说的这么强烈，但这二者之间所谓的感觉是不一样的。

再者，我的这个理论不能适用于跨代之间的分析，比如将孙辈和祖辈之间进行分析则是不合时宜的。聊了这么多引申出来的话题，我们再回到前面我所提出的第一种情况，也就是夫妻双方受过良好教育并且性情温和的那一种情况。这样的家庭也可以称之为一种健康的家庭状态，从这样的家庭中走出来的孩子一定也会受到家庭氛围的良好熏陶，但我总觉得在这完满无缺的背后似乎缺少了家庭中那种热热闹闹的兴头，这样的家庭很难培养出有个性的孩子，相反它更容易培养出淑女君子式的大家理想中的孩子。可是，跳脱出家庭的因素，这些孩子难免会受到社会上恶的一方面的影响，那么如何避免病态的衣冠禽兽式的心理是这样的家庭所要认真考虑的。总而言之，我还是更喜欢林白笔下木珍家的那种家庭生活状态。我觉得她不是在暴露乡村生活中的问题，而是在向我们展示“小麦”肤色式的健康的生活。

而这种健康的家庭生活状态在《妇女闲聊录》中还有更深一层的体现。那就是木珍懂得怎样在把控男人的同时做到张弛有度。比如说小王有一个老相好冬梅，在过年的时候小王非常想借这个机会去见冬梅一面，可又要在老婆木珍面前装出一副不想去的姿态。而木珍此时则看出了小王需要一个半推半就状态下的推力，小王只有有了这种推力他才会有一种无可奈何的顺理成章，这种顺理成章满足了男人的“偷腥”的欲望，但又不会对夫妻关系产生一种动摇，相反还会使夫妻关系更加稳固，就像是了却小王的一种心愿，这种心愿的满足会让小王的心更加的安分，所以聪明的木珍甘心做这种推力，做了一件在外人看来十分大度的事情。

所以说，这又牵涉到中国式夫妻相处的又一法门。“悍妇”作为妻子的角色对丈夫的强烈的控制欲只会导致一种适得其反的效果，在丈夫的一再服软的同时妻子不能进行步步紧逼式的行动，而要让其有自由生长的空隙。但依旧要把控好尺度，不能让这种空隙大到妻子所不能控制的尺度，总的来说，这需要一种浅尝辄止。而丈夫本身是没有浅尝辄止的意识的，妻子的力量是要生生地把他拉扯回家庭生活的正轨。



我发现《妇女闲聊录》中对于吃的描写异常精细，买了什么，买了几斤，多少钱一斤都事无巨细地一一列举出来，充满了过日子的情调。毕竟林白描写的是农村人民的生活，农村人民的生活中不可能以玩乐为主要的情调，他们的恩格尔系数相较于城里人来说是较高的，吃自然就成为他们日常生活当中最为关注的问题。他们关注的也是人的生活当中最为本真的问题，自然就会给读者一种暖烘烘的感觉。

林白在书中描写了一个叫香苗的人物，本来命挺不好的，但在外面闯荡的时候成了失足妇女，认了干爹，赚足了钱，便在农村老家显示出了她的阔气，并且让她的母亲享福。这就与当初那个畏畏缩缩的女孩子形成了鲜明的对比。即使村里的人们都对此议论纷纷，都对香苗的行径表示一种不齿的态度，但从客观上的物质条件来说香苗确实比那些安分守己的农村妇女过得好太多了。

在没有知识、没有背景的情况下，香苗走的这条卖身之路确实是既便捷又迅速还不需要成本的“康庄大道”。但我想林白不是要颂扬这种方式，她其实是要揭露这背后的问题。老老实实勤勤恳恳工作的农民一年到头只能赚得个温饱，而那些靠着不正当手段的人却可以一夜之间飞黄腾达，这是不是对当今社会的一种莫大的讽刺呢？也许有人会说，她们是冒着风险来从事不法勾当的，但从林白后文的描写来看，她们从事这种不法勾当的犯罪成本低，她们只要被关几天又可以出来重操旧业，也就是逃过“那阵风”就可以万事大吉。

林白绝对不是凭空捏造的，她是从实际生活当中得到的材料。像在以前法制不健全的社会中，经常有一些没挂招牌的店面在小巷之中大张旗鼓开业，里面总是有浓妆艳抹的女人，不言而喻她们是妓女。但是既然有店面，这就说明是当地管理部门的失职。这其实就是林白在《妇女闲聊录》中所要揭露的一面，一种社会乱象。我们的国家已经对此进行了大规模的肃清，虽然没有彻底的根除，但是已经取得了可喜的成就。

林白的《妇女闲聊录》在片段性的叙述中所要表达的深层次的意蕴太多了，这简直就是解剖人性的一部百科全书。

在这里，我最后想举出的例子是关于木珍在童年时第一次看死人的感受。他不理解人们为什么哭，死了不就死了吗。其实乍看过去我们会觉得那只是小时候的木珍对于死亡的理解还不深刻的缘故，因而她会得出这样一种天真的感受。其实，正是这种孩童对于死亡的理解所带给我们的陌生感才是我们真正对待死亡应有的态度。在这一点上，我们看到了林白超脱现实的生死观。

# 解读池莉——以《生活秀》为例

池莉极力地在书写武汉这座城市，她的文字也很接地气。池莉的作品是堆积的、部分的爆破力，这主要集中在她笔下人物的情绪酝酿的高潮中所表现出来的一种激昂高亢的状态，在这种激昂高亢的状态以外她的文字是一种市井的美好的琐屑，一种娓娓道来的地域风情图以及人物个性心理的展现，可以说有张有弛，而这“弛”的部分显然要大于“张”的部分，而且在“张”的前奏是有“弛”作为一种预谋的。

“张”与“弛”之间的比例搭配给予读者的是美好，是一种浓郁的生活的兴头，池莉的小说是以情怀取胜的。

她善于在这两者之间寻找一个比例，而且这种比例的调配永远是以自己惯有的表现故事的方式为准，她很懂得自己的本色是什么，自己的核心是什么，但她似乎很少有那种颠覆性的尝试。

从这一点看来，我们似乎可以得出这样一个结论：池莉缺少了一种极端的美。但多样风格的荟萃也有她的魅力，正像我曾认为池莉的作品以长句为主，但必要时她也会用短句来做一种锦上添花的效果。

池莉的作品多是以一种正向的东西推动我们的认知朝着正向的方面去发展，我们会品尝到人生的酸甜苦辣，但它的结局又是遂人心愿的。比如池莉的小说《冷也好热也好活着就好》在故事开头表现的是一种世俗之美，中间也是一样，到了结尾依旧是一种暖烘烘的世俗之美，美的场景、美的思想倾向自然会给人们一种美的陶冶。

总结来说，池莉文本当中所涵盖的故事情节相较方方的连珠炮式的紧凑来说是更为松散的其他作家。池莉的写作可能会多一点情怀的写作，但是就故事本身的表现来说不要这些情怀对主干故事的包裹似乎也未尝不可。

当然，如果将池莉的小说改写成连珠炮式的叙述方式其艺术价值肯定是要大打折扣的。所以说，这还是回到了一句老话：每个作家都有自己独特的写作姿态和文风。

谈到这里，我们似乎可以很自然地谈到池莉的一个不同点，那就是她小说中惯有的模式。这种惯有模式是在小说的结尾或者说有时也在小说中间出现一段评说性质的文字，这一点很像张爱玲，也像写作《长恨歌》时的王安忆。例如："噼啪的鞭子声是愈发响亮了，十里江滩回荡有声。一只风筝起来，忽而就腾空老高。紧接着又一只风筝，又一只风筝。旱冰爱好者成群结队呼啸而过。有人在游泳池那边吹萨克斯，是初学，笨拙得可笑又可爱。长江滚滚东流。林风飒飒作响。这是一片多么罕见的巨大的阔叶意杨，与她们一起长大，从她们儿时到现在都与长江在着，这样的树林让人感觉牢靠。两个女子坐在大树下，在江边，在汉口，在她们的城市她们的家，说话与哭泣。"①我个人认为，新写实主义小说流派的对立面是女性私小说，前者注重生活中个人的遭际，后者注重个人感受；前者叙述注重麻辣爽利，后者则将感受道出了剪不断理还乱的意味。我觉得像池莉这样的作家其实还是与大部分作家的写作方式更为契合，但她的风格是独特的，这也是无可辩驳的。

接下来我想以池莉的名作《生活秀》为例向各位读者更深层次地解读池莉，从而对池莉进行一个整体的把握。

"正是从主观感受出发，池莉通过自己特有的叙事模式来回答了'生活''爱情''理想''婚姻'是什么这一系列命题。顺应现实、忍耐知足、达观务实作为一种生活态度和处世哲学在池莉小说中被反复展现。池莉的文学创作虽然数量惊人，风格摇曳多姿，但其文学观和价值观却并不驳杂。细究其里，我们发现这些价值观与对中国人影响深远的以儒道为核心的人生哲学存在

① 池莉.汉口情景［M］.南京：江苏凤凰文艺出版社，2014.

诸多相通之处，但又不是简单的等同，基于一贯的平民立场，池莉在接受传统文化时采取的是一种实用主义态度。”[①]在《生活秀》中，女主人公来双扬过着与广大中年妇女们所同样的生活：经营着自己的小事业，有着琐碎庸常的家累。但是，《生活秀》若是仅仅将这类生活原原本本地展现出来固然也会赢得人们特别是广大妇女的共鸣，却总是少了些小说应有的戏剧性。小说的散文化倾向确实在池莉的小说中存在，但是因为受池莉一贯擅长表现的题材所限，若是不对小说所表现的这一类题材“加料”，则很难长久地得到读者与评论界的关注。故而我认为，小说数量上的更新并不代表每部小说都会有新意，要做到有新意第一就是题材的开拓，例如巴尔扎克那般的百科全书式的作家，再者就是在给同一类型的题材“加料”，当代的很多作家都属于这种类型，诸如贾平凹、张欣等。

而在《生活秀》中，池莉的“加料”又体现在哪里呢？其一是一种具有武汉地域色彩风格的展现，这就跳出了共性从而具有了自身的个性化色彩，其二我认为“加料”本身就是一种夸张，《生活秀》当中的夸张又体现在哪里？一是对于女主人公来双扬家累的夸张，例如来双扬的哥哥来双元与嫂子小金的自私愚昧、小妹来双瑗的自视清高以及弟弟来双久的吸毒。



这种所谓的夸张并不是指一种离奇，诸如《西游记》《聊斋志异》般的离奇，着重点是在“张”字上，其实就是一种张力，一种世俗的张力。我们可以看到，在我们所生活的一般人家当中可能也会出现上述家累中的部分，将这些小的部分结合起来同样也是有存在着的群体的。但是，《生活秀》却将这些家累一桩桩一件件通过文字摆在了显而易见的位置，其实也就是一种平行状态。池莉通过语言、心理、神态等手法的叙述告诉我们这些家累是如何明显，如何聚成一股力从而对女主人公来双扬造成影响，又是如何形成了一个家庭乱麻，剪不断理还乱。

而在我们的日常生活当中，我们的生活多是以一种纵向的方式来运行的。我们做了这件事紧接着又会去做另一件事，可能坐下来歇歇想些事情，在这

① 赵黎波编著.新时期小说的叙事特征及文化阐释［M］.北京：新华出版社，2015.

种一环扣一环的过程当中度过自己的一天。我们可能也会因为自己的家累而忧心，但是生活当中的其他琐事会去冲淡这种专一性的张力。人又是一种需要连续性思考的动物，中途被切断的间隙往往是一种诱导，它让我们随着被这间隙所占有的事件去思考而不是以间隙为媒介从而回到我们起初所思考的事件当中去。即使我们有意要持续这种思考，比如说我们将自己隔绝到一个无人打扰的时空当中专心地去梳理这些家累，但是我们的思考是一种意识流的展现，我们会在想这些事情的时候，抓住这个事情当中的某一个元素从而以这个元素为新的思考起始点来考虑问题。比如说我们在思考《生活秀》当中来双扬将毒品注入香蕉当中从而违法带入禁毒所中的时候，这就有了很多很多的分支。例如，有人从香蕉着手，心想前几天买的香蕉再不吃可就烂了。有人会从禁毒所着手，心想进了禁毒所的生活该是什么样的。可是理想的思考是随着作者池莉的文思去思考，而思考的深度又是无止境的，所以在每一个思考层面便会对人们进行一次又一次的分流。



然而小说相对于我们的思考具有一种提高张力的命中率的特点，或者说小说正是通过文字这一媒介才有这个能力做到这种张力的集中呈现。池莉就是紧紧抓住这一点对《生活秀》进行“加料”，诸如池莉这样好的小说家十分懂得突出自己所要表现的东西。我们可以通过纯粹的文字限制我们信马由缰的思维，读者可以在池莉对家累的深度描写中戳中他们正在经历的而又没有时间排除杂念好好思考的东西。

或者我们可以这么说，文字的一个很大的作用是提纯，它能减少人们费劲思考、整理、剖析的过程从而直接让读者明白他们的困境所在从而产生一种别的媒介所没有的共鸣。例如由小说《生活秀》改编而成的电影《生活秀》，我们可以发现在电影的声光电的作用下这种东西似乎比文字更为直观，但是，第一我们还是会被这多样元素所转移注意力，第二就是在直观的同时它所给人们的深度是不够的，读者对于文字可以自由地掌控接受速度，但是电影、电视剧对于所有的受众制定的都是同样的接受速度，这在一定程度上妨碍了接受的私人化与个性化。

那么《生活秀》的夸张所体现的第二个方面又在哪里呢？我认为是一种狂

欢的梦幻化。狂欢体现在哪里？吉庆街夜市的狂欢就是一个很好的例子。我曾到过武汉的吉庆街，发现它似乎离池莉笔下的那个充满烟火气和小市民气的武汉风味的吉庆街有一段的距离，我不知道这是因为时代的变化以至于吉庆街改造成了与其他街道相类似的现代文明的产物还是说池莉有意地采用一种梦幻化的手法将吉庆街描写得宛如人间仙境。

两个方面的原因可能都有。但是后者的梦幻化我想确实是在日常生活当中真实存在的，只不过这种存在需要多方面恰到好处的配合，而且这种感受必定是短暂的，再现具有一种不确定性，还没有规律。如何将这种狂欢的梦幻化定格下来，最直观的方法是通过人们的回忆。

可是回忆终归只是私人化的，回忆会随着时间的流逝或是渐渐遗忘，或是历久弥新，在人的生命走到尽头时会湮灭，它无法上升到一个普世的层面，就算是同一个人想在相同的地点体验到旧有的感觉，这种旧有的感觉的因子也同样会增加些什么，同时也会消逝着什么，就像著名哲学家赫拉克利特所言——人不能两次踏进同一条河流。只有文字这一个媒介才能将这种感觉永恒地记录下来。



文字是一个十分具有灵性的载体，它能将狂欢具象化，当然电影也同样能做到这一点，但是电影能将梦幻具象化吗？显然是不行的，只有文字才能做到这一点。其他的媒介诸如绘画、音乐也许能引导着人们的感官明白什么是梦幻，但是梦幻具体带给人们的效果是什么，将梦幻解剖开来又是什么，这些功能对于它们来说是无能为力的。各种艺术媒介都具有它们独有的长处，而它们在表现某种事物、某种状态甚至是某种抽象的概念时总会有它们独有的显性特点和隐晦的方面，甚至有的时候某种载体在表现某种概念时的隐晦恰恰是另一种载体所能显性表达出来的，也就是说，不同艺术载体在存在局限性的同时，它们之间还存在某种互补性。但是，这些局限性和互补性的极端的展现离不开对这些载体精通熟稔的艺术家。

池莉就是这样一位艺术家，她懂得捕捉瞬间，懂得将稍纵即逝的感受变成一组慢镜头，从而延长人们的快感，达到一种完整的梦幻化。读者在阅读完池莉的文字以后可能会像我一般想去实地走访一下吉庆街，尝尝久久鸭脖，看看能不能遇见一个像来双扬那样美貌精明又干练的妇人从而进行一轮爱情长跑，但是一般的读者在实地走访之后可能会大失所望。我所指的大失所望并不是指他们在吉庆街找不到他们所盼望遇到的元素，而是指他们不能在走访吉庆街之后重拾阅读池莉《生活秀》时的那种感觉的重合，固然是可以他乡遇故知，只不过已经沧海变桑田。他们也许再也不会去吉庆街了，看池莉的《生活秀》也再也没有从前的劲头了，因为他们会将现实的吉庆街代入故事当中的吉庆街，从而产生一种令人不适的反差感。

但是如果是一位颇具文学艺术修养的读者走到吉庆街，他们在怅惘的同时还会感叹池莉“丰富的理想化的童真”，这个女人的童真妙笔可以让一条普通的街道在全国声名鹊起。就像是柳宗元写《小石潭记》，将一个凡庸又不起眼的池塘写得美不胜收，从而给读者一个美好的审美期待。第二个解释狂欢的梦幻化的例子就是来双扬与卓雄洲之间臆想出来的感情。卓雄洲为了来双扬接连两年来捧来她的场，在来双扬卖不出鸭脖的时候豪气地承包，这其实就是一种梦幻，谁说对爱情的期许不是来双扬奋斗下去的动力呢？但是最后他们二人终于发生关系了之后，双方才猛地惊醒对方不是自己所梦想中的另一半，甚至情人也不是，他们给对方展示的只是理想化的那一方面。 

卓雄洲爱的只是圣女般的完美无瑕，而来双扬本身又是一个极为脚踏实地的充满生机与活力的小市民，他们二人终究是不合适的。在那次亲密接触后，他们终于明白了这一点，两年的爱情长跑说散就散，这难道不是一场梦吗？也许是因为这次的期许落了空，当一位画家对来双扬展开恋爱攻势时，来双扬便是一种老道的冷静了。

来双扬其实一直都在现实当中踏踏实实地活着，只是原先对于卓雄洲她还部分地沉浸在梦中，现在面对画家，她的梦终于醒了，她又在现实当中踏踏实实地过活，来金多尔、来双久都是她活下去的希望。在池莉的笔下，这种生活态度固然是健康的，但在这健康的背后又蕴藏着一股生活的艰辛与无奈。这种加料式的夸张又是有限度的，池莉是新现实主义小说作家的代表人物，她再如何夸张也不会在题材上做文章。

我发现池莉对人物结局的描写总是小心翼翼的，生怕对人物命运交代不周，在《生活秀》的结尾，她将来双扬与卓雄洲的感情线叙述完毕，对于小金、来双久、来双瑗也有一种暂时性的结局式的交代，颇像是临终嘱托一般，每个人物都有一个暂时性的归宿才会安心收笔。这不是现实主义还要怎样才算是现实主义？

生活是什么？池莉在《生活秀》中通过对来双扬的叙述告诉我们生活就是在家长里短、鸡毛蒜皮的处理中痛并快乐着，这其实就是一种小市民的健康的乐天知命的思想，这就是道家思想的体现。而以《生活秀》为代表的池莉小说所体现的儒家思想在于故事当中的女主人公都是在乐天知命的基础上不懈奋斗的，就像是朝着命运的指示而努力这样的一种心理。我觉得这种心理对于那些安于现状无所作为的人来说是一个警醒，告诫他们"知命"并不等于无所作为，而在于努力奋斗去获取应得的东西。这种心理对于那种一味只知道拼搏努力而不懂得以进为退的人来说同样是一个很好的警醒，不是自己应得的东西是不能强取的，不然代价也会接踵而至。





爱情是什么？婚姻又是什么？在池莉的另一篇小说《她的城》中，作者给了我们一个十分明确的答案。逢春与周源之间有的是婚姻，但不可能有爱情；逢春与骆良骥之间有爱情，也可以有婚姻。再比如说在《你以为你是谁》中，陆武桥与宜欣之间有爱情，但不能有婚姻。再次回到《生活秀》，阿妹与王所长的儿子可以先有婚姻再有爱情。爱情与婚姻这两个话题本身就是无穷尽的，它们之间的关系更是复杂。但是总结起来就是：婚姻是人为的，爱情是自愿的。这一句话我认为可以很好地概括上述情形。

理想是什么？我认为池莉的小说中的人物没有一种实在的理想，甚至有一种去理想化的倾向。这些人物本身就是在生活的运转之下生活，生活本身就是他们最大的理想。这同样是当代人一种健康的心理。记得央视曾有一次在新年到来之时走访基层询问各行各业的百姓理想是什么？他们的回答大多是多挣几块钱、少上一天班、儿子会读书、父母身体好之类的，很少有人会说一些宏大的，合乎我们预期的称之为理想的东西。但我觉得，这就是一种本色，这就是一种健康的老百姓的柴米油盐的生活方式。

若是他们真的回答了一些称之为理想的东西，我们又会觉得不真实，失去了人们的本色。就像是碰见了一个过于正能量的人，我们不会因为他身上满满的正气而愿意接近他，相反我们会觉得有一层隔膜，这种隔膜就是一种与百姓思维方式的格格不入。

理想这个词过于书面化，在现在的生活中只适用于正式的场合，若是将“理想”一词换成“愿望”想必会亲民很多。而池莉作品中的人物是有许许多多的愿望的，但他们从不把愿望当成一件神圣的事，也从不汲汲追求，他们该吃就吃，该睡就睡，这样的生活才是大多数百姓所过的生活，这样的生活才值得我们提倡。

“在池莉的小说里，由于爱情的缺席，男女之间的交往形式变成了残酷的较量。《小姐你早》书写的正是女性最终将男性打得落花流水的新时代战争史，是池莉满怀性别仇恨所创造的一个女性英雄神话。”①

我非常不赞成这个偏激的观点，我认为评论者的主观好恶程度太强，没有站在客观的角度对池莉进行一个中庸的评价。



首先，爱情的缺席确实是池莉很多部小说当中具备的元素，但是男女之间的交往形式是否都变成了残酷的较量呢？我觉得不尽然。《她的城》中的逢春，在面对爱情缺席的时候表现得坚韧顽强，在爱情到来之时又展现出少妇特有的娇羞，我不禁想到了张爱玲的小说《小艾》中的小艾，她们同是极好的女孩子，有着多么美好的追求，就像是山谷中的幽兰，一直在等待自己的有缘人。逢春与周源之间难道是一种残酷的较量关系吗？再回到我们集中讨论的《生活秀》，阿妹与来双久之间同样遭遇了爱情的缺失，但是阿妹又何曾与来双久之间动过较量的念头？即使来双元与小金之间确实存在着一种较量，但是我们可以发现这种较量是颇为隐晦的，结局总是以男方的退让结束，但是男方难道真如上述所言是被女方“打败”的吗？其实男方的退让正体现了他对女方的爱。

这样的例子还有许多，但是从我上述所举的两例来看，我实在不敢苟同上文论者所提出的池莉小说中的男女关系斗争论的观点。就算是排除那种以偏

---

① 路文彬.被背叛的生活［M］.合肥：安徽教育出版社，2014.

概全的错误，单论池莉的小说《小姐你早》，上文论者的观点同样也是站不住脚的，或者说他并没有在池莉小说主题思想的范围之内去考虑问题。《小姐你早》是一部典型的女性主义作品，里头的女性为什么会自我武装，直接原因便是因为男性对她们造成了伤害她们才不得不进行反抗。

这其实是一次女性意识的觉醒，这是女性敢于逃出男人给她们设置的枷锁从而赢得自主命运的女性觉醒，而绝对不是上文论者所说的弱者。

再者，我认为，男性和女性在地位上、在权益上本身就不存在强与弱的悬殊，他们都是平等的。无论是女性还是男性，都应该在遭受迫害之时奋起反抗。

在池莉笔下的部分女性中，怨气是有的，但是除了怨气之外她们难道就没有其他更好的品性了吗？就算拎出“怨气”来单说，这也是理所应当，这是人天性的产物，有怨气的产生本身就是一种对某些角色出格行为的暂时性忍让，怎奈某些角色不懂得这一点非要去挑战另一角色的忍耐限度从而引起另一角色彻底爆发。





池莉无意创造什么史诗，自然不存在“英雄”之说，池莉仅仅专注于表现女性主义，未曾上升到“女性英雄”的层面，“救世者”“英雄”是作为新写实主义小说的代表作家池莉写不来的，硬给她扣上这些标签肯定也是不够严谨的。

“池莉小说中的女性智者，与民间故事中的女性机智人物同属一类，可看作是这一民间原型人物在当代作家作品中一种改头换面式的复现，借用弗莱的原型批评的理论术语来说就是‘置换变形’。从原型的重复显现的角度来说，池莉笔下的女性智者身上也体现了反抗男权制的色彩。”[①]“当然，从原型批评的创造性发展来说，池莉小说中的女性智者自有其特点，不同于民间故事中的女性机智人物。比如由于时代语境的巨大变化，现代女性面临的主要是与自己的另一半——男性的关系问题，不同于古代女性主要应对男性家长的刁难，现代女性还要比古代女性面临更多更复杂的家庭以外的社会生活难题。因此，

① 费团结，陈一军.新时期小说与民间文化［M］.西安：三秦出版社.

池莉笔下的女性智者在追求性别平等、独立和幸福的过程中，要比民间故事中的女性机智人物具有更多、更大的智慧。即使如此，这些智慧也并不能保证她最终必然获得幸福生活，池莉小说中的女性智者命运发展有时显然不同于民间故事中女性机智人物那种固定圆满的人生结局。"①"就我个人的现实生活态度而言，我比较喜欢安静的，坦率的，有幽默感的，攻击性较少的，善解人意的女性。我与《生活秀》中的来双扬，恐怕就只能做一般的朋友了，她太厉害了。"②

民间故事中的女性机智人物举一个很好的例子便是《西厢记》里头的红娘。但是如红娘这样的女性机智人物在我国的古典小说中多是处于一种线索式的、牵线搭桥的地位，她们很少作为女主角——女主角一般是人物个性更为内敛的女子。但在以池莉为代表的当代作家笔下以往这类被忽视的形象成了小说的女主人公并赋予了她们新的内涵，这其实就是人物表现的着眼点的变化。



可以说，在池莉笔下的女主人公已经跳脱出了古代小说对同类人物的扁平化的描述，人物有了除了"智"以外的东西，这固然是代际作家写作水平的进步，更是由当下复杂的社会现状所影响的。正如引文所说，即使具有智者的品质，也不能保证女主人公的结局是幸福的。正像《生活秀》当中的女主人公来双扬，她的结局是幸福的吗？似乎不能下这个定论。现代社会比古代要复杂得多，当代作家相对于古代小说家技艺更为成熟，理想化的倾向不能够打动现在的读者，甜美的幻想很难再得到他们的青睐，因此情节的复杂化，人物命运的复杂化，人物心理的复杂化便随着现代人心境的变化而做出改变。

就像是池莉本人并不喜欢《生活秀》中的来双扬一样，来双扬这个人物同样寄寓着池莉的一种理想，一种可以成为好朋友的可能性，所以引文所说的"改头换面"可见一斑。

---

① 费团结，陈一军.新时期小说与民间文化［M］.西安：三秦出版社.

② 赵艳，池莉.敬畏个体生命的存在状态——池莉访谈录［J］.名作欣赏，2003（1）.

# 解读亦舒——以《喜宝》为例



亦舒的小说是需要细读的，粗略地读所看到的轮廓只是一种假象，带给人们一种这位女作家写作无甚功力的错误观感。

的确，亦舒的作品不是用语言交织的惊艳之美——惊艳之美是读者一眼就可以识别出来的。亦舒的文字很朴素，出现得最多的就是人物之间的对话，这就是她的特点之一。

在我的印象里，众多女作家之中，只有张小娴与她的行文风格相似。在我们一贯的小说审美中，叙述永远是排在第一位的，即使是散文化的小说，描写也应当占据正文的很大一部分。

叙述和描写总是打眼的，叙述可以带动读者，好的叙述更是可以牵引读者，使叙述和读者之间构成一种主从关系；描写则可以缓和读者的阅读紧张度，好的描写可以使读者达到一种精神的静态，在这静态当中给予读者一种美感，从而达到润物细无声的陶冶。

如果说叙述在小说中的作用是故事得以进行下去的理由，是读者看小说的关键点，那么描写则是一种教化，就像是故事漫长行程中沿途的风景，它是叙述的辅助，是叙述的调节，它与叙述一起，构成了一种张弛有度的中庸之美。具备这两种元素并将其阐释得好的小说，是可以在快速地浏览当中甄选出来的，也是在现今的快节奏阅读当中占据优势的。

当今社会的图书出版量巨大，如何在这巨大的数量之中选择是一门学问。我们可以依照名家的书单去挑选书籍，也可以去挑选作家，但是除却这些方式，对于那些新人作家或者是人们想要跳出自己的阅读舒适圈去尝试阅读其他作家的书籍时，那就需要一种大浪淘沙式的自我判定，而在这种自我判定中就不可避免地用到“速读”这种方法。

速读只是一种方法，它是在阅读领域中的一种与选择相对等的行为方式，而这种行为方式是一个连接的过程，同样也是一个过渡的过程，它将浩如烟海的书籍浓缩成了我们力所能及的阅读书目。也就是说，我们其实已经阅读了大批量的书籍，只不过有一些东西我们还未读就可以去预测，有一些东西我们仅仅需要去辨别，有一些东西我们只要知道它们的存在，还有一些书只要凝结成书题给我们一种转瞬即逝的效果就行。而我所提到的叙述和描写两个元素，如果达到了一定的水准，那么具备这两个元素的书籍就会被我们精读。

当然这种方法只是一部分有见识的读者所选择的路子，就像王安忆老师曾在一次讲座中提过，西方的读者很多都是遵从这种选书和阅读的方法，而我们中国的读者大多是一种跟风式的阅读。他们不会去探索从而形成自己的标准，他们只是在给定标准的前提之下进行上下浮动的阅读。所以说，既然亦舒已经是亦舒，在中国，她的书就不会遭到冷遇，但是我所谈的是如果是在亦舒还未成为亦舒的情况下，她的书同样会造成轰动吗？她书中的价值还会被人们所充分挖掘吗？我个人认为答案是否定的。



在亦舒的作品当中，描写是很难看到的。没有了这个元素，故事似乎就没有了我前文所提的那种中庸之美了。但是，亦舒却找到了另外一个替代物，这种替代物不能简单地归结为一个词语，它是主人公人物形象的一种趋于极致的复杂的饱满。这其实是一种失衡。因为在大部分的小说当中，人物形象无论是扁平还是圆形，它都是一种“规矩”的描写，它会懂得与“描写”、与“叙事”一同去造势从而使故事的架构显得四平八稳。但是亦舒的小说不是这样的，它不是一种各方面均衡发展的东西，它似乎有点“畸形”。但是“畸形”也会构成一种畸形之美，只不过这种美感大部分人在乍看之中是很难领悟到的，它需要细读。

在细读的过程之中，我们不会看到畸形体当中萎缩的一部分，我们看到的是一种超越常态的巨大的东西，而这种巨大的东西会在直观上掩盖这种猥琐的东西，同样也会给我们一种完满的感受，只不过这种完满不是由中庸调和出来的，它是一种部分的膨胀。如果我们在阅读完亦舒的作品之后冷静分析，我们就会发现这萎缩的部分被藏在了“巨大”部分的阴影之下。这种“畸形”对于赢得读者来说是不占优势的。再者，叙述在亦舒的作品之中也是不符合常规的。亦舒笔下的叙述是由对话撑起来的，而传统小说中的叙述才是符合读者审美习惯的。经常性使用对话的多是在剧本当中，但是剧本当中的对话是会进行润色的，它会具有一种舞台感的特有的魅力，但亦舒笔下的对话多是平淡的家常的表述，这种对话与剧本中的对话在独句的观感中看来是逊色的。但是日常的对话也有一个好处，就是它的连贯性强，而且没有太大的修辞上的跳跃，这让人们看起来很舒服，然而这完全是建立在大的语群阅读之上的。

可惜的是，在甄选书籍的过程当中，谁会有这个耐心去看大的语群，尤其是像亦舒一样这种整本书的语群呢？而且，语群的建立需要单独话语的细读以及与答话之间的勾连关系，这样一环扣一环才会形成一个语群。但是，在速读的过程中是不可能做到这一点的。换句话来说，读亦舒的书，需要细读，只有细读才能体味得出亦舒的好来。

对话在叙述故事中所起的作用没有传统叙事方式那么直观。对话是一种集合的力量，而传统叙述则只需要一种承继关系。我还发现亦舒十分喜欢分自然段，在她的小说当中基本上是一两句话就分一个自然段。这样做其实也是小说本身的需要。亦舒的小说当中跳跃特别多，这种跳跃体现为人际的跳跃，体现为心理的跳跃，还体现为一种感官上的敏感的跳跃。正是这种跳跃使得亦舒必须不停地给自己的小说分自然段，因为它们属于不同的体系，当然，隔段之间我们可以发现属于同一体系的东西，但是我们却不能将它们重组在一个自然段之中，因为这其中还存在着一种时间关系，有时间就有先后。

“先”可以囊括很多东西，但不能是同一类的东西，这种共时概念体现的是一个面，同样的，“后”也是如此。再者，如果我们硬是要将属于同一个体系的东西归类在一起，就会发现它们彼此之间不存在历时的逻辑关系，而能够串联它们的东西却在另一个体系之中。而历时在小说当中显然是要比共时更为重要。当然还存在一种情况，也可以自然地达到共识，但是它还是需要历时，只不过是在两个相互交叉地历时面中寻找交点，而且要做到这一点还需要用到蒙太奇这一表现手法。再者，在小说中表现共时的方法是间接的，它需要超越历时的体系之外来看共时，而在这时，共时只是一种概念并且还是要服从于历时。这种写作方式在亦舒的小说中基本没有，我能想到的一个例子就是前面所解读的严歌苓的《陆犯焉识》，在陆焉识做某件事的同时冯婉喻又在做什么事，前面说过，用这种写作方式是需要胆量与功力的。

亦舒在行文中多分自然段我认为是她写作的一种节制，她不像王安忆一般辐散开来去叙述。在表现人物上，亦舒永远是见好就收的。但是如果我们光着眼于人物内心世界会发现亦舒笔下的人物都过于坚忍了，他们的心绪和情感敏感但是不够充沛，这一点正好与琼瑶的小说形成对比。

另外，我发现亦舒笔下的神来之笔特别多，同样是克制的语言，有时只需要一句话就能给读者以震撼。比如，在《喜宝》当中交代勖存姿的死时只用了一句话，为什么会震撼，因为它毫无征兆。读者在速读中很容易略过这句话，自然而然就会体悟不到亦舒的好来。



在亦舒的小说当中，有钱人是少不了的，经常能在其中读到一种上流社会的气息，同时，普通百姓也是少不了的。但是我却读不到一点珠光宝气的铜臭味，即使是在《喜宝》中喜宝自愿被勖存姿包养也同样没有这种感觉。我认为主要是因为亦舒写出了他们的苦衷，写出了他们丰富的内心世界。如果将富人的内心中与我们相共鸣的东西表现出来，那么富人也就不可憎，同样的，即使是在旁人眼里所不屑的姜喜宝也让我们恨不起来。这也在警示我们，表象很多时候会误导我们的情感倾向。

我们不能超出自身去看问题，在大多数人眼中，富人与穷人是不对等的，但是我更赞同亦舒所说的富人是有钱的穷人。很多感性的读者可能正是因为没有很好地理解亦舒小说中的价值取向才会主观臆断地去曲解亦舒。

亦舒本人是个极其聪明的女人，不然她也写不出像姜喜宝这样的人物出来。但是正如俗语所说“聪明的人命苦”，亦舒虽不至于命苦，但是感情上确有诸多波折。所以她笔下的主人公很多都继承了她的聪明但感情波折这一特性，如《喜宝》中的姜喜宝、《我的前半生》中的罗子君等。接下来，我想通过《喜宝》这部作品中各个人物形象的分析来向各位读者解读亦舒。

有学者认为，“亦舒根本不相信世上有什么天长地久、真挚动人的爱情，但她承认男女之间确实需要，也确实有相悦相恋的动人故事。她一方面强调‘动物性’的异性相吸的一面，强调美色在恋爱中的重要性，但她更着重表现财富对爱情的决定作用”[①]。他还认为，“当然，对亦舒笔下的社会批评、文明批评不能简单理解，重要的是以一以贯之的批判精神、批判锋芒。亦舒说她的主人公多为‘小布尔乔亚型的知识女性、职业女性’，她们擅长写她们饱经沧桑的感情生活。正是在这样的描写中，也不简单是温情，更多的恐怕是客观冷静，冷峻中不少芒刺”[②]。“与快节奏相适应的是小说的结构和语言。亦舒很少静态的景物描写和人物刻画，她的人物永远在‘运动’中，她的小说‘永远’在对话中。在这方面，她很像古龙。但谁影响谁？似乎很难说……就此而言，亦舒小说‘宜少不宜老’，年轻人读起来过瘾，老年人看起来吃力。”[③]



我对于喜宝这个人物的观点态度与引文作者有所不同，我觉得喜宝这个人物本身就存在着一种不确定性，她不是可以概括的那类人物形象，更不能用简简单单的“赤裸裸”“卖身”这样带有明显的褒贬意义的词语来概括。就像是飘在空中的水蒸气，如果我们用人为的手段将它液化成为水珠，那么抽象就会成为具体，可是这种具体却不等同于抽象。

在转变的过程当中，我们可以看到，水蒸气是不需要依托的，它与空气、与空气中的杂质全都构成了一个整体，它是一种混合物，而要解读这种混合物是需要专业人士去费脑筋解构的，但是在它液化成为小水珠之后，我们就会发现它成为一种“尘埃落定”的具体，而这种具体需要容器，需要各种各样的不属于小水珠本身的东西去依托，这其实是一个分离的过程，但是在这个分离的过程当中我们需不需要将承载物和小水珠本身全部算入我们研究的范围之内？这是一个问题。不论是从小水珠落下的过程还是从它落下之后的结果来看，承载物是一种必不可少的伴随作用，我们似乎应该将它放入我们研究的范围之

① 袁良骏.香港小说流派史［M］.福州：福建人民出版社，2008.

② 袁良骏.香港小说流派史［M］.福州：福建人民出版社，2008.

③ 袁良骏.香港小说流派史［M］.福州：福建人民出版社，2008.

内。可是，承载物本身具有一种不确定性和多样性，这又如何去具体化？再者，小水珠已经不再是水蒸气了，在这种转化的过程当中，它们就已经成了两种不同的物质。

回到姜喜宝这个人物身上其实也是这样一个道理，引文作者提炼出来的形容它的具有明显的感情倾向的词语其实就是小水珠万千载体当中的一个，它选择的是一个负面的载体，所以作者给了她负面的定性。但是，姜喜宝真的是这样的吗？我们在她身上看得到她其实一直是个敏感聪慧的个体，在未来面前，她时而有所追求，时而无所凭依，展现出一种茫然的态度，这也是一个载体。除了这两个载体之外还有很多的载体，而这些载体我们是不能完全找寻出来的，因为姜喜宝她不是一个概念，她不是一个陈述句，她是一个活生生的人，而她在芸芸众生之中又是那么的特别。所以我们永远无法抓住姜喜宝这个人，更不可能将她概括出来，我们所得出的结论只是小水珠的万千载体当中的一部分，我们永远无法抓住小水珠，更不要说是水蒸气本身。



我们在阅读完《喜宝》之后，姜喜宝就已经不是水蒸气了，它只是小水珠，而当我们试图去用语言形容姜喜宝的时候，我们就只能抓住一些载体，可是，我们还得意扬扬地显摆我们已经抓住了水蒸气本身。其实，在面对喜宝这样人物形象的时候，读者也好，批评家也好，都是可以用语言形容出一些载体出来的，只不过是把握住的载体的多少罢了，当然，这都建立在一个标准的范围之内。若是在这个范围之外去抓载体，那么不可避免地会出现一些偏差，就像上述引文的作者一般。我的这种观点更适合姜喜宝这种复杂的人物形象，像这样的人物还有《私人生活》中的倪拗拗等。

同样是属于扁平人物的《长恨歌》中的王琦瑶，上述理论可能就需要淡化，因为王琦瑶没有姜喜宝这么复杂。断定人物复杂与否的标准是什么？在同等的写作水平之上，用第一人称去讲述故事的“我”往往比第三人称的“他”要复杂，偏感受型的写作所展现出来的人物形象往往比偏故事型的写作所展现出来的人物形象更为复杂。

王琦瑶和姜喜宝都属于圆形人物，而扁平人物诸如曹操等又比她们更简单，但是概括他们还是要经过上述的过程，当然这个过程对他们而言又可以淡化。相对来说，篇幅短的小说中的人物比篇幅长的小说中的人物更简单，上述过程更为淡化。那么，我所寻找到的载体当中的姜喜宝又是什么样的呢?

姜喜宝这个人物的所作所为如果去掉那些明显的带有感情倾向的词汇，在客观上确实如引文所说，但是我们看到的概念只是概念，这种概念不像是学术上的一个概念，是一个庞大知识点的浓缩。在概括人物的形象尤其是在概括像姜喜宝这类形象之时，浓缩性的词汇其实不能称之为“概括”，只能称之为“片面”。也就是说它是不能精炼的，一精炼姜喜宝就不再是姜喜宝，而是一张脸谱。

就像古今中外的文学作品，如果要概括人物形象的话，总是那么些词在拼组。这就失去了小说人物形象的个性，这会让人们产生一种错觉：既然小说中的人物不外乎是这么些品质，那就只需要看几本代表性的作品就能成为一个百科全书式的读者。我觉得概括人物形象是一件无甚意义的事情，可能在归类方面会有一点用。相对来说，故事梗概又比简单的词语概括要好，但还是会出现上述问题，所以我觉得只有去看原本我们对人物的理解偏差才能做到最小。



我发现姜喜宝身上有一种向上的蓬勃的生命力，这种生命力倪拗拗身上也有。这跟她们的家庭环境有很大的关系。她们家境都不富裕，而更为关键的是她们的家庭是畸形的，是不幸福的。这就直接导致了一种敏感同样也会有一种韧性。同样的，在她们的生命历程当中遇到了很多的咬啮性的但同时又给她们带来神经冲击的事件，这直接导致了她们生命力的不断磨炼以致最后形成一种坚不可摧的力量。

我看《私人生活》和《喜宝》的结局发现这两位主人公同样在生命中的某个节点得到了进入新生活的一种革新，这个时候同样是她们的生命力在全书中彰显一种“正面的极致”的时候。姜喜宝在故事中的生命轨迹最为人诟病的就是她愿意被勖存姿包养。我们来看姜喜宝这个举动的出发点是什么？钱？这确实占了很大一部分因素。但是我们又可以提出两个新的问题。为什么要钱，因为她拜金而愿意自甘堕落？除了钱以外她成为勖存姿的女人还有什么别的因素？姜喜宝想过不一样的人生，她有青春，有健康，而勖存姿有钱，他们之间在某种程度上只是互取所需，这其实是一个公平的交易，其实也就像是买与卖一样，只不过形式更为特殊。

我觉得在姜喜宝个人看来，这只是一种天性，就像是吃饭睡觉一样简单的天性，抛却了社会的道德来看，这不是什么肮脏的东西。其实，这种行为本身就是一种本能，就像引文所说是一种“动物性”，而亦舒在塑造姜喜宝这个人物的时候就是在强调一种纯天然的动物性，只是同时她也通过《喜宝》中除喜宝之外的人来一直提醒着她的不道德。

这就形成了一个对比，这种对比是从外辐射向内的，直抵姜喜宝这个中心，所以这样而来又可以推导出姜喜宝的又一个特性：孤独。其实我觉得道德是人为的一个很冷酷的东西，它制造了一道鸿沟，消解了原始社会的天性。姜喜宝的孤独还体现在她的待人的一种分寸感，她在人情方面过于斤斤计较，这种分寸感是对待他人而言的，而她对自己的身体、对自己的内心却没有这种分寸感，说得通俗一点，她是一个灵魂和肉体紧紧贴合在一起的女人，比如说小说中经常对她的身体感官与身体所受到的刺激有很深度的刻画，这一点昭示着她绝对不是一个灵魂飘忽在身体之外的修女。但是她待人的分寸感又与这一点形成了一种舛驰，而这种舛驰其实就是一种病态，因为理想的健康的状态应当是灵魂与自己肉体的距离和与他人肉体之间的距离相等，而且相等存在一个值的范围。

小说中的勖聪慧就很好地做到了这一点。我发现很多读者和评论家都只是在一味地批评姜喜宝的拜金，却忽略了姜喜宝本身从一开始就对勖存姿有好感，只能说她觉得和他相处得舒服而正好勖存姿有钱，而很多读者都只看到结果而没看到中间的过渡。而在以后的相处当中，姜喜宝确实是爱上了勖存姿，虽然有的时候因为一些变故使得心中的爱被压制到了自身所无法去意识到的地方。

当然，亦舒十分擅长描写姜喜宝的情感波动，她制造了一系列的事件，比如姜喜宝说错话惹勖存姿生气后她对他的情感变化，再比如说姜喜宝的德国男友被勖存姿谋杀后姜喜宝对他的情感变化，还有就是勖存姿生病之后姜喜宝对他的感情变化等。

在小说之中，亦舒总是会制造一些转向性的事件给主人公，而这些事件又往往不是自然过渡的，乍看会有些突兀，在这一点上，她和琼瑶很像，虽然她们的小说旨趣大不相同。但是，姜喜宝又是一个“运动”的人，她很少去回顾以前的事，更不会缠绵悱恻、顾影自怜。比如说亦舒在小说中处理几个人物的死亡之时，进程很快，也从来不会在后文用一种感伤性的照应，这其实也是姜喜宝冷情的一面。从小说的行文上来看，简洁明快，很少有修饰语式的类似二胡的咿咿呀呀的语言节奏。但是，亦舒对她笔下的姜喜宝总的评价是赞赏的，上述评论家的话违背了亦舒写作的初衷，也没有读懂亦舒。

“亦舒的小说中最能代表她风格的是那些‘新派爱情小说’，她笔下的爱情故事真实地反映了现代香港都市女性的道德婚姻和爱情观，表现了她们在自己的生活和爱情的追求中，在传统情感与现代文明旋涡中的人生困境。这些小说与流行的言情小说相比有一个显著的特色是：她一般不去张扬理想的爱情，而是呈现原生的现实的爱情。因而她的作品中的爱情没有浪漫的幻想和美化的诗意，而是有着并不完满的结局。在作家看来，香港社会是一个高度发展的大都会，竞争激烈，人际关系疏离，金钱主宰一切。香港有所谓‘老式的台湾琼瑶！现代的香港亦舒！’的说法。她的作品与琼瑶的爱情神话相比，重要的差异是写出了现代商业社会中都市女性的现世爱情，商业都市女性中所剩无几的‘爱的能力’。古典式的浪漫纯情在亦舒作品里找不到的，爱情至上的理想演绎为虚幻。亦舒本人说：‘我是非常怀疑爱情这回事的。’”[①]“亦舒是香港经济繁荣时期凸现出来的作家，她的小说讲述了新经济形态下，香港人对爱情的理解，描绘爱情的演变。她塑造和表现了香港人务实的精神面貌，也以爱情的名义对这种精神进行了调侃。务实的香港人不欢迎情绪大起大落的爱情，但他们又离不开爱情。过去老一代人一生只爱一次，靠互相扶持或对不能结婚的情人深深思念以度过一生。现在社会竞争激烈，生活节奏加快了，青年人也采取了删繁就简的生活方式，性很容易得到满足，爱的形式也改变了。亦舒描写过很多缠绵美丽的爱情故事，但她没有沉醉于虚幻的爱情，却揭示了爱情的虚

① 吴尚华.台港文学研究［M］.合肥：安徽人民出版社，2007.

幻。”[1]

亦舒在《喜宝》中表现爱情的虚幻是通过姜喜宝与勖存姿这一对跨越年龄的爱情来展现的，这种“不正常的爱情”本身就是一种虚幻。但是，亦舒还在这种虚幻中添加了一些变故，使得虚幻本身晕染的魅力更加令人信服。当然，亦舒并不是没有写“正常的”从概念上来讲不虚幻的爱情，比如说勖聪恕对姜喜宝的追求、姜喜宝与丹尼斯阮的艳遇，还有就是她与她德国男友之间的爱情。但是，亦舒十分善于对概念进行一个扩展，说得准确一些便是将概念作为故事的开头，她再去续写概念。而这些概念到最后不是越写越糟便是写到一半便来了一个突兀的急转直下的收场。只有勖存姿与姜喜宝构成的这组虚幻的爱情仅仅是在概念上虚幻，而在概念的续写中亦舒是带有一种充满代入实时感的修成正果式的期望。所以说，亦舒在《喜宝》中所表现出的虚幻同样需要我们去分情况考虑。



相比之下，从实际的角度来讲，姜喜宝与勖存姿的爱情的虚幻程度会被掩盖。姜喜宝对于勖存姿感情的纠结是小说中所重点叙述的，她对于勖存姿，如果抛开金钱的因素就只能是一种乐意接近他的感觉，还谈不上是真正意义上的“喜欢”。等到两人相处久了以后，姜喜宝才意识到自己对他的喜欢，但这种喜欢又像曲线图一样的不稳定，可它又是确实存在的，只是会有一桩桩的事情去阻碍姜喜宝与这种喜欢对话、熟悉再到一种认可的过程，金钱是其中一种恒定的阻碍因素，同时也是姜喜宝说服自己真正心理意图的一个隐性的借口。所以我发现姜喜宝对于勖存姿是很难看清楚自己内心的，但我同时又发现姜喜宝对于他人的好恶心中就像是一面明镜，这有很大的区别。

这种对勖存姿特定的含糊与对他人的一种清晰的认知形成了一个对比，也告诉我们姜喜宝确实是喜欢勖存姿的。当然，这种喜欢有一部分是由金钱所推导而来的，但是推导出的结果确实是真诚的爱，虽然说其中还是夹杂着金钱的成分，但是这里的“金钱”已经不再充当诱因，它只是“喜欢”的一部分。

相对而言，勖存姿对于姜喜宝是从一开始就有爱情的，而不是一种简单的

---

① 何慧.香港当代小说史［M］.广州：广东经济出版社，2006.

感兴趣，只是他所表达的方式不对，所以我们乍一眼看过去会误以为仅仅只是一种包养。当然，小说在这方面留下的空白很多，对于勖存姿与姜喜宝的感情描绘很少，需要读者自己去把握。

相对于姜喜宝对他的喜欢，勖存姿对姜喜宝的喜欢是一条向上的折线，只是他没有将这种喜欢以一种海誓山盟的形式表达出来，这也是与亦舒一贯以来的旁观冷静的笔法有关。我这么说还有一个例证。那是在小说的中后部分，勖存姿原先包养的女人找上门来，此时她已经非常贫穷，在勖存姿不喜欢她的时候直接叫她走人，虽说给她留下了丰厚的钱，但不幸被她败光。

相对而言，姜喜宝是写入了勖存姿的遗嘱当中的，她还见过勖家人，这已经明示着勖存姿将她当成了自己家庭的一部分，而不简简单单的是个被包养的女人。

再者，勖存姿为了她杀人，这同样也昭示了她在他心目中地位的不一般性。我想亦舒为什么不去明写勖存姿对于姜喜宝的感情，首要的是因为故事是以姜喜宝为第一人称叙事，再者是因为勖存姿虽然比姜喜宝更加复杂，但他对于姜喜宝的感情却是比姜喜宝对他要纯粹许多，明朗许多。



亦舒可能觉得这是在读者可以推理的范围之内所以不必多加赘述，但还是被很多读者所误读。读者误读也属正常，因为这种情感相对于“包养”这个话题来说确实不起眼，但却在客观上使亦舒担负了一些骂名。人们总是很容易看到一些虚张声势的东西而不会去看那些不起眼但同时又处于关键地位的东西，就像是姜喜宝曾经在一段时间内很堕落，在家开免费派对但自己却蓬头垢面从而被一位妇人所讥讽一般，最后是她的管家来警告那位妇人姜喜宝是这里的主人，不喜欢可以走。我发现很少有管家这样的角色来给亦舒评价以及对《喜宝》的评价做一些振聋发聩的纠正，我觉得这是很可悲的一件事。

接下来我想谈谈勖聪慧与宋家明这对夫妇，我觉得他们放弃豪门贵胄生活的动因不是因为他们真的看清了金钱给他们造成的藩篱而愿意开启一段新的旅程，而是因为一种现实的失意，正是这种失意使他们选择放弃一些东西，但同时选择拾起一些新的东西。

宋家明的失意一方面来自他对姜喜宝的爱而不得，与勖聪慧的婚姻不幸福；还有一方面来自一种管家式的疲累与苦闷，原因比较复杂。勖聪慧的失意可能仅仅源于对宋家明的爱而不得，但她学会把怨气化为一种新生的动力，相对而言原因较为纯粹。

这同样也是一种对应关系：宋家明精神负担过重，所以选择了出家，但是执念也重，所以选择在离自己更近的香港出家。勖聪慧天性纯真烂漫，像她这种性格的人更易接受转变，同时精神负担更轻，所以选择了到内地去教书这样一种洒脱的行径。

我觉得亦舒在安排他们二人的结局之时确实是费了脑筋的。在我的认知当中，勖聪慧是真正地放下了，而宋家明则还是处于一种“凡心未了”的状态。其实，越聪慧的人反而不容易决绝，像勖聪慧这样纯真的女性在决断方面反而更为纯粹。例如在《喜宝》中，宋家明在出家后还是与姜喜宝等人有过互动，但勖聪慧除了留下一封书信便再没有了消息。



小说中的其余人物形象诸如勖聪憩与方家凯夫妇也是具有很深的感受力的，但是亦舒描述他们的文字有限，我们只能体味到他们的不容易，从而得到一个朴素的真理：家家有本难念的经。而像勖聪恕则是小说当中一个难得的纯粹的人物形象，在他身上我们看不到一种人生沉重的复杂性，我们看到的只是一种简单的自然。

在故事的结尾，在勖存姿的三个子女中也只有勖聪憩是按照生活的正轨过活，而这似乎也是亦舒所追求的和赞扬的对象。所以，我在想，亦舒在《喜宝》中最喜欢的人物除了姜喜宝之外便是勖聪恕，因为在他的身上有一种未经生活浸染的纯净，而这也是亦舒所向往的。

# 解读三毛——以《滚滚红尘》为例

三毛的一生是个传奇，这种传奇性不是一种带有历史沧桑感的诡秘的尘封，也不是那种在古堡中跳舞的传奇。

这种传奇可以从一个整体的层面去观照，也可以将整体弄得支离破碎，从片段中得到传奇魅力的滋养。我们通常所认为的传奇本身就带有一股力量，这种力量会将我们的情绪与感受吸收成为一个质点，从而给我们一种厚重甚至是一种凛然不可侵犯的威严之感。但是由三毛本人这个传奇与她所经历的故事所构成的一个包裹性质的传奇，却从来不会让我们产生这种压抑之感。

虽然，适用于三毛传奇的产生过程是层层武装起来的，但这只是一个形成的过程，等到三毛的一生已经画上了句号成了一个“大的”传奇之时，这种渐进感也就不复存在了。

也就是说，在这个时候，我们不能再将整体重新原始化，但正如上文所说的，我们可以将整体打碎去看。我们也根本不会产生分解传奇这个整体的念头，因为它是属于三毛的传奇，它与一般的考古式的传奇是大不相同的。

从通常意义上来讲，传奇只是一种结果性的状态，如果我们去分解固然会遭到传奇本身的力的阻碍，这本来就是一个互斥的过程。但是为了揭开传奇真正的面纱，使得传奇不再成为传奇，我们就需要去解构传奇，但是这个解构的过程是非常烦琐的，它需要推理，这在一定程度上违反了传奇的神秘主义气质。而当我们将传奇彻底解构得一丝不挂的时候，我们会发现传奇已经没有美感了，我们所看到的只是一堆没有生命的零件，它已经没有了传奇本身所给我们营造出来的气场。它又像是一堆食物残渣，如果我们仔细地去看，我们还会看到上面残留的口水，也就是说传奇本身在被解构的同时也带有了人工的痕迹。也许我们会提出一个疑问，传奇本身不就是人工的吗？它不是离不开人的运作的结果吗？但是我想说，效果和成果这两个名词有着迥然相异的含义。

传奇只是一种效果，它具有抽象性，而成果是一个实体，它是我们看得见摸得着的存在。那么，在传奇这个大的范畴当中，成果与效果存在一种正向的关系链吗？我认为是不存在的。如果传奇存在着成果这一阶段，那么它就势必会归于凡庸。但是，我指的只是三毛的传奇。一般的传奇是可以存在这样的一种关系链的，但是确切来说我们应该将成果称之为传奇的组成部分，而这种组成部分的存在显然只是相当于肉体相对于灵魂的关系，给人一种必不可少但又处于悬殊的次要地位的感受。

其实，普通的传奇可以具体表现为很多种形式，像是对墓葬进行考古工作，像是将石英钟拆开来将里头的零件一件件摆在桌上。这些工作对于我们的探秘和学习是有帮助的，但是它不美，它没有了力，在深度分析和拆分的过程当中它们已经不再是传奇。就像在墓葬还没有具体化的时候，我们会有一种未知之感，我们会想在那个地理位置的地表之下会不会存在墓葬，墓葬会呈现出怎样的形态，又有什么谜团在等待着我们解开。这才是传奇所特有的氤氲之感。要想传奇永远停留在传奇这个阶段我们就不应该去解答这些疑问，只有空想，只有无止境但又没有实际行动的空想，只有发散式的而不是纵深式思索的空想才能让传奇显得更加具有传奇的特性。所以从这个角度来看，传奇和科学本身就是一对存在着悖论关系的概念，当然它们可以去转化，但只能正向地转化。如果我们要保持“传奇”的传奇性，那就要用感性观感代替理性思索，使得传奇不会成为科学的母体从而得到一个被科学反向蚕食的下场。所以传奇是需要人们的情绪、需要人与人之间的窃窃私语、需要流言作为支撑的，同时它又与其他概念之间保持一种独立性才能维持自身的存在与生息发展壮大。

再比如说我们去看石英钟，我们如果用一种陌生化的眼光去看它也是一种传奇，我们要将自己想象成为看西洋镜时的状态，我们只能看到石英钟指针在一圈圈地转动而不去想转动的动力是什么。我们要去看被我们忽视的石英钟那精雕细刻的花纹而不去想它是人为的。

要想保持传奇性，我们要以一种凝滞的眼光去看事物，当然我们也需要去联想，但是这联想的东西要么是一种情感的意识流，要么就是有关于宗教哲学的。或者说，我们看石英钟上的花纹就要想这是天赐的产物，只有天才会赋予我们这样的鬼斧神工，而不是想这是人用工具刻画出来的。因为“天”是一个很空很大的概念，它本身就是一个传奇，它所具有的文化内涵本身就有一种神秘性质的虚无缥缈，这种虚无缥缈才是适合于传奇的一种文化属性。

还有就是，想到“天”这类概念我们会得到一种广义性，而这种广义性也会分散我们的注意力，而注意力一旦分散就会产生一种缥缈之感。这也就是为什么“人用工具刻画出来”作为一种溯源式的解释不能够称之为传奇。它太具体了。如果概念过于具体，那就会偏向于“科学”这一概念。

再者，传奇需要一种结构的整体性，传奇本身要与我们的心理预期形成一种平衡的状态。如果像我上文所述将石英钟的零件一个个拆分出来，那它就失去了传奇所特有的灵性。这些零件在我们一般人看来就像是废铜烂铁，它们与传奇已经根本不沾边。当然我们可以再一次把这些零件组装起来，但是我们已经知道了这所谓“分解的科学的奥秘”，对于石英钟的传奇感也不会第二次生发。





所以说，任何一个懂得石英钟原理或是看惯石英钟的人都对石英钟本身不会有一种传奇性的体悟，当然如果是一个疯子可能会对包括石英钟在内的事物始终保持着一种传奇性的体悟。

所以，从这个方面看来，疯子比我们正常人更接近传奇，对于传奇的体悟也比我们正常人更深。我说这么多，仅仅是针对于传奇本身和接近传奇而言的而不是倡导一种反科学或者是人格的反常化倾向。

从世俗的角度来看，我们需要严谨的科学，我们也希望世上没有这么多疯子，但如果这种向往到了一种极致的话，传奇也就消失了。我发现我们正处于这种极致的过程当中，虽然我们只是在不断地去接近极致，但“接近”是一个不停息的过程，这对于我们而言不见得是一个好的倾向，所以该如何处理这个悖论是我们应该思考的问题。

它甚至已经成了我们精神上的一个忧虑，它可能不会像科学上的问题一样有一个明确的解决措施。我认为，这是一个过程，这需要一个延续的不仅仅局限于单方面的措施，而措施本身似乎又是多义的。

具体到作家身上，就如我开篇所言，传奇的表现方式同样有所不同。就拿张爱玲和三毛来进行对比分析。我们首先明确一个问题，她们两者及她们两者的人生都是传奇。同时，她们在传奇这个相同的概念上所显现出来的个性化展示截然不同。

那么为什么我会认为三毛与包括张爱玲在内的作家之间所表现出来的本身已经是个性化的传奇性又存在着更深一层的差异？其实我个人认为还是在于张爱玲等作家符合我们通常所认为的传奇所具有的“力”的特性。那么具体化到张爱玲，“力”的表现又是什么？比如说张爱玲的文风。张爱玲的文风是浓墨重彩的，张爱玲小说的结局又是苍凉而又有延展性的，这些概念都与“力”这个概念存在着一定的相似性，是可以归纳到同一组概念之中的。



再比如，张爱玲创作的辉煌期是在上海沦陷时，战事频繁。同样的，民国的气氛是紧张的，民国是一个绷紧的时代，这些概念与“战争”这个概念同“力”又可以归入同一组概念。

再看张爱玲与胡兰成的感情与张爱玲的晚年生活，前者是轰轰烈烈的，后者是幽闭的，在这两个概念上同样又可以找到“力”的影子。所以说，划分传奇性质的依据与我们对女作家本人及人生片段的归纳有关，还与我们经验式的对概念的领悟性质的对比有关。

那我们再来谈三毛。我为什么说三毛的传奇是不能被解构的，也是不能被片段化的，我觉得这还是一种直观的体悟。虽然说这存在一种“只可意会，不可言传”的意味，我觉得硬是要说出点什么的话还是与感受方式有关。三毛很纯粹，三毛的文字也很纯粹，虽然她的经历比较复杂，但是置身这些经历中的她本身是纯粹的，都是可以用敏感坚强等词语来概括，所以我觉得可以从整体上来观察三毛，因为虽然整体上的三毛是由片段的三毛所构成的，但是如果我们去片段地观察三毛会觉得很没意义，因为我们所得到的只是一些事件和零零碎碎的三毛的一些经历，而从这些东西身上深化出来的都是一致的，而我们去研究女作家的传奇总是要从一个抽象的、概括的层面来研究。

再者，在研究三毛的传奇性的时候，我们会发现她缺少一个可以贯通四周概念的“力”的属性，也就是说，在她身上缺少一个“中介属性”，这也直接说明三毛传奇性的一种“炽烈的单薄”，也就是说三毛不像张爱玲的性情与生活经历那样存在一种属性的复杂性，而这种复杂性正是构成传统意义上的传奇的一个重要的组成部分。

所以我想三毛的传奇是独特的，她的传奇性不能分解成为像张爱玲这般很多的小的属性，她的传奇性的深层次的对应关系非常明确并且有力，这种对应的对象不是呈现出百花齐放的景象，而是呈现出一枝独秀的光景，而且这种一枝独秀所展现出来的传奇性风采与通常的以张爱玲为代表的传奇性形成了一种新奇的对比。但是，我认为唯一一个可能会引起误解的成分是三毛的遗作，也是她的唯一一部剧作《滚滚红尘》。因为三毛的作品基本上是短篇的散文，而散文相对于小说戏剧来说更为纯粹，也更为简单，它不像后者那样需要具备很多曲折的去思索的东西。





其实这也与三毛独特的传奇性有关，这也为我们提供了一种研究思路，那就是三毛其实是有她抽象的复杂性的，但这种抽象的复杂性未能展现其中一个很重要的因素便在于她很少写小说、戏剧这样能容纳复杂性的体裁，这就使得我们对她的研究不彻底。但这种不彻底又不是我们努力就可以研究得彻底的，实在是因为三毛本身的体裁偏好就断了我们将她研究得彻底的可能性。那为什么我们不可以就她唯一的作品《滚滚红尘》将她研究得尽量更为彻底一些呢？

第一，这个剧本的原型是张爱玲和胡兰成的爱情故事，因为有现成的故事作为蓝本，三毛个性化的发挥自然会受到限制。第二，虽然有局限，但还是存在着一些值得深挖的东西，但如果我们将三毛个性化的改动之处与张爱玲、胡兰成的原本爱情故事相比较来分析的话固然会得到一些新的结论，但是真正折射到三毛本身的传奇性的与我们所熟知的三毛的不同之处基本没有。虽然如此，但就抛开传奇性来看，对研究三毛本身还是有着很大的价值的，不失为对在研究三毛散文之外的一种间接性的扩充。所以，接下来，我想以《滚滚红尘》为例来解读三毛。

“很长一段时间，大陆文坛存在着一种风气：虚。通过虚构情节、虚构‘典型人物’来达到图解某一主题的目的。物极必反，20世纪80年代，风气一变为文学与写实的交融，读者厌弃‘假、大、空’的八股，对贴近生活的纪实作品大加青睐。三毛的写实风格正好契合了读者的这种取向。”[①]

《滚滚红尘》中是不存在典型人物的，将小说与政治无缝对接起来可能会存在典型人物，但这种情形是《滚滚红尘》不具备的。也不光是《滚滚红尘》不具备，所有的所谓市民的通俗的充满世情味的文学都是不存在的。我很赞同“通俗文学离世界更近”这样的说法，当然我们所认为的高雅的文学除了在特定的时期也是不能与政治画等号的。《滚滚红尘》中也有政治的元素，但是政治元素并未充当着构成人物性格的一部分。我所认为的政治元素在《滚滚红尘》中充当的是一个时代背景的作用，或者在那个特定的时期充当的是一种统摄人物命运的作用。



政治更像是一种导向也更像是一种殊途同归的命运，我想这也是三毛在《滚滚红尘》中意图向读者所表达的东西。而且，我发现政治可以渗透进文学中，但如果它成了一种基调那绝对不是文学的正常发展趋势，这样的文学也许可能在一段时期的进程中会让读者忠诚，但这种附属关系对于提高人们的文化素养是没有好处的。

《滚滚红尘》在处理政治的时候是很贴合人们的情感的，它把政治处理成一股悲壮的浪潮，不论是沈韶华这样的主人公还是像章能才的司机一样只在剧本中出现过一次的小人物,都是在这个浪潮当中翻滚着而体现出无法把控自己命运的一种无奈。而且这些人物在政治的浪潮当中是会呜咽的，这种呜咽是在微不足道的个体与大的政治之间的若即若离比照之下的呜咽。也不是所有类型的政治都适合在小说当中展现的，乱世的政治背景比太平盛世的政治背景更能编织出涤荡人心的故事，封建政治底下的故事格调是高的，但它的感染力要差些，或者说它所给予故事编织者们的创作力的源泉是有限的。

资本主义政治背景下的故事是最适合人们的阅读口味的，因为在这种政治

① 潘向黎.三毛传［M］福州：海峡文艺出版社，1991.

背景下很多因素都达到了一种极致的状态，像是贫富差距，像是妇女问题，像是劳工问题等，这些都是编织小说的好材料。但是在封建社会底下，这些东西有些还未滋生，有些是封建强权的禁区，都有局限性。而社会主义的政治背景下也是很难出现好小说的，因为社会主义它本身就会对社会、对人产生一种净化的作用，它会让人变得纯粹，作为写故事动机的多样性也就不复存在了。但是我觉得当代中国还是有许许多多的好故事、好作家出现的。

没有“左”倾右倾的社会主义有这样一个好处：它会有一种约束作用，不会让作品显得混乱，它还可以阻止作者本身思想的混乱，在价值观方面起到了一个把关的作用。而社会主义市场经济则是为故事的多样性服务的，我想三毛的《滚滚红尘》也是在这样一个思想倾向下的产物。但同时我又想到了张爱玲，其实张爱玲的小说与三毛的《滚滚红尘》在处理“政治”这一概念上存在着共通性，尤其是《倾城之恋》。这在一方面可以看出前者对后者的影响，但在另一方面其实也可以看出张爱玲对于政治的超前的理解。





张爱玲之前的作家没有像她这样处理自身与政治关系的先例，但是正像我们所了解的《滚滚红尘》是以张爱玲与胡兰成的感情经历作为蓝本的，其实三毛更多的是对张爱玲的一个致敬，而三毛本身是没有张爱玲这样独特的政治觉悟的。因为《滚滚红尘》与三毛的其他文字当中所表现出来的感情倾向与精神气质实在是太不相同了，我只能理解为三毛在尽力地将自己代入张爱玲身上，当然我也能看到三毛的一些个性化描写。像是在处理剧本结尾的时候，沈韶华将船票塞给了自己的爱人章能才而连累余老板的时候的那句带着哭声的道歉，这就是三毛的一个个性化写作，因为在张爱玲身上或者是在张爱玲的笔下我们很难看到这样干脆的写作。

张爱玲的写作通常是含蓄的，即使是在《半生缘》当中写顾曼桢被强暴时的痛苦也不会这样干脆，也就是说张爱玲的写作中没有那种直爽的示弱，而这正是三毛所具备的。但是从另一个层面来看，我们也能看到三毛写《滚滚红尘》时力不从心的地方，最为明显的是剧本中对具有上海风情的服饰、器物、景物、楼房等的描写。

在这里，我们可以将《滚滚红尘》与张爱玲的小说《小团圆》进行一个对照性的分析。我们可以很明显地感觉到三毛写这些东西时的一种力不从心，当然对于没读过张爱玲小说的读者来说三毛已经写得尽善尽美，但是与张爱玲比较起来，三毛的笔触还是显得过于粗糙从而展现出一种功力不够的颓势。在这一点上我们可以看出三毛对张爱玲的一种崇敬式的模仿，但这确实不是三毛所擅长的东西，她懂得写这些东西，但她写的是另一种风味，她可能不懂这种鬼魅的精致，这种鬼魅的精致是直接从《金瓶梅》《红楼梦》继承下来的加上张爱玲本人的天才所形成的一种独特的张爱玲式文风。三毛也是一个极其有天分、对文学有一颗赤诚之心的女作家，但她的文字最能打动读者之处是她的天性，她只需要将自己感受到的东西写出来就足以感动一大批的读者。而张爱玲则不是这样的，张爱玲打动读者的可能更多是在于她的感受和文采。这其实与崇敬张爱玲与否没有什么必然的联系。三毛对张爱玲的崇敬达到了一种狂热的程度，但是她的文风却与张爱玲有着不同的风貌，而相比之下王安忆对张爱玲的态度则更为冷静，但她的《长恨歌》的成功却让很多专家学者将她认为是张爱玲的传人。



我觉得三毛在写《滚滚红尘》时故意去模仿张爱玲的文风可能有以下几个考量：一是她认为既然是以张爱玲为蓝本那就应该将这个故事写得符合张爱玲的故事，符合张爱玲这个人给予大众印象的写作基调；二是三毛对张爱玲式的文风有着一种执念，她以一种最靠近张爱玲文风的写作姿态去写作其实是为了向张爱玲致敬；三是从读者甚至是未来的观影者角度来考虑。三毛认为这样的剧本符合大众对张爱玲的期待，张爱玲本身是一个传奇，通过她的改编使得传奇的传奇性更为彰显。而且，当时的三毛对自己的这部剧作改编成电影是势在必行的，也看得出她为此投入了大量的心血，而读者应该是不太愿意看到过多个性化的解读，至少是在人物的大致经历上与剧本的氛围塑造上是不太愿意的。

当然从现有的材料来看，张爱玲应该是知道三毛的这个剧本的，但是对它的评价如何却是不得而知的。等到三毛去世之后，张爱玲也仅仅是淡淡地说一句“哦，她死了吗？”从这句话当中似乎看不到张爱玲对三毛的好恶。但是有一点可以明确，那就是张爱玲对三毛与三毛对张爱玲存在着一种不对等的感情。但是对于三毛来说能得到张爱玲的这样一句话也算得上是有了一个安慰。

正像引文所说，三毛的文字尤其征服了那些富于幻想、富于人情味的女孩子，这在《滚滚红尘》中也有体现，而这些体现都与张爱玲在爱情当中的克制与敏感形成了反差。

第一点是在于小健这个人物。在故事最开始的时候，张爱玲在剧本中的化身——女主人公沈韶华被父亲关在家中，男朋友小健拼了命地闯进沈家宅子里去营救沈韶华并因此受了冷眼并挨了打，这个情节是张爱玲生平中没有的。那么三毛为什么要设计这样一个情节呢？我觉得可能是三毛自己富有浪漫性格的体现。三毛非常喜欢饱满的情绪也非常喜欢歇斯底里的呐喊，小健包括后来的余老板的出现都是为了去填补沈韶华所得到的爱，这也可能还与三毛本身爱的痛苦与缺失有关，三毛设计这两个关心爱护沈韶华的男性角色私心里也是在意图治愈自己的伤口。



当然，从客观上来看，这其实是在迎合观众的审美趣味，也包括那些富于幻想、富于人情味的女孩子。观众喜欢的电影是高潮迭起的，这也包括了由情感高潮所赋予的情节高潮。如果三毛忠实于张爱玲的生平来创作剧本，其一没有新鲜感，其二就是在于张爱玲的感情生涯太过于平静了，虽然这并不等同于平淡，但是像这样的文艺片最后只能是叫好而不叫座。电影不等同于纪录片更不等同于小说，而张爱玲的真实感情经历更适合写成小说，因为这段经历蕴含着许多微妙的情感与气氛的摩擦还有一种心照不宣在里头，这些都是适合文字这个载体的。电影是很难去表现这些东西的，它只能将这些抽象的东西通过具体的动作、神态、语言等来表现出来，所以将张爱玲的爱情原封不动地改编成电影是有难度的，虽然它可以赢得一批忠实的“张迷”，但如果要面对更大范围的观众则是行不通的，三毛希望自己的作品所改编成的电影被更多的人看到，她有野心，她不想自己的作品改编成的电影只是小众的。

当然，她还要承担自己的剧本没有导演看中的风险。三毛的现实考虑我个人认为不是违心的，我觉得三毛的主观改编喜好与市场的需求是一致的，这绝对不是一种投机取巧，而仅仅只是一种巧合，那就是恰好自己所追求的东西与大众所追求的东西是在同一个方向。

除了上文小健和余老板的例子，再比如说剧本花了很大的笔墨来描写沈韶华与章能才的亲密私事。这样写同样是出于上文的这些考虑，但三毛既然能够写出这些也与自己对这方面的知识有过了解，尤其是与有过这方面的经验有关。

张爱玲很少在小说中对这方面花费大量笔墨，可能最明显的还是那部《小艾》，但也没有像《滚滚红尘》中那样的浓墨重彩。就算是抛开小说来看张爱玲的剧本，像《南北一家亲》《太太万岁》等作品依旧在这方面非常含蓄。我想这固然与不同时代观众审美趣味的改变有关，但抛开外界的影响因素从更深层次来看，这又可以显现出张爱玲和三毛两个女作家的不同来。

张爱玲看似世俗，什么柴米油盐、衣服饰物都在她的笔下出现，但这仅仅局限于一种日常的世俗，在感情上张爱玲充满了含蓄的自爱。虽然我们不能否认张爱玲没有过男女的体验，但我们却可以明确张爱玲是从未将这种体验付诸笔端的。所以张爱玲的世俗是不彻底的，她懂得用一种高雅的态度去看世俗，而且这还是一种平视的态度，没有任何的从高往低处看的那种隔膜，但是这种平视的世俗却不会将她独特的魅力大打折扣。那么我们再来看三毛。三毛给我们的直观感受是一个非常潇洒的女子，逃学、自由恋爱、环游世界等，但是她这种看似出尘的人却不怕让自己在读者心中的地位掉价而不带遮掩地写出自己心底里的感受，包括她最真实的两性感受与经验，这就是她与张爱玲的一个很大的不同，所以在《滚滚红尘》当中她不是在进行单纯的摹写式的创作，她还是有着自己主观的创造情感在里头的。接下来我想举的例子是沈韶华楼下住的那对小夫妻。

从剧本中可以看出，小夫妻中的丈夫是共产党员，他与男主人公章能才有着直接与间接的交锋。当然这存在着爱情与政治之间的一个矛盾关系，三毛只是将张爱玲感情中的这对模糊的矛盾他者化了、外化了，并将模糊变成了具体。但是，同样是抛开外界的因素，从三毛本身来看我们会发现她懂得去放大一些层面，她还懂得怎样将放大了的层面放置到沈韶华与章能才的共同的故事圈之内，这是她编剧才能的一个很好的体现，因为她懂得哪些被大众忽略了的东西可以成为故事的一条主线，也懂得哪些曾在张爱玲经历中浓墨重彩的经历应该被简化。后者在《滚滚红尘》中的一个很好的例子就是沈韶华去乡下找寻章能才的时候窥破了他与容生嫂嫂的情事。

而张爱玲的原经历比这要复杂，但也许在三毛看来这只是一个需要点到为止的情节，而且她还将这部分的着重点划在琼瑶式的沈韶华与章能才的情感纠葛之上，虽然显得有些俗但同样也是大众所喜好的。

另外，张爱玲与胡兰成的故事原本到这里就基本上已经打住了，如果原封不动地嫁接到剧本中会给观众一种有头无尾的感觉，同样是不符合电影一贯的叙事方式的，所以在三毛的笔下章能才又回到了沈韶华的身边。而三毛安排的结尾也是非常具有冲击力和余味的，但是有一种惯常的媚俗之感，不过我们对于电影的评判不应该像对待小说一样过于严苛。

电影的结尾总是越显得决绝越好，像是陈凯歌导演的《霸王别姬》以程蝶衣自刎为结局也与《滚滚红尘》的结尾有异曲同工之妙，所以三毛所写的剧本《滚滚红尘》总体上来说还是一部伟大的杰作。在与张爱玲生平的契合度方面，她只是在主要人物之外增加了很多个性化的东西，像主人公沈韶华、章能才、月凤等人的生平轨迹人物形象还是与原版保持着高度的一致性。

但是，我还发现三毛对于张爱玲的理解还是不够全面的。她笔下的沈韶华只是从张爱玲的小说中生成的，而张爱玲散文中的张爱玲才是最真实的张爱玲，这一点三毛没有在《滚滚红尘》中对其有足够的重视。但是，还是从观众的角度与三毛个人的喜好出发，她或许认为散文当中的张爱玲不像小说背后的张爱玲这样有魅力也不是那么符合观众的审美期待，或是说三毛仅仅只是想以张爱玲与胡兰成的爱情为主线来写《滚滚红尘》，也许这更符合三毛的原意。

再者，如果我们不将《滚滚红尘》与张爱玲捆绑起来而从一个单纯的艺术欣赏的角度来看《滚滚红尘》，《滚滚红尘》是不是又会有别样的魅力呢？

# 解读铁凝——以《没有纽扣的红衬衫》为例

铁凝作为“文坛掌门人”一直给普通读者以一种端庄沉稳的形象，甚至因为她的这种端庄沉稳我们会对她既有的另一个身份——作家产生怀疑，似乎对于作家的认知不是特别能与铁凝这样一个人物相契合。



这当然不是说作家是不沉稳的，不端庄的，而是说作家的沉稳端庄不应该是铁凝式的沉稳端庄，或者说作家在沉稳端庄之外应该还有些别的由内而外所散发出来的气质。

我们如果不仔细地去研究铁凝就会产生一种片面的认知：铁凝是一个合乎人们审美的完满的女政治家。她除了女政治家这个头衔之外原初的作家身份已经不那么明显地成为她的主要标签，也就是说作家与政治家之间在我们一般的读者看来是存在一种隔膜的，至少也是一种主次关系。

在这种主次关系中，“次”的部分会被“主”所造成的一种虚假的全貌所掩盖，这种虚假的全貌是由得体的服饰、官方的演讲、与真正纯粹的政治家的交融等方面所缔造而成的。那么，我们对于“作家”这一身份的普遍认知是什么？从旁观者的角度来看，作家的服饰、发型等外在形象等方面给人的感觉是一种合适的端庄沉稳，不是铁凝那样的锋芒毕露的端庄沉稳。

再者，他们在读者的眼中很少穿正装，作家是在古典与休闲略带独特的装扮中体现出他们那种作家气质的。这种气质会形成一种场域，好的作家给读者们近距离地发表讲演是带有作家这个身份所赋予他们强烈的敏感力的。不论这个作家是健谈还是有内才而拙于语言的表达，他们和政治家是不一样的，甚至我们可以直观地通过他们的语言层理发现他们与文学批评家的区别。政治家的语言总是会有一种坚硬的质地，一种浑圆成熟包罗万象但又存在着一种政治语言所特有的孤高的主观的隔膜。

铁凝作为中国作家协会主席这样一个角色她就很好地做到了这一点。我们经常会在新闻中看到铁凝坐在一个大的会议室里的两个主位中的其中之一，看到她的胸前挂着工作牌，接着就会看到那个与她对谈的人物，也许是某个省的省委书记。这种对谈在铁凝适应她作家这个身份的时候也是存在的，不过我们可以明显地看出这不是作家之间的对谈。我觉得除了我上文所讲到的服装之外，两者之间正襟危坐的仪态也是一个方面。再者，就是他们所坐的沙发以及他们的位置。

政治会谈需要保持一定的距离来确保它的威严。沙发尤其是皮沙发就很好地达到了这一效果，但是这依旧是离不开人的体态。如果人在沙发上不正襟危坐那就会给人一种陈腐的气息，像是旧时的贵族，而这在会议中是需要极力避免的。



政治家式的威严是需要人和沙发构成的一种反差来体现的，人在昂贵的沙发上正襟危坐从而对沙发进行一种片面的攫取，攫取的是沙发的大气威严，抛弃的是沙发居家性的贵气的陈腐。所以我们会发现沙发除了它所具有的实用属性之外还有它的政治属性。

如果作家之间需要进行对谈我们会发现大多用的是椅子，除了椅子更为亲民之外，我们还会发现椅子可以更为密集地摆放从而可以拉近作家彼此之间的距离，而且椅子之间很少会摆放茶几，就算有也是小一点的茶几，而且茶几摆放的位置也不会与沙发在一条直线上从而起到一种区隔的效果，但是政治会谈之间茶几就会存在这样一种区隔的效用，而这种区隔其实也是在营造气氛，它在制造一种“空荡的威严”，从而使政治家之间产生一种距离感。

但是作家对谈就完全不会有这样一种感觉，虽然我认为作家有他们精神上的遗世独立，但是从外在的人际看来，他们是更为贴近我们普通民众的。

其实，我们也可以下一个不是那么严谨的推断：在对谈的状态下，作家比政治家显得更为亲民，而作家所写的是文学作品，显然文学比政治更为亲民，当然这仅仅只是从单一的对谈情境的角度比较来看。接下来我们再转回政治家之间的对谈，我们会发现他们的对谈大多是双方面的。

当然作家之间的对谈也大多是双方面的，他们之间会构成一种问与答的交流方式。但是政治家之间的对谈就缺少这种交流，他们更多的是一种出于形式层面的复述，或者说是一种双方之间有联系但又相对独立的阐发。正是因为缺少这种真正意义上的交流，所以我们能看到一种政治所带来的双管齐下的威严，但同时人们也会对对谈本身不太感兴趣。如果是三方及以上的对谈又会是什么光景呢？从文学历来的对谈来看，作家们会习惯排成一种弧形的座次，从而给人一种围炉夜话的学术沙龙之感，而且作家们的脸上会展现这种学术的交流所带来的或欢欣或思索等的面部表情。但在政治层面的对谈上政治家们就依旧会端坐成庄严的“一”字形，如果人数再多一些的话，政治对谈和学术对谈都会用到桌子，但政治对谈大多上升成了政治会议，方桌是政治会议所青睐的，而方桌本身就会给人带来严肃感。而多人的学术对谈基本上是没有现场感的，从这个层次看来政治对谈从来就没有现场感。如果上升到了多位作家之间所展开的学术会议的层面上，那么文学性也就要服从于政治性了，至少它们所展现出来的气氛是这样的。



但是我们要明白这一点，会议与对谈在文学层面存在着很大的区别，但是在政治层面却有着高度的一致性。再回到对比分析，政治对谈有地毯、吊灯等的陪衬，地毯给人带来的不仅是一种气氛的凝重感，它还会让人们的目光聚焦点下移，甚至还有降低感官上的气压的作用。而吊灯虽然显得颇费装潢，却给人们带来一种不稳定的感觉，从而不能给人们一种基本的安全感。而没了这样一种安全感，人们也许会躁动且坐立不安。

政治对谈本身就不具备吸引人们的磁极，不具有很强的亲民性。而且政治对谈本身就会有一种寥落稀疏之感，而文学对谈很多是需要观众的。所以从这个方面来看，不论作家之间的对谈是如何的深奥难懂，从外部看来这场文学对谈依旧是亲民的。这似乎也可以佐证一个观点：文学比政治更受欢迎。

当然我这里并不是要专门讨论文学对谈和政治对谈的问题，我是在通过这两者之间巨大的差异性来说明铁凝能够在政治家和作家这两个角色之间做到一种游刃有余的不容易。

抛开跨领域的事务的繁杂，要在这两个具有不同氛围的角色之间转换本身就是一种人格分裂的过程。铁凝的人格分裂不是一种精神上的疾病，相反，这体现了她一种强大的适应能力。但是，她还是没有能力将作家和政治家这两个身份做到一种同等的效果，她的政治家的身份似乎已经将她作为作家的光芒掩盖。

其实很多具有这双重身份的作家在身兼数个头衔之时总是有一个主次排列，但是我发现以作家的身份为读者所熟知的作家比以政治头衔的身份为读者所熟知的作家更多。这也许是因为这些作家的作品名气太大了，像一提到王安忆我们就会想到《长恨歌》，一提到莫言我们就会想到《红高粱家族》。再有就是媒介的作用，我们在网络上了解这些作家除了作品之外就是他们所参加的各种学术讲座、座谈会、颁奖典礼等了，他们作为拥有政治头衔的这一面所绽放出来的光彩远不如作家这个身份，他们所拥有的政治头衔远不如他们所创作出来的作品所拥有的价值和曝光度高。





他们一方面对自己的政治头衔没有很大的认同感，像上海市作家协会主席王安忆，通过参加各种体制之外的活动来消解自己政治头衔的存在感。这其实是她个人所选择的结果，她可能更愿意自己作为一个作家的身份为世人所熟知。

我发现属于这一类的作家都是具有强烈的情怀且在作家这个身份上具有一定名气的。当然我并不是说那些不那么出名的作家没有这种情怀，只是从客观的角度来看，他们被世人所更为熟知的是他们的政治头衔，这是他们所不能自主去选择的一个事实。但是铁凝是一个例外，我想这应该是她的“文坛掌门人”的身份所决定的，“文坛掌门人”本身就是唯一的存在。

铁凝能够成为中国作家协会主席本身就与她比常人更为圆滑的适应力有关，但是这种圆滑的适应力又不会令人生厌。铁凝一面积极参加政治活动，一面与国内外作家谈笑风生。她为人谦和，从不以主席自居，而是喜欢无论年龄大小都叫她“铁凝”。再者，她虽然因为政务缠身作品更新速度比不上其他作家却一直笔耕不辍，作品质量也高，这样的铁凝怎么能不叫人爱戴呢？

铁凝作为一个作家，她不是评论家，所以我们看铁凝的访谈录这样一类偏评论类的文字时依旧可以看出她不同于评论家的思考方式和语言组织方式，这也就是我上文所提出的作家所做的文学评论与评论家所做的文学评论是不一样的。

我想有这样几处不同：一是作家所做的评论多是一种灵感式的经验阐发。他们在评论一部作品或现象时或多或少会掺入自己的生活经验和写作经验，多是从现象入手，相比来说专业的文学评论家则更为理性，逻辑性更强。二是作家在阐发自己的评论性的观点时尤其喜欢用陌生化的语句，他们可能对专业术语的熟稔度不如文学评论家，但是普通读者会更为乐意听他们的评论，因为这些评论会提供给人们一种思维的刺激感，给人们提供理解作家真实含义的思维的自然延续的可能。相比而言，文学评论家的评论是普通读者很难去揣测评论家真实意图的，因为他们不具备专业的文学创作知识，同时这些逻辑严密地串联着的专业术语切断了人们理解和推理的桥梁。三是作家的评论多是一种类似古代文论的感兴式的批评。这种评论看似主观，但理解起来需要一种跳跃性的思维，而且这种评论很多是一种跨学科的评论。

在理解这一类评论的时候我们会觉得相对来说更为轻松，但是这并不是说它浅显，相反，它有一种后劲，会给人一种探索的迷惑，而这种迷惑到了一定的程度后又会突然有一种醍醐灌顶般的震感，这种震感类似于静电，但是这并不代表着评论话语内涵的充分挖掘，内涵是值得反复品读与推敲的，对于专业的文学评论家来说他们可以对作家的评论进行文学理论的阐释，但是有的时候他们会发现这些评论是不能够用逻辑来阐释的，作家的评论很多是一种言有尽而意无穷的评论。

作家和评论家的对谈是一直以来文学对谈的一种很流行的形式，我认为这其实是一种互补，在这种互补中作家和评论家可以更好地迸发出思维的火花。相比于作家与作家之间的冥想式的形而上学的谈话与评论家之间意义幽深而不可捉摸的过于沉闷的理性对谈，作家与评论家之间的互补显然既能在学术上起到难以预料的效果，还能拉近与普通读者的距离，使学术的光芒更为普及。

铁凝作为一个作家，不仅是在文学评论方面直观地灌注进自己的思考，她在作品中也间接地表达自己对于社会问题的关切，对于文学现象和世态人生的思考。铁凝的作品可以大致分为两类，一类是如《哦，香雪》般的描写人世间女孩子的极尽的纯真体现出一种“暖”的基调；二是如《玫瑰门》一般将女性、丑恶等元素赤裸裸地摆放在读者眼前，体现出一种“冷”的基调。在《青草垛》《棉花垛》《麦秸垛》等小说中，铁凝向我们传达出强烈的女性主义，表现了女性的命运问题，女性自立的问题；在《大浴女》等小说中，铁凝一改以往的温情笔调，用一种无情的笔法将人世间的冷情表达得淋漓尽致；在《没有纽扣的红衬衫》《永远有多远》等小说中，铁凝通过“异类”的女性向我们传达出了这样的理念：合乎我们理想预期的女孩子是什么样子，有没有统一的标准；在《笨花》中，铁凝一改以往的写作风格，以一种类似于贾平凹式的笔法去书写农村社会的主题；在《孕妇和牛》中，“这位孕妇对于石碑上的字的向往则更体现出人的超越性的萌发。从好学的女学生到懵懂的乡村孕妇，起点在降低，超越性却在上升，体现出铁凝写作对于人性探索幅度的不断拓展”[①]。除了小说之外，铁凝的散文、随笔等创作也取得了很大的成就。我们可以这样说，中国作家协会主席这个头衔并不妨碍铁凝的创作质量，铁凝一直以来在用不同的写作笔法来表达出她既是作为作家协会主席又是作为一个普通作家的人文关怀。



接下来，我想以铁凝的小说代表作《没有纽扣的红衬衫》为例来更为深入地解读铁凝。

“随着女性生命体验的丰富和对现实世界认识的加深，铁凝的女性小说逐步由对女性生命意义的讴歌转向对以女性生存状态为主体的民族文化心理的审视和开掘；从对个体心灵的内省式审视、自我感受和情感的抒发转向对民族文化心理的探求和开掘。其小说创作的历史感和文化意识不断强化，更加注重揭示出潜藏在人们心灵深处的关于生与死、灵与肉，悲与喜、美与丑的连绵不断的悲剧冲突，进而传达出民族文化的历史积淀力量的强大和战胜它的艰

---

① 梁惠娟，汪素芳，李素珍.冷峻的暖色：铁凝创作研究［M］.石家庄：花山文艺出版社，2007.

难。”[①]

“铁凝从未宣称过自己是女性主义作家，她只是说过在她前后差异很大的小说中潜藏着本质上始终如一的精神——‘对人类和生活永远的爱和体贴’。但不可否认，对女性从生存到情感的关怀在她的创作中是一条隐约贯穿的主线。她始终清醒地关注、批判着人类种种不合理的生存境况，执拗地寻找着人，尤其是女人在这个世界上合理的存在方式，并以这种‘爱的方式’显示着她作为‘寻找着’的责任感和勇气。”[②]

在《没有纽扣的红衬衫》中，铁凝用了一种“拆分性格”的方法，就像是将一件统一的物体拆成两个异质的层面，而这种异质显得那么的绝对，甚至到了一种鲜明的不费任何努力的直观的分辨率。那就是作为叙述者的“我”——安静和故事主人公，也就是“我”的妹妹——安然。

但这不是由铁凝所独创的，这种“拆分性格”的方式也不见得有多么的高明，因为我们在很多其他的小说中也会看到这种鲜明的对比性，或者说是一种彻底性。



这种彻底性虽然不高明，但是确实非常符合生活的戏剧性，因为在我们通常对于姐妹的思考中，会有一种惯性思维，我们会认为姐姐妹妹一定是一静一动的。

这似乎也是一种阴阳和谐的观念，在中国人固有的认知中，我们喜欢好事成双，尤其是在具有相对的两个概念上更是如此。就像是夫与妻，这两个概念是彼此依存着的、互为存在的前提。就算是将这个概念进行一个退化，退化成为男与女，这两个相对来说更为初级的概念同样是以彼此的存在为前提。就算是姐姐与妹妹同属于女性的范畴，我们仍然希望在她们身上所被赋予的秉性是一种相对的存在。

这种相对在表面上是对立的，虽然有的时候会产生一些摩擦，但总的来说是一种“无害”的对立，而且这种对立在第三者眼中通常会以一种赞许的眼光

---

① 姜燕.中国现当代女性作家作品研究［M］.长春：吉林人民出版社，2016.

② 赵黎波编著，孙先科丛书主编.新时期小说的叙事特征及文化阐释［M］.北京：新华出版社，2015.

来看待，这样对立就成了一种互补。

而依据前面的逻辑来看，“对立”与“互补”本身就是一种对立的关系，但它们也同样不需要一个转化成为互补的过程，它们这两个概念是相互之间包含的。

在前面几篇文章中我也提到过，小说中不彻底的人物似乎更能打动人，艺术性也更高，那么我们是不是就可以武断地说铁凝小说中的这种彻底性有损于艺术性的充分阐发呢？不然。

我们需要对彻底和不彻底进行一个更深层次的分析。我们通常所说的人物的“彻底性”和“不彻底性”都是针对单个人物来分析的，但是我前文所说的彻底性是以一对人物的角度来阐发的，这种彻底性会在对照当中起到一种撕裂的效果。但这不是铁凝小说中的一个不足，我恰恰认为这是铁凝充分贴合人们的日常思维的一个合乎大众审美兴奋点的一个创造。





所以，我认为铁凝笔下的小说《没有纽扣的红衬衫》是一部“彻底”意义上的杰作。铁凝很懂得变通，她在她的每部小说中对彻底性与不彻底性的把握一直以来都在追求一种调整性质的多样性，像在《永远有多远》中，叙述者“我”与故事主人公白大省之间所构成的一种彻底性就是一个很好的例子。

在这部小说中，这种彻底性表现得很温和，甚至是一种失调的关系使得这种彻底性不那么显而易见。我想原因在于三个层面：一是对白大省的描写。与对《没有纽扣的红衬衫》中安然的描写不同，铁凝是将白大省看成一根树干，而她与其他人的关系，包括与她的几任男朋友、与她的亲人等都是这根巨大的树干上的众多的分叉。换句话来说，《永远有多远》就是白大省的传记，在这部小说中，情感性的矛盾冲突很多，但是事件性的矛盾冲突很少，而铁凝在写安然这个人物时将她放到整个故事的框架中来叙述，对她的描写从观感上来看没有一种绝对大的篇幅上的优势。所以我觉得可以这样说，对安然的描写是一种处在大的故事中与其他角色的一种相对均匀的晕染，而对白大省这个人物的描写则是在向我们宣告她这个人物形象在小说中的绝对主导性。二是对于“我”的描写。在《没有纽扣的红衬衫》中，“我”全程参与了女主人公安然的生活，而在《永远有多远》中，“我”在大多场合都属于一个不在场者，

“我”对白大省的记述都是来自白大省对“我”的诉说，也就是说“我”是一个完全的旁观者，抽离了事件的中心的旋涡来做一些于事无补的叙述，像是在听一个故事然后再对它进行润色。三是人物之间的组合问题。这个问题我在前文也提到过，其实就是一个人物之间是否有可延续性的交错，就像是在《没有纽扣的红衬衫》中，里头的人物都是存在着总体布局的章法的，他们的出场都显得井然有序，还会有首尾的呼应。当然在《永远有多远》当中也存在这种情况，像是白大省与她的第一个男朋友之间就存在这样一种关系，但除此之外没有第二个例子。

我说这些是在于撕裂的彻底性需要人与人的延续性的相处，这是可以间隔的，而不是去透支人际关系从而形成一种去旧迎新的状态。当然在她更为出色的《玫瑰门》等小说中又体现了铁凝别具匠心的多样性。但是，铁凝的小说中所体现出来的矛盾冲突大多还是可以轻易把握的，深化的主题也是鲜明的，它们不像其他小说那样有或宏大或幽深的主题，我认为这些小说也体现出铁凝思想的富有针对性的捕捉，很多都是属于一种新型的问题小说。

比起20世纪20年代的问题小说，铁凝小说的艺术成就明显得到了很大的提升。但是，铁凝又不是只会写这类问题小说的作家，但无论怎样，我们可以对铁凝小说文笔有一个总的感受，那就是一种十分干净的文笔。

正像引文所说，我们不应该仅仅将铁凝的小说定位成为女性主义，在她的小说中我们可以看到一些比女性主义更为深广的东西。我一直觉得不应该看到一个女性作家笔下写女性就简单地将其定义为女性主义，正像女性主义这个思潮运动产生的原因一样，这是为了打破男权的主导地位，为了冲破女性被束缚的地位。

女性主义是一个努力的过程，也是一个试图消解过度的男权的过程，但是这从另一个层面又可以看出它的一些局限性。它似乎过于歇斯底里了，而且既然女性主义是为了瓜分男权，它本身是不是在给女性不受重视这一命题画着重号呢？我认为提倡女性主义固然是一种直面现实的做法，是一桩不畏男权的运动，但这也是对现状的一个默认。

我觉得我们不应当滥用女性主义，当然我们也希望有一天女性主义不复存在了。这种所谓的不复存在不是一种主观的退缩，而是一种获得胜利后的自然消亡。

再者，女性主义存在它的局限性，它在一定程度上阻碍作家更为广阔地去认识世界、书写世界。它同时又是一种激进的思潮，也会不可避免地与政治相结合，这样一来作家的作品可能会主动或被动地显得动机不纯。铁凝的作品不存在女性主义所蕴含的极端的倾向，它是以一种温和的笔法来揭示切实的社会问题与人生问题，表达作者对人生美好的追求，而陈染的某些作品我们就可以称其为女性主义，很多读者认为陈染的小说有些神经质，而我认为恰恰是这种神经质使得陈染能够更加贴合女性主义这一概念。铁凝小说所蕴含的审美价值与社会价值远远不是一个女性主义就可以概括的，她是通过笔下的女性形象来阐发一些民族的、全人类的思索。

当然，铁凝的作品不是完全与女性主义沾不上边，而是在她的作品中不能像其他某些女作家的作品一样将女性主义阐释得更为饱满。



接下来我想谈谈《没有纽扣的红衬衫》中女主人公安然的老师韦婉这一人物形象。

铁凝塑造这个人物其实也是生活本身的再创造，其实在这部小说当中没有什么与生活相出格的润色的“传奇”之处，除了那场火，在这部小说中体现的是一种世态的原貌之美。

韦婉是“我”读书时期的同学，又是“我”的妹妹安然的老师。也正是因为这一层关系，所以“我”才会和这位本身就没什么交情的老同学有一种人情利益的往来。“我”将韦婉蹩脚的诗做润色之后发表在杂志上，“我”还送韦婉珍贵的电影票，而这两张电影票是有一种成全的意味在里头的。

事态发生的初始阶段我们从表面上可以看到韦婉是默许这种人情交易的，她给安然那篇看似离经叛道的作文以高分就是一个很好的例子。但是，事情还没有完，从铁凝的叙述中我们可以看到韦婉还将安然的作文在课堂上念出来，这就有问题了。

从这里我们就可以看到韦婉的一种奸险，这其实是让全班的同学对安然产生一种恶感，他们会认为安然写文章指责那位“完美无缺”的班长背后所反映出来的心理是不纯的。这其实是韦婉一贯对安然恶感的一个延续，只不过是采取了一种迂回的方式。这种方式是最卑鄙的，同时也是最有伪装性质的。聪明如“我”心里如明镜，很快就识破了韦婉的把戏，但“我”还是采取了一种不得已的以德报怨的方式来巴结韦婉，但事实证明这是徒劳的，在真正给“安然”评荣誉的时候韦婉没有对“我”投桃报李，而是以一种歉疚的神态来弥补她自以为的过意不去。

而更令人不齿的是，她还觍着脸从“我”的手中接过电影票。再往后看，我们可以看到韦婉的诗作在杂志上发表成了她晋升职务的一个直接原因。韦婉从“我”身上索取了很多，但“我”却没有得到自己所盼望得到的东西。在结尾看似温和的叙述中我们可以发现“我”的心态的一种转变，这其实也是铁凝对这部小说中所要阐发的一个重要问题的回应：家长和老师之间的关系应该是什么样的，尤其是家长和老师之间存在着另一种关系的时候。



很多家长因为自己的孩子或者亲人在老师的班上所以会千方百计地去巴结老师，但是铁凝认为这没有必要。铁凝在这部小说中通过安然对自己姐姐和老师韦婉之间围绕自己而产生的人情关系的负面心理来说明这样一个往往被我们忽视的道理：这样做会让孩子产生自我否定与自卑等的不良情绪。

铁凝是真正地站在孩子的角度来看待问题的，她的这种观念其实是对一般家长从自己出发来延伸到孩子的观念的一种纠偏。从这个角度来看，铁凝是真正懂孩子的，她也很懂得教育。所以我觉得《没有纽扣的红衬衫》和她的另一部小说《哦，香雪》都有这方面的体现，这其实是铁凝创作观念的延续。

但是《没有纽扣的红衬衫》比《哦，香雪》所蕴含的思想更为深厚。我们再来看韦婉这个人物形象。从铁凝的叙述当中，我们知道韦婉是一个不怎么会打扮并且思想陈旧的女教师，她的性格还有些内敛。而安然就是一个和她截然相反的女孩子。所以我在想韦婉看不惯安然时尚的衣着与她相对来说鲜明一些的性格除了作为一个思想陈腐的老师对学生的自以为合规矩的引导外其实也体现了她们彼此之间的互斥性。

我认为韦婉是嫉妒安然的，因为安然活出了她自己所不敢活的姿态。安然打破了韦婉对人应该受到的藩篱的固有认知从而产生了一种既然自己无法做到就要摧毁它进而与自己同化的心态。这是铁凝在这部小说中的一个所要表达的深沉意蕴。安然敢于穿露背的衣服，敢于与刘冬虎谈恋爱，而这些都是韦婉在学生时代想都不敢想的事情，这自然就会有一种不甘。而自己又没有勇气去打破束缚自己的世俗桎梏便采取了一种病态的想要去毁灭的心态。其实我们可以从铁凝的隐性叙述中发现韦婉并没有意识到这一点，这种观念似乎一直埋藏在韦婉的心中，虽然没有生根发芽却成了韦婉行为的一个巨大的推动力。

以韦婉浅薄的精神世界也不可能发现，她不明白这种力量是怎么来的，便只能将其简单地归结为教师对学生的一种责任感，从而将这种病态的心理神圣化。

铁凝书写这些的同时影射了现实社会的很多专家，铁凝有一种巨大的勇气将专家的皮囊撕碎。除了这样一个方面，从温和的角度来看，铁凝也表达了她对于安然这样一个“异类”的女孩形象的赞赏。这已经不仅仅是一种简单的包容，而是一种认同。



铁凝书写安然这样一个人物形象也表达了她对于固有的“女性性格模型”的一种反叛，甚至是一种对于跨性别性格的认同。从这种认同中我们也可以看到铁凝打破世俗认知藩篱的勇气。铁凝不仅是一位作家，更是一位思想革新的先驱者。

铁凝对于世俗思想的革新还体现在对于“我”和安然父母的形象定位上。“我”的母亲不像一般的贤妻良母一样将家务收拾得井井有条，她不会熨烫衣服，甚至连厨房的油烟也搞不干净，就像是一个粗心的男人。她还在安然请同学到家里来吃饭的时候任性地离开，这一切都打破了传统观念对于女性的认知。再来看“我”的父亲，从他与安然关于应制之作的讨论等方面我们可以看到他较为丰富的内心，而这又打破了传统观念对于男性的认知。

最后再来谈谈“我”的上司老马。如果没有最后“我”思想深化之时对老马的诗意描写与那场火，我们可能会轻易忽略这个人物。我觉得老马这个人物其实正是“我”的一个人生的追求，他起到了“我”的精神导师的作用，他是作为“人”的方面的启迪者，而大火是作为事件方面的启迪者，它们二者影响了“我”的人生价值取向，而大火本身更是影响了包括“我”在内的一大群人。

总的来说，《没有纽扣的红衬衫》是一部发人深省的小说，也是一部人生问题的探索小说，与其他小说不同的是，铁凝对这些问题都给出了自己的见解，使我们能更为清晰地了解铁凝。

# 解读迟子建——以《额尔古纳河右岸》为例

迟子建的作品总是给人一种超自然般的空灵之感，虽说在《逝川》《白雪乌鸦》等几乎所有的作品篇章中我们看不到她直接去表现，但氛围总是相同的。





我认为她是在生活中寻找超自然感，她总是在生活中寻找超拔的一面，或者说她表现的其实并不是世俗的生活，我觉得我们应该对“世俗的生活”有一个重新的定义。

我们通常讲的生活的世俗，其实是因为我们离这种生活很近，这种生活是我们日常所经历的，从而给我们一种切肤之感，所以我们会觉得世俗。这种定义之下的世俗是狭义上的世俗，它与烟火气相联系，其实是有它的局限性的。迟子建笔下的故事依旧是一种世俗，但为什么我们会将她所表现的世俗与空灵的气氛相等同，我想其实是因为我们大多数的读者是站在汉族本位的角度来看待的。

迟子建笔下的人物多是其他民族，其他民族其实也不仅局限于我们的少数民族，它还包括世界上除了中华民族之外的民族，迟子建的很多作品中都在描写这些民族人民温和喜乐的生活，然而我们对其他民族的习俗其实并不了解，不了解就会产生隔膜，在我们的心目中只是留下有强烈指定性的但同时又不真切的感觉，这种感觉直接指向为神秘。

所以我想为什么我们会觉得迟子建的小说中有一种滤去了珠光宝气的人性的、自然的、高贵的美，这也许得益于我们对其他民族的一种生疏，生疏是很能产生美的，换句我们都熟悉的话来说，叫作“距离产生美”。可是虽然这种美本身是美好的，但它却在一定程度上反映了以汉族人为代表的各个民族之间独立的封闭性的痼疾。纵然随着时代的发展，我们放弃了妄自尊大的理念，而且我们还积极地与其他民族交流，但是只要迟子建的小说依旧能给我们带来一种甘泉般的美好体验，这就间接地说明了我们所缺乏的东西是什么。

我在想茅盾文学奖为什么会更多地颁发给包括写农村、写其他民族这类原始性题材的小说，我想这就是对我们心灵缺憾的一种弥补。我们看到这一类题材的小说会流泪，这类小说还会洗涤我们的心灵，这其实是对城市化工业化的一种反思。同时，这也是一种起不到多大裨益的补救。

我们找不到我们失去的东西，同时也没有耐心去探访其他民族，那就将奖项颁发给这些优秀的小说作品吧，像迟子建的《额尔古纳河右岸》与阿来的《尘埃落定》等，这些都是一些非汉族的文明凋落的小说作品，既然不能去挽救实体的存在，那只能对这些凝缩在纸张上的文明进行珍藏。我们对于其他民族文明的意识总是慢几拍的，这一方面与其他民族的人群数量上与汉族相比不占优势有关，也与他们闭塞的生活环境有关，在文明的优胜劣汰面前它们只有覆灭与同化的结局。



但是什么是文明的优胜劣汰？我们的课本告诉我们文明不存在优胜劣汰，它带给我们的原因只是程式化的——它只是告诉我们要尊重其他国家的文明，换句话来说，它只是告诉我们一种方法论。

我认为“文明不存在优胜劣汰”只是我们的一种美好的设想，当然这个设想本身又是多义的，具有它的合理性。我们能说其他民族的文明是不好的吗？如果不好，为什么现代人还会对这些文明底下的生活方式心生向往，现代人隐居的潮流在一定程度上不也是对其他民族的生活方式的一种效仿吗？现代人隐居我们通常会认为是对古代隐士生活方式的一种自主性质的模仿，但是就这种生活方式本身而言又是与其他民族相通的。既然其他民族的生活方式是那么合乎当代人的精神追求，为什么它会被现代文明所取代？既然人们自愿地抛弃这种生活方式，那为什么现在又会对其充满留恋？这其实折射出了所谓的攫取的适度问题，还折射出了一个搭配的问题，但是显而易见的是我们无法将这种攫取与搭配本身保持一种平衡。

这种平衡不是天平的平衡，它不是一种量化的存在。但是，通过阅读迟子建笔下的一系列小说，我们会发现这种平衡在其中如果没有外部异文明的干扰是已经实现了的，这种平衡其实是有相对性的，在书中的世界中就已经将这种概念融化在其中了，而书外的读者永远只能去观望，这种平衡是无法用阐释性的语言说清楚的存在，它可以通过一种境界或是通过一种氛围来呈现，这也正是它千变万化的效果性的展示。

读者无法得到这种特定情境下的平衡，甚至连追寻的路径也没有。当然，我们也可以看出迟子建笔下的小说其实也是过滤了现实生活的。

每个作家的小说都是经过过滤的，但是迟子建的小说更像是一种提纯。其他作家可以选择过滤的成分，但迟子建笔下所经过过滤的成分只是我们通常所理解的狭义上的世俗。





迟子建的代表作《额尔古纳河右岸》与阿来的代表作《尘埃落定》有着很强的相似性，但它们二者之间的相似性更体现在一种感觉。

我们感觉到了其他民族，感觉到了他们二者在这两部小说中都是以一个第一人称的人物作为旁观者来叙述故事，来描述民族的秘密。虽然这两位旁观者也是故事的参与者，但他们都是以一种冷静的眼光来看待周遭。

在《额尔古纳河右岸》中，“我”是一个九十岁的老妇人，同时也是最后一任酋长的妻子，“我”描述了自己的大半生，按理说“我”看待他人的角度是存在着局限性的，因为“我”是以一种从上往下的带有阶级性的眼光来看待事物。但是，因为部落本身不存在阶级性，所以读者不需要有这样一层忧虑。

同时，因为“我”是女性，所以不需要参与到男人的打猎活动当中，而女人的日常劳作往往没有男性的打猎活动那般具有亲身经历的叙述性的价值，所以“我”的叙述大多是冷静的，没有太多的跌宕起伏，即使是在转述男人的打猎活动之时也缺少了亲身经历所带来的跌宕性。除了部落里的人一个个接连死去之时“我”会有感情波动，但是迟子建很少大篇幅地描写撕心裂肺、大起大落的感情波动，这也许是为了适应“我”所居住的自然环境与社会环境。自然会安抚人们的情绪，在氏族社会当中往往也缺少现代文明社会所带来的感情的歇斯底里，这也是由氏族社会自然造就的。人们的感情不会大起大落，但人们的感情会让他们更加深刻，使感情本身更加深邃，而这种深邃显然更为打动人，这也许也是部族的魅力之一，迟子建这样去处理“我”这一人物形象也是对部族社会的长期洞见的结果。而且，我发现“我”这一人物形象根本不应该单独拎出来分析，我觉得“我”是一个不存在个体性质的人物形象，“我”除了一个记录者的身份更多的是融汇在部族的史诗当中了，史诗本身是一个整体，具有整体的美感和震撼力，如若我们将史诗中的人物以解构主义的方式来进行分析，史诗的美感就会被打破，《额尔古纳河右岸》这部作品的艺术魅力也会因为单个人物的分析而造成欣赏上的大打折扣。

再来看阿来的小说《尘埃落定》，叙述者同样是一个基本上处于旁观者的以第一人称而存在的人物“我”，但是“我”是土司的儿子，而从阿来的叙述中我们可以看到土司制度本身就有了阶级社会阶级性的雏形，但是怎样避免“我”以一种居高临下的眼光来看待事物从而造成一种打破静谧之深沉的主基调的不和谐呢，阿来想到了一个方法，那就是将“我”这个土司的儿子设定成为一个傻子，这是一种很高明的处理方式，从而使“我”本身所具有的阶级的上层的“优势”不复存在，达到了一种消解人物的目的。但是阿来所设定的“傻子”又不是真正的傻子，“傻子”这一人物其实有着大智慧，正是因为傻子具有这种大智慧所以他才担当得起见证土司制度消亡的作用。



所以我认为《额尔古纳河右岸》中的“我”同样具有这种大智慧，虽然“我”的大智慧不像傻子这般更能引起读者的关注。

再者，与《额尔古纳河右岸》中的“我”异曲同工的是：傻子因为处于土司制度中的上层再加上他在旁人眼中是痴傻的，所以他的生活不是行动性的，他的生活缺少经历上的激荡，缺少牵引感情剧烈波动的因素，他的生活是个人化相对平静的存在，所以他善于思考。

阿来既然要讲述这样一个史诗性的故事所选择的叙述者不能是有强烈的感情倾向的，也不能是心思过于复杂或者单纯的，就像迟子建选择“我”作为叙述者一样，阿来选择傻子同样有他的深意。

但是这两部作品也存在着一些感觉之外的差异。《额尔古纳河右岸》本身是相对平和的，但正如迟子建自己所说从“早晨”这一章到“黄昏”这一章明显存在过渡性质的差异。

迟子建主要是突出部族瓦解的过程，但在阿来的《尘埃落定》中瓦解的是“土司制度”这一制度本身，虽然也存在着前一种含义，但是我们可以看到傻子本人待遇的落差。在《额尔古纳河右岸》中的“我”不存在这样一种情况，虽然部族不复存在，已经被同化，但是除了心理上的变化，从外部来看，“我”没有受到实质上的影响，“我”在个人情感上的失意是一种隐性的存在，不像傻子那般的明显。“我”比傻子更像一个叙述者，从“我”的叙述当中更能够感受到“我”的上了年纪的处变不惊的老成，而傻子毕竟还年轻，从心性上的沉静程度上来说比“我”要差了些，他更像是将自身放置在变迁当中来思量，同样是叙述，“我”比傻子显得更为智慧。

再者，在《尘埃落定》这本书中我们能看到的元素比《额尔古纳河右岸》更多，其中有对性赤裸裸的描写，有阴谋争夺等阴暗面，甚至我们可以认为《尘埃落定》中的世界本身就是污糟的，只是因为傻子的存在才能够将其描写得这么深刻，傻子与外界构成了一种反差，只有他以一种智慧的目光来打量他所身处的世界。但是迟子建在《额尔古纳河右岸》中所营造出来的世界就大不相同了，生老病死都遵循着自然统领之下的法则，即使是日本人的入侵迟子建也是站在部族本身的角度来看待的。《额尔古纳河右岸》当中的部族覆灭的情景是寂寥的，它没有打破小说本身所营造的氛围，部族是在噤声中消失的，一切都维持着原来的氛围构造方式，体现出一种纯净之美，而《尘埃落定》在傻子的叙述中我们可以看到世界的驳杂。但是，不论怎样，阿来和迟子建在这两部小说中的精心书写同样能带给我们感觉层面的波动。

在《额尔古纳河右岸》中迟子建以异常细腻的笔触描绘了大自然中的气候、植物、动物，这些对于风物的描绘与鄂温克族的部落生活紧紧联系在了一起。我记得陈应松的《森林沉默》同样也对大自然有一种倾情的描绘，对神农架地区森林的自然风物的书写达到了一种触及感官的效用。

而《额尔古纳河右岸》与《森林沉默》同样是对于地域性的自然风物的描写，但《额尔古纳河右岸》中的自然风物显然更可以用原型批评的方法来进行阐释。相比而言，《森林沉默》更像是一种科普，但这种科普不是概念性的科普，而是文学性的延伸感官感受力的科普，我们在其中能看到森林包裹性质的生命力的绽放，这甚至是一种情感上的具有深厚人文内涵的科普，但是它也存在一些不能及的地方。

我们不能将其称之为一种局限性，我们只能说是陈应松和迟子建本身在创作这两部小说时的创作理念不同。不同的创作理念会产生不同的作品，但我们却不能简单地认为创作理念有绝对的高下之分。

诚然，对于三流小说家而言，他们的创作理念自然是不能与一流小说家相比的，但是对于水平处于同一标准上的作家而言，我们只能从读者接受的角度来分析。这其实也是一个推导的过程。陈应松与迟子建的创作理念是不能在量化的水平上分出高下的，他们创作出来的作品也是没有量化程度上的高下之分，但是这两部作品一旦面世，读者与批评家就会去审视，读者得到的是一种有偏向性的感觉，而批评家得到的是一种理性的对于作品深度的挖掘。读者的感觉是个人化的，但同时又会在其他读者的感觉中寻找公约数，这样就成了一种群体的感觉，它代表了大众。而批评家多是从学理的角度上去挖掘，同时他们还会有一个硬性的标准，那就是这部作品与人的关系是否紧密，这部作品与社会和时代的关系是否紧密，这部作品是否将人解读得深刻，这部作品是否将社会和时代剖析得鞭辟入里。



其实，这也是读者与批评家一个很重要的区别，读者是直接获取作品中的世界，而批评家是将作品中的世界转化成为理论，将其转化成为现实的世界，再将它回归作品。这两者自然会产生一定的分歧，我们也不能武断地认为批评家的评论一定比读者更接近作品的真实价值，但是我们能肯定的是我们对于《额尔古纳河右岸》《森林沉默》的评论是从读者接受角度上展开的。

其中可能会有一种高下之分的观点，但是这种观点通常是模糊的而不是决断的。即使是到了读者接受这一阶段我们依旧不能简单地对作品的高下采取一个直接的判定，我们通常会采取一些其他的形式来检验，比如说它的传播范围、奖项以及群体的口碑等。检验的范围很大一部分来自群体的偏爱，但是即便如此，看似有了一个决断，我们依旧不能说出两部作品的高下，就像是一种心照不宣的群体约定一般。

“在迟子建文学创作之初，即20世纪80年代，她还没有明确自己的文学宗旨，几乎是凭着自己的直觉或本能，去书写她所熟悉的生活与自然世界，最终成长为当代中国乡土浪漫派的代表。迟子建的创作经历与成就日益丰厚起来，但是，她并没有抛开自然与大地。她秉承鲁迅的乡土文学精神，坚持根植于乡土与自然世界进行书写，对乡土乡民有着深切的现实关怀。她并没有回避现实的苦难与人间的恶，坚持在小说中营造诗意、温情，以此来抗拒人性的恶。她站在重构人与自然和谐的立场，将乡土叙事精神的表达，从人与社会和谐相处的主体意识，转换、拓展到了对人与自然和谐共处的生态关切。由此，她对乡土世界的描述，传达了对现代文明病的批判，体现了对社会生活中的生态危机与精神危机的忧患意识。”①

“小说虽然写满了苦难，但还是承载了迟子建作品一贯温情的基调与理想主义的书写。”②



《额尔古纳河右岸》是一部纯净的小说，即使是在日本人入侵之时，迟子建也没有着力去描写日本人的恶行，甚至在日本侵略战争即将失败之时，迟子建还勾勒出了日本军官铃木秀男人性中的闪光之处。

我觉得迟子建如此处理有两个考量。一是迟子建在这部小说当中一直是在写“人”，既然是人就会有他们的善恶。迟子建无意用意识形态的笔触去突出某类人性格中的善，也无意去突出某类人性格中的恶，迟子建只是在写人的最本来的状态。就像日本人的向导和翻译最终受到了制裁之时迟子建却通过故事中人物之口去为他们感到不幸，认为他们也是被迫的，何以被判处如此大的罪责。

再比如有媒体来采访“我”这个最后一位酋长的女人之时，“我”采取的是一种不配合的态度。这些描写都是在写人本身，在写人与文明相结合之处。迟子建没有站在政治对立双方的某一侧看问题，她是站在部族，站在人的角度

---

① 李会君.迟子建的乡土世界与叙事精神［M］.武汉：武汉大学出版社，2017.

② 姜燕.中国现当代女性作家作品研究［M］.长春：吉林人民出版社，2016.

来看问题。如果说有人批评迟子建没有鲜明的政治立场，那么他一定不是一个具有强烈的人文素养的人。迟子建笔下的“我”正是我们大部分人的一个缩影，我们的人性中安稳的成分大于壮烈的成分，我们奉行着自然的法则，也是这部小说能打动读者的原因之一。

迟子建的第二个考量在于迟子建想要讴歌“我”所在的鄂温克族的一种面对生活的态度和精神状态。在他们的身上没有被文明化了的阶级性，也没有被煽动的感情，他们只保留着人性中最纯粹的东西，他们的老师是自然、是万物生灵。虽然从我们看来他们本身就是一种文明，但是他们并没有将自己看成特定文明的产物，他们只是平心而论。这又可以看出迟子建对于文明的看法。我认为迟子建不是很赞同文明这个词语，文明更像是外界赋予的产物，而文明本身是没有意识的。“文明”更像是一种侵占，将原本在自然的庇护之下繁衍生息的人们曝光在世人眼中。



迟子建在《额尔古纳河右岸》中虽然没有直接表明对文明的看法，但是其中却是有俄罗斯文明和日本文明出现的。在鄂温克族人的眼中，他们没有文明的概念，他们对这些文明也没有深入的研究，而只是凭借着自己实时的直观感觉，去研究化的倾向是迟子建在小说中隐约向我们表达的，但是迟子建本人写作《额尔古纳河右岸》是不是违背了她在小说当中所要表达的东西呢？我觉得应该分情况来考量。在文明本身还存在的情况下我们应该对其没有概念从而产生一种无意识，而当文明结束之时我们又有必要将它铭记以此来成为现代社会的纠偏，这可能更符合迟子建的本意。

# 解读朱天心——以《古都》为例



朱天心与姐姐朱天文、妹妹朱天衣并称为台湾著名的“朱家三姐妹”，她们都对张爱玲的作品倍加推崇，甚至到了一种痴迷的境界。

大陆与台湾的很多评论家认为“朱家三姐妹”尤其是朱天文和朱天心的作品有张爱玲作品的痕迹。但是，当我们认真地去阅读这两位女作家的作品便会发现所谓的“痕迹”不是风格上的痕迹，而是精神气质上的痕迹。张爱玲笔下都是世俗的男男女女，张爱玲本身就有着一副“俗骨”，但这里所说的“俗骨”并不是对张爱玲创作精神的一种否定，正像张爱玲自己所言，很多作家都关注的是人生中飞扬的美，而她关注的是人生的安稳。

在张爱玲的小说当中，这种安稳体现在大背景静态中的一种动态。我们很少看到张爱玲去写史诗般宏大的故事，她更关注的是灵魂与精神上纵向的挖掘。即使是在《倾城之恋》这样以战争为背景的小说当中，她也能将战争带给我们残酷的、雄性般粗犷的英雄气质的直观感受采取一种陌生化的表现方式。

在张爱玲的笔下，战争阳刚的、壮烈性的一面不复存在，它更多的是内化成了一种感情上的流离失所，而主人公范柳原和白流苏在这种流离失所的自私当中获得了一种紧贴世俗的感悟。这是张爱玲对宏大主题的一种个性化的理解，通过这种参差的对照使读者发现乱世中的安稳，这也是“倾城”这个覆盖面大与张力很强的词语的一种情境化的理解。

而在张爱玲的散文集《流言》《重返边城》中，我们可以发现“静态”成了一种氛围，成了张氏散文的基调，但在这种静态中我们又可以发现张爱玲生活情调的灵动之处，这主要体现在她描写日常生活的散文中。在张爱玲谈论艺术文学的散文中，我们又可以看到作家的评论，而作家的评论本身就比评论家的评论显得更为具有文字上的活泼之感。

朱天心作品所承袭的张爱玲的精神气质在她不同时段的小说中有所侧重。例如朱天心早期的作品《击壤歌》更多的是承袭张爱玲生活类散文的精神气质，在她们二者的这类作品当中，我们都可以领悟到一种生活的趣味。而朱天心的大部分作品如《三十三年梦》《漫游者》《古都》中，我们会把这些作品中所表现的精神气质与张爱玲小说所表现的精神气质相提并论。

写作《击壤歌》时的朱天心被归入到“闺秀文学”这个派别当中。从这个派别的名称来说，我们可以感觉到朱天心这一时期的作品比较青涩，可以让我们联想到五四时期的女作家冯沅君、凌叔华等人，虽然在文坛上受到欢迎，作品也有着一定的艺术成就，但局限性比较明显。而且我们看“闺秀文学”这个派别的称呼会发现它其实本身就具有一种局限性。



当然从积极的方面来看，我们也可以看出一种叛逆精神，我们会想“闺秀”如何能做文学呢？但是“闺秀”确实是做了文学，“闺秀”确实是与“文学”这样一个似乎风马牛不相及的词语组合在一起了，这本身就是一种进步，一种突破式的叛逆，当然这种叛逆是有利于社会进步的，是符合任何一个思想开明的人的审美预期的。

而所谓的局限性存在以下几点。

第一，闺秀不等同于女性，闺秀文学不等同于女性文学，闺秀从年龄来看应该是处于女性的初期年龄阶段，她们在写作上初出茅庐，文笔和思想都比较青涩。

第二，闺秀是属于女性的范畴之内的，是女性的子集。女性文学是女作家所写就的具有较高艺术价值的文学作品的统称，它是可以与男性话语体系下的文学相抗衡的存在，相较于男性笔下的文学，女性文学更具有激进主义的特征。闺秀文学显然不具有足够的进步性和完整地为女性代言的能力，所以我们只能称闺秀文学为女性文学的雏形，它有可能随着女作家的成长真正地成为成熟丰满的女性文学，但也可能止步不前，当然还有可能在演变过程当中渐渐与女性文学的初衷背道而驰。

第三，我们谈起“闺秀”就会想到古时候大户人家的小姐，她们没有足够的能力去观察外面的世界，对更为广阔的社会的认知经验不足。她们只能凭借自己的经验去书写。显而易见，她们书写的文字会具有思想上的局限性，她们书写的视野和作品的表现方法也具有局限性，同时作品的艺术价值也会具有局限性。

但是，这种局限性不是绝对的。“闺秀文学”虽然在写作技巧等各方面都不够完备，但是它具有一种原初性的情感的抒发，是一种不事雕琢的纯真的感情，甚至可以上升到一种情怀。我们也不能将“闺秀文学”一味地看成女作家不成熟年龄阶段所创作出的不成熟的作品。至少在感情和情怀上，它是浓烈的，这种成熟不需要学习和磨砺，是一种本心的产物。

再者，“闺秀文学”具有一种流派价值，她作为女作家成熟之前的一个过渡阶段，对于女作家本身来说，是不可缺少的，也是意义深远的。而对于专业的研究学者来说，也能够保证他们研究作品与女作家本身创作轨迹的一个重要阶段性资料。而且，对研究“闺秀文学”本身来说，也具有重要的价值。学者们可以通过“闺秀文学”来研究女作家在特定年龄阶段的生活状态与心理等。



我们可以拿朱天心“闺秀文学”时期的作品《击壤歌》进行分析，《击壤歌》无论是题材还是文风都很像三毛早期的小说集《雨季不再来》。

在这两部作品当中，朱天心和三毛都向我们展示出她们学生时代叛逆乖张的一面。她们的早期经历非常相似：她们都讨厌数学，都热爱文学和写作，而且都爱玩，她们都不是老师眼中的乖学生。这些描写都赢得了读者的喜欢。

但是，朱天心和三毛是不同的。《雨季不再来》和《击壤歌》在读者方面所获得的待遇也是不同的。《击壤歌》一面世，就赢得了台湾读者的疯狂追捧，而《雨季不再来》则是在三毛已经出版了她的代表作《撒哈拉的故事》后的基础上借着已有的名气出版的，虽然也受到读者的喜欢，但也许是因为出版机遇和市场等综合因素，或者也是因为《雨季不再来》是在《撒哈拉的故事》的隐蔽下出版的，它在读者中产生的影响力并没有超过《撒哈拉的故事》，读者更多的是将其视为三毛创作的一个副产品。

除了机遇等各方面的原因，这两部作品在读者当中热度高下的差异还与朱天心与三毛的家庭背景有关。朱天心的父亲朱西宁是国民党官员，母亲又是著名翻译家，在朱天心出版《击壤歌》时又有胡兰成为她作序，其家庭为朱天心出版提供了支持，父母的身份与胡兰成的作序又为《击壤歌》提供了读者群体中较高的期待值，再加上市场的运作，《击壤歌》的一切都比同时期出版的图书占尽了先机。

相比而言，三毛的成名显得困难得多，她没有得天独厚的家庭环境，在她创作的早期也不存在名人效应为她加持，她之所以为读者所青睐更多的是依仗她作品本身的魅力。但是，这并不是说朱天心《击壤歌》的大卖纯粹是市场运作和名人机制下的产物。我想朱天心的《击壤歌》比三毛的《雨季不再来》在当时影响更大除了上述所说的外部因素外，从文本本身来分析可能还存在以下原因。



《击壤歌》是一种群体的狂欢，它贴合了台湾年轻人的生活状态，而且表现的是正面的，负面性质的因素诸如疾病、死亡等很少在小说中出现。台湾的年轻人在其中不需要太多的思考，他们更多的是得到一种共鸣式的阅读快感。老师眼中的好学生渴望叛逆，但在现实中受到各种因素的制约，没有勇气踏出这一步，便在《击壤歌》中逃避问题，这可以让他们获得阅读上的快感，使得那些老师眼中的坏学生在《击壤歌》中看到了他们自己，《击壤歌》集中体现了他们的心声。在中年人和老年人眼中，《击壤歌》带给他们的是满满的回忆。在儿童心中，《击壤歌》通俗易懂，且小说里头所呈现出的世界对于他们来说是陌生的，具有新鲜感的存在，在他们的心智中也会产生一种模仿欲。

这样看来，《击壤歌》赢得了台湾几乎所有年龄段人们的喜爱，正像朱天心自己所说，《击壤歌》年年再版，坚定了她作为作家一直写下去的信念，同时也为她创造了稳定的收益，为她的写作奠定了物质基础。

再者，她经常能看到年轻一代的读者拿着几十年前出版的《击壤歌》来向她要签名，这显然是他们的父母所收藏的。

我们再来看《雨季不再来》。三毛的这部作品与朱天心的《击壤歌》的一个最大的不同是它写个体“我”的自娱自乐。在这部作品当中，充满了小小的

"我"敏感人眼中的人生百味。相对来说读者不太喜欢阅读孤独的文字，也不太喜欢阅读现实性的文字。他们更喜欢看癫狂的青春，更喜欢在热闹的氛围中看文学作品，而《击壤歌》相对于《雨季不再来》来说显然更像是现在受众更广的青春文学。只有有了独特的人生阅历之后人们才会更懂得三毛的《雨季不再来》，在受众方面《撒哈拉的沙漠》可能与《击壤歌》更为接近。

但从作家在较长历史时期的影响来看，三毛在读者群和学术圈的影响大于朱天心，这可能与三毛敢爱敢恨的写作态度有关，也可能是因为三毛在成长的过程中她的身世传奇和性格给我们带来的魅力超过了朱天心。相比之下，朱天心本身除了上述因素外在后天的性格养成与身世经历中不像三毛一般有这么多让我们感兴趣的点。

但是，我想最主要的原因还是在于作品风格。三毛的作品风格在她的前后期中整体上是没有大的变更，只有文字本身的成熟与作家驾驭文字能力的加强，她依旧保持着她的创作初心，她依旧保持着读者最为喜欢的写作姿态。我们再来看朱天心，就会发现她的创作风格有着很大的变化，《击壤歌》的纯真洒脱在她以后的作品当中很难看到，而在二十世纪末，关于台湾书写的小说三部曲《想我眷村的兄弟们》《古都》《漫游者》当中，她已转为一种深沉理性的思考态度来写作，她笔下的小说也不复《击壤歌》时期的天真灵动，而是被评论家称为议论性的小说。

这种议论性的小说让评论家不太好评论，其一是他们不那么容易找准评论的切入点，还有就是朱天心已经在小说中评论了，留给评论家的评论空间比一般的叙事性质的小说更小。正像萧红写作《生死场》与《呼兰河传》一般，她创造了小说表现的一种新的方式，虽然在当时因为与一般的契诃夫式的叙事性的小说不同而引起了争议，但是时间告诉我们萧红的小说创作并不是对小说概念的一种恶性曲解，而是一种革命性的颠覆，她由一个个的画面来拼接成小说，小说中没有固定的主人公，这种电影般的蒙太奇式的小说写作模式是值得我们肯定的。

朱天心生活在与萧红完全不同的年代，当代文坛对于她议论性的小说创作显然更为宽容，也更为开明。朱天心没有在小说中暗含理论和思想，而是直接将理论和思想阐发出来，这样做的优点是可以增加小说的学术性，但是它也失去了传统小说叙事性的优势，存在着略显枯燥的不足之处。

很多评论家虽然肯定这种议论性小说的存在，但是也表达了他们不同的意见：小说与理论的合流真的是小说应该做的吗？虽然这种写作方式有它存在的合理性，但是与萧红的写作方式一样，它们都不是主流的写小说的方式，但我们应该理解。

著名学者王德威将朱天心笔下的人物称为“老灵魂人物”，称呼朱天心为“老灵魂里的新鲜人”。“老灵魂来自各行各业，穷通蹇达不等，但个个‘先天下之忧而忧’。他们惧悸衰老与死亡，却有穷究老与死的兴趣。他们看来对一切都不在乎了，却比谁都更在乎一切。在朱天心的指挥下，老灵魂渗透你我之间，散播末世消息。人家希望、快乐，老灵魂暗自神伤；人家心灵改革，老灵魂心乱如麻。这真是群煞风景的人物。”[①]



“我曾在此前的书评中称呼朱天心是‘老灵魂里的新鲜人’，因为看到她与她人物间毕竟有所差距。面对历史乱流，朱天心还是有太多话要说，也还向往一个清楚的、有是非正义的乌托邦时间表。她的‘知其不可为而为之’可以是一切撒手前的阿Q演出，也可能是悲剧情怀的最后勃发。我以为徘徊在这两种极端间，朱仍心有不甘：她毕竟不够老。也正因此，她愿意陷入与她批评者同样单面向的逻辑，并以之论辩抗争。她的矛盾表诸文字，已形成一些极具张力的作品（如《去年在马伦巴》《想我眷村的兄弟们》），但是否也已构成一种局限呢？”[②]

朱天心的《古都》与《威尼斯之死》《拉曼查志士》《第凡内早餐》《匈牙利之水》等作品相比，“老灵魂”的程度没有那么深，或者说在《古都》中“灵魂”前面加上一个“老”的修饰语并非要将其与世故、深沉等词语相提并论，“老”更像是与醇厚相通。

《古都》这个集子中的其他小说是都市文明的产物，反映的是都市文明病

① 朱天心.古都［M］.北京：九州出版社，2018.

② 朱天心.古都［M］.北京：九州出版社，2018.

态与都市文化所带给人们精神上的负面影响。这种小说除了上述谈到的议论式小说的特征之外，还具有一种典型的现代主义小说的特征，从这些小说的标题中我们就可以看出一种异域性的现代主义，而且这种异域所在是非欧美城市不可的。

日本城市体现出来的异域是像《古都》一般的氛围，即使同样是借用日本的城市中的现代主义倾向也是另一种风味，是渡边淳一与村上春树等小说家中的现代性。至于俄罗斯就更不可能了，借用俄罗斯城市的现代性没有欧美城市这般有一种油腔式的俏皮的文明，它更严肃，也更为深刻。朱天心的这类小说很难读，不仅是理论的渗透，还在于一种过于冷静的叙事，即使叙事的进程因为议论而被压缩得缓慢。这本身就是一种心理落差，在阅读完朱天文的小说之后，我们会对另一种风格的朱天心的小说表示惊讶。

我们会惊讶于朱天心写作风格的阳刚，尤其是一种没有人情味的阳刚。在这类小说当中，我们不仅看不到一个女性作家驾驭故事和理论时的抑扬的情感或笔触的波动，我们更看不到一个中国作家的文笔的民族性。

不仅如此，朱天心的叙事角度也不具有民族性，看惯了中国现当代小说的读者在阅读这类作品时只会觉得浑身不自在。虽然它很深刻，我们也确实承认这些小说是好小说，但是我们很难在这些小说当中找到一些让我们安慰的写作方法，这已经不仅仅是零度情感叙事这么简单，这类小说很难被我们归入到本土叙事的语境之中。我们会思索为什么我们会产生这样的感触，也许是因为它太像是外国艺术随笔的译本，还没有上升到哲学的高度，但也不是外国小说。而正是处于中间地带的艺术随笔我们了解得很少。

我们不能说朱天心的这类小说拗口，也不能说它通俗，我们只会觉得没有耐心看下去，这是普通读者对这种语言组织方式的一个不适应，也说明了读者很少接触这类作品。所以我认为朱天心的这种类似于异域的小说是可以很好地筛选读者的，它要求读者具有很好的欧美文化、文学理论以及哲学方面的修养。

从这一方面来看，朱天心不仅是在用议论的方式来写小说，她还将欧美的写作话语体系与文化体系移植进了她的小说当中。不仅是朱天心，台湾的很多小说家都不同程度的有这种倾向，骆以军和黄锦树的小说也是如此，给人一种生涩之感。即使是理论性弱一些的白先勇的小说也具有这方面的特征，所以我们会问这是为什么，我想政治方面的因素应该也是不能被忽略的。

台湾与世界的沟通联系比大陆要早。在政治的驱动下，台湾的文学也与世界结合得更为紧密，尤其是台湾对文化出版物的筛选在很大程度上为未来的台湾作家提供了写作方面的指引，或者说是一种局限性的文化导向。

1949年，大量的欧美出版物被翻译引进台湾。而对一个未来作家自我培养或是外部培养的一个必要的方法就是读书，而阅读可选择的范围是有限的，那就只能在这个范围之内发展自我。政治上的看齐导致了文化上的学习，所以有一种激进的观点认为台湾没有自己的文学，1949年以后的大多数文学都是向世界学习的产物。再加上台湾在很长一段时间内都与中国大陆保持一种隔绝的状态，再加上地理上的原因，使得台湾文学的发展轨迹与大陆存在着很大的不同。而中国大陆虽然经过了“文革”等历史阶段，虽然在50年代受到了苏联文学的影响，虽然在改革开放之后各国文学涌入中国，但是政治上的自主与“双百”方针在实际上的重新贯彻使得中国大陆的文学在吸取中发展，同时又保持着自身的独立性，走出了一条与台湾文学不同的发展道路。



但是，我不同意那种台湾不存在本土文学的说法。像朱天心、朱天文还有骆以军等作家都是为台湾文学的本土化努力的代表作家，他们的写作手法和写作技巧借鉴欧美和日本，但他们的作品当中所表现出的精神却是属于台湾本土的。

台湾文学是中国文学的一部分，它与香港文学、马华文学等一道与当代中国大陆文学互为补充，互相借鉴，从而使中华文学焕发出勃勃生机。

朱天心的小说《古都》展现了与她的其他小说所不同的风貌。她不再执着于理论的建构，虽然其中还是有议论，在其中我们可以发现城市的阴云已经悉数散去，虽然还是有种深沉的思索。

我们还可以在其中看到朱天心作品中久违的欢声笑语，我们可以更为舒适地阅读这部小说，而不再绞尽脑汁地思索她在小说背后所要表达的深意。

与上述提到的小说不同，《古都》是一种线性叙事，不同于前者围绕一个点进行无尽的思索，最后搅成精神上的乱麻。读者不喜欢兜圈子式的叙事，他们更愿意看到起因、经过、结果这样一个完整的故事情节。《古都》在一定程度上抛弃了前者的现代主义的文笔与小说的衍生模式，回归了传统。

故事主要的发生地是日本，也许作者意识到在这样一个城市背景中选择过于含糊难懂的叙述方式显得有些不合时宜，所以她才选择了回归。

事实上是，这种回归是一种成功的尝试，它成了朱天心迄今为止的代表作，同时也赢得了读者和评论家的好评。但正像她一贯的写作理念一般，她从不考虑市场因素，总是跟随着自己的心意去写作，加上她具有深厚的学术修养，所以她才会写出上述那般不那么讨喜的作品。

但是，朱天心的心意是会随着时间与周围事件的改变而改变的，在这改变当中，她的心意与市场需求达成了一个契合点，所以这也不难理解她创作上的转变，也不难理解《古都》受读者喜欢这一事实。



虽然朱天心本人并没有对她所创作的小说有一个高下的比较，但我认为《古都》写得显然要比她的其他小说更为成功。朱天心惯于在小说当中展现文化的魅力。

在前述小说当中，朱天心是以一种学术思索的角度来讲述文化，她将文化本身的深邃以一种陌生化的语言向我们展现了出来，不通俗，也不具有享受。

但在《古都》中，朱天心将文化这一宏大的命题具体化成了一个个的物象，而且更为重要的是，她将文化的美感融入具体的物象当中，通过物象表达了出来。

这就有了一种欣赏取向，而这种欣赏取向正是读者所需要的，从而达到一种寓教于美的效果。上文也说过，小说的主要目的是叙述，是以一种最为直观的物象表达方式使读者获得精神上的陶冶，从而使读者的审美趣味得到提升，灵魂得到升华，达到涤荡人心的作用。而前述的朱天心的小说显然是违背了这一准则。我们需要懂得创作小说不是做文学评论，不应当让人去过于思索。即使是现代主义的小说，它也没有过多的理论，而是通过一种对日常事物的异化使读者产生一种思索的美，但是这种美的获得方法是从直观中获得的，而不是从晦涩的抽象的道理中获得的。

退一步来说，朱天心的这种写作方式除了专门做文学评论之外，更好的是用于哲理散文与随笔的叙述当中，这种文体更贴合她的叙述纹理。其实小说当中也可以进行适当的理论的插入，但正像我前文所说的，这些理论要像是作家所说的，而不是像评论家所说的。这些理论同时还要起到一种见缝插针的效果，文风要与整体文风保持一致，同时还要深入浅出。即使是要表达抽象的思想，最好能够用具体的物象作为理论的过渡，这样一来，一方面可以增加小说的思想深度，另一方面可以增加小说的美感。

接下来我想对朱天心的《古都》与川端康成的《古都》进行一个比较。

显然，朱天心的《古都》所达到的艺术价值与川端康成的《古都》相比还存在着一段差距。川端康成的文字有着他独特的艺术魅力，他虚无、凄美、安和，体现出了日本人的精神风貌。而朱天心的《古都》显然不是对川端康成作品的模仿，模仿也毫无意义，总是比不上川端康成。



正像王德威先生所言："朱天心一向喜欢引用国际文学作品移花接木，另抒新机；前述《威尼斯之死》就是个好例子。但是《古都》承接川端遗风，疑幻疑真，野心则要大得多。在川端原作里，双胞胎姐妹千重子及苗子自小被分开。千重子长于养父之家，因缘际会遇到苗子，由此展开一段认亲故事。但川端更要描写的，是故事所在京都的四时变化、礼俗节庆。相对人事沉浮，古都的种种仪式沉淀出一种深沉韵律，历久弥新，千重子与苗子相会一宿后，终于悄然分别。朱应会体念川端笔下淡淡的'物之哀感'吧？美好的事物分裂、成长、衰老，与其奢盼永恒，那霎时的光华或更令人余味无尽。千重子与苗子在小雪的清晨告别，了无痕迹；分离就是结束，全书倏然作结。回到《古都》，叙事者与当年的好友重逢，自然使我们想到川端原作的姐妹相会。但是不然，叙事者根本就没等到人。今之尾生，即使信守承诺，抱柱而亡，哪里有人领情？而叙述者自己也不比千重子，独在异乡为异客，她对京都文化再欢喜赞叹，终究只是旁观者罢了。"[①]

"但说是人类学式的实地考察也好，是百科全书式的平铺直叙也好，套

① 朱天心.古都［M］.北京：九州出版社，2018.

在《古都》这部作品上却总使人有隔了一层的感觉；这恐怕是因为在《古都》里，朱天心呈现给我们的议论和叙述绝非以那种学者式、隔岸观火式的客观冷静为基调。恰恰相反，在这里朱天心整个的语调是抒情性的，笔法是内省询问式的，目光则是忧郁型的；在'中年怀旧'这一大情绪模式下，表现的是弥天的悲情，流露的是对集体和个人历史失忆症的恐惧。缘起于一场对当代日益陌生的台北铭心刻骨式的凭吊，这篇关于无名的'你'的叙述，以缝合个人心理创痛为目的，但同时致力开拓深远的历史想象空间，并且毅然把我们引入了一个庞大错综的都市潜意识区：这正是朱天心近期决心以人类学家的姿态'重新探险台北城市'的原始动机和归宿，也是小说《古都》的感染力和美学及认知价值所在。"①

朱天心自知在小说的美感方面难以望川端康成项背，便想在主题上下功夫来超越川端康成。但是，她在主题的深广性上依旧要甘拜下风，她只能在主题的复杂性上与其暗暗较劲。但较劲终究只是次要的，朱天心的《古都》保留了川端康成《古都》的一些成分，但她是用一种现代语境下的表达方式来写作《古都》这部小说。

她将川端康成笔下的"虚无"的永恒的哲学主题演化成了颇具现代性的"空虚"的主题。

朱天心的演变就像是一把锋利的匕首，它将川端康成笔下的任何的纯天然的美好的哲学一律演化成了一种不纯的物象。她总是去"曲解"川端康成的小说，让无瑕的东西布满尘垢。虽然布满尘垢之后这些东西更为复杂，也更为具有思辨性，但不可否认的是，朱天心所实施的是一种残酷美学。

但是，朱天心毕竟也是一个高明的写作者，她懂得制造一种视觉上的假象，懂得让读者心安，同时也让自己心安。她的《古都》也具有一种表面上的与川端康成的《古都》相通的气质，但是明眼的读者透过这层被装饰了的假象就会看到如前述小说般朱天心的富有尘垢的现代哲学体系。但是，我们不得不说，这是一个相对成功的改编。

---

① 唐小兵.英雄与凡人的时代 解读二十世纪［M］.上海：上海文艺出版社，2001.

我想，朱天心应当是不介意自己独创的作品被我称之为一种改编。就像人们说她的作品像张爱玲一般，她满心欢喜，竟会流出热泪。

既然她是那么喜欢张爱玲，而川端康成与张爱玲的写作路数存在着相似性，更为重要的一点是川端先生的作品写得比她要好，想必她也会以之为荣。

但是，正像唐小兵先生所言，朱天心对于京都文化就算是再喜欢，也终究是一个旁观者。她对京都的风俗了解得并不深入，相对于川端康成风俗浓郁的《古都》而言，朱天心显得笔力不足。但是正像前文所言，她会用其他的元素来弥补她的不足。

朱天心更适合思考性的描绘与风俗的点到而止，我们不应该以统一的标准来要求每一位作家，我们要懂得欣赏写作的多样性。更何况，前辈的光也不能一模一样的复制，总是要有些变数。

我们可以从上述引文总结出这样一个观点：在朱天心的《古都》中，作家朱天心是与她讲的故事保持了一段距离的。这虽然是朱天心写小说的一贯的姿态，但在《古都》中有所不同。



她是带有温度地去看问题的，她不再是一个冷冰冰逻辑推理的理性主义者，她有温度，她有自己的人文关怀，她像是对待自己的孩子一般对待这部作品。普通的读者大多是感性的，即使是从专业的眼光来看，也是有明确情感倾向的小说能够更为占得先机，这也是市场与学术界更为看重《古都》的另一个原因。

“朱天心及她的人物一方面苦于世事无常，一方面又贪婪地吞吐千百种过眼资讯，成为一种文字反刍奇观。读者或要为她益趋漫漶的风格所苦，因为她越来越不能讲个一清二楚的故事。但换个角度，朱天心放弃传统定义的故事性，几乎是理所当然的事。借此她有可能逼近现实无明也无常的面相。她的琐碎议论姿态成为对抗历史大说的方式。所谓本末倒置于她或有新解。当事物的‘本’已无所可本，我们所能有的也只是枝微末节。正因为朱及她的人物意识到大历史的了无理性，他（她）们对生活的细节，对记忆的缝隙，愈发变本加厉地摩挲思辨。”[①]

有学者将朱天心的小说与王安忆的小说相比较，相比较的点大多也是集中在“城市”这一意象上。王安忆与朱天心的语言都是琐碎的，正像引文所说她们都是通过琐碎的语言来对抗历史。但不同的是，王安忆的琐碎是叙述上的琐碎，而朱天心的琐碎理论上是一个完整体系的芜杂的琐碎。她们二者的文字我们可以看成一种互补，她们继承了张爱玲的城市书写与哲学思想，在继承的同时有了创新，形成了自己面对世界的话语体系。



① 王德威.落地的麦子不死 张爱玲与“张派”传人［M］.济南：山东画报出版社，2004.

# 解读霍达——以《穆斯林的葬礼》为例

我们提起霍达就会本能地想到她的作品《穆斯林的葬礼》，如果除去这种由作家过渡到作品的思维，单从作家本身来看，我们会说她是一个与政治结合紧密的作家。



正像我在前面论文当中所评析的一样，很多作家都是体制之内的作家。但是我还补充了一点，就是很多作家的写作实际上是对体制的一种间接反映，或在一定程度上消解自己与体制的关系。

当然这并不是贬义，因为文学是不应当与体制结合得过于紧密的。文学只需要内核是与体制无碍，或者激进一些的作家作品中的内核是反映了体制需求，这些作品都更加符合普通读者和批评家的审美趣味。

但是，我们直到今天依旧可以看到一些与体制结合得过分紧密的文学，这些作家把文学写成了政治动员书，自以为自己是多么的崇高，却遭到了人民群众的反感。

这类文学虽然于政治上的审查无碍，但是有良心的批评家和有着人文主义精神的读者却会自觉地不约而同地结成统一战线，有人跳出来批判，更多的人会充当坚实的后盾。

在霍达的大部分作品当中存在着这样一种倾向：官方气太强。

我们来看她的小说《国殇》和《补天裂》，就会发现在霍达的小说当中的政治抒情性太强。这并不是说政治抒情性太强就不好，在这两本小说当中，霍达也并没有将政治抒情性写得令读者反感。

霍达既然选择了政治抒情性，那就一定要写史诗般的小说，这一点霍达确实是做到了，她的小说的厚度也确实能够容纳史诗这一宏大的题材。但是，霍达是将时代与小人物结合在一起写的，也许是因为霍达要保持史诗性与政治抒情性从始至终的贯彻，她笔下的小人物也是那么的大义凛然，从而与时代合拍。

这也没有关系，但是从这两部小说来看，小说人物所具有的品性的来由交代得不够，也就是说霍达在塑造这些人物的时候没有突出一个成长和蜕变的过程，这些英雄人物为什么会具有这般美好的品性，霍达没有着力叙述。这也许是因为霍达已经等不及他们成长，这个成长的过程过于漫长，以至于它会在一定的程度上破坏她所着力描述的史诗般的壮丽之感。这似乎是不得已为之的结果，在宏大的历史背景面前由不得人物与之形成反差。即使是反差，作家也要以同样一种笔触来书写这种反差，就像是凌力的长篇历史小说《少年天子》一般也是如此。其中也有性情上软弱的人物，但是凌力却依旧是用一种豪壮的笔触来写人物的软弱，细枝末节不是那么的在意，只是一个粗线条的描绘，这也许是中国当代历史小说的一个主要的特征。



《少年天子》如此，霍达的历史小说《秦皇父子》也是如此。这似乎是写作历史小说的一个永恒的定律，似乎历史就是应该以一种大手笔来写作。但是，这是不是使历史小说落入了一个写作的窠臼呢？只有这样一种悲壮豪迈笔触下写作的历史小说才能被称为历史小说吗？

对于历史小说的创新思路而言，我们该做些什么改革？我想，林语堂先生的小说《京华烟云》与张恨水先生的小说《金粉世家》都可为历史小说提供一种新的思路。虽然它们本身并不是历史小说，但是它们却具有历史小说的某些特质。尤其是在描写人物的时候，我们可以以《京华烟云》中的女主人公姚木兰为例。

林语堂对姚木兰的成长过程有了一个详尽的描绘，她的遭遇在时代背景下熠熠生辉，并与时代结合紧密，在这一渐进式的叙述当中，姚木兰的英雄形象被逐步确立。

当然，英雄的最终成长是要有他们的最初性格作为铺垫的。姚木兰少年时期的那种机灵、自立、有主见，等到她长大以后，尤其是她与时代相紧密结合的时候，这些原初性格又会有一种蜕变，她会真正成为一个英雄，就像是《金粉世家》里的女主人公冷清秋，在涉世未深之前，她保持着一个闺秀般良好的教养与性格，但是当历史变故降临到她身上之时，她的原初性格同样也转变成了一种英雄气概。

当然，评论家和读者很少会把冷清秋看成为英雄，她本身确实也不是英雄，但是她却具有英雄的品质。这又引出了另一个问题，我发现像霍达、凌力等人的历史小说都是体现出一种“将英雄人物英雄化”的倾向，而像《京华烟云》《金粉世家》等小说则是“将普通人物普通化”，但是在这个“普通化”的过程当中，我们却能看到英雄。

当然，《京华烟云》与《金粉世家》并不属于历史小说的范畴，姚木兰与冷清秋也都是虚构出来的文学形象，但是历史小说创作者们却可以从她们身上学到很多。



这其实是个很艰难的问题。历史小说本身就是写大事件的，如果不是大事件那么把它归入历史小说的题材当中又有什么意义呢？小说前面有一个限定词“历史”，就规定了小说的性质。但是，我们可不可以做一个突破，从历史的细微之处着手写作，就像陈寅恪先生写作《柳如是别传》一样，虽然是传记，却也带有历史小说的影子。

历史小说和传记具有许多相似性，也具有本质的差别。历史小说是线性的写作，着力突出一个历史时段下的众多人物的生活轨迹，在突出某一个人物时不忘对其他人物也进行次要的刻画。但是传记则是围绕传记所记述的中心人物来做叙述，所有人物形象的刻画都是为了传记的主人公服务，具有绝对的服从性。但是它们二者之间都存在中心人物和历史事实等因素，传记可以向历史小说借鉴，但是我更认为历史小说应该向传记借鉴。

再回到《补天裂》这部小说，我们可以将它与著名女作家谌容的小说《人到中年》进行一个对比。它们二者同样是写岗位上的英雄人物，同样具有厚重的情怀，但是为什么知名度更高同时也更为批评家所赞赏的是谌容的《人到中年》？

除去出版时机与市场的自我运作等外部因素，我想存在以下几点原因。

一是在于谌容的《人到中年》比霍达的《补天裂》言简意赅，谌容用最浓缩的语言将故事表达清楚，情感到位，主题鲜明，故事结构完整。而霍达的《补天裂》就显得过于啰唆，洋洋洒洒千万言，叙事不够集中，反而削弱了这部作品的艺术魅力。其实不仅是在这部小说当中，我下文要重点分析的《穆斯林的葬礼》同样存在着这方面的弊病。

二是因为《补天裂》有意将时代政治与个人紧密结合起来，作者霍达甚至用了大量的篇幅在捋它们二者的关系，过于政治性的用语虽然弘扬了主旋律但在一定程度上也降低了作品的可读性。而在《人到中年》当中，作家谌容将主人公陆文婷这个形象写得非常的朴实，她在医生这个岗位上所做的一切在陆文婷自己看来都是在做自己分内的事，作者在其中没有用太多的政治性描述，而是以一种冷静隐忍的笔调将陆文婷的事迹向读者展现了出来。



作者从来不去渲染陆文婷的事迹多么值得人们崇敬，也不去用一种官方礼赞的笔调来将陆文婷光荣伟大的事迹在字里行间中流露出。虽然人们没有受到作者的暗示，但是人们会情不自禁地被感动，正像一句老话所说:“一切尽在不言中。”相比之下，《补天裂》中的抒情性强的文字虽然意图制造一种感染力，意图让人们接受感情的洗礼，但效果却不是很好。

三是在于叙述感情的问题。《补天裂》的感情太泛滥了，感情如汹涌的河水一般一浪接一浪，简直让人透不过气。在其中，英雄大义凛然，崇高得让读者疑为天人，过于脸谱化，这种崇高的精神气甚至会令读者心生畏惧之感，在心理上就对作者的叙述敬而远之。但是我们再来看谌容的小说《人到中年》，我们会发现作家极少用情感很强的语句，极少用渲染的手法，她只是用一种内敛深沉的笔调来叙述陆文婷的故事，用这种笔调所塑造的女主人公陆文婷也是同样的隐忍，隐忍得让读者心疼，这就通过作品这个媒介引发了读者与作者的共鸣。

但是，《穆斯林的葬礼》是个例外。虽然霍达在其中依旧是用了一种抒情性浓烈的笔调来叙事，但是读者大多欣然接受，感受到作家的感情，乐意被作家的情绪所感染。我想其中一个很主要的原因就在丁霍达将人物写“小”了，将政治与小人物结合得更为紧密了。从这部小说当中我们也可以看出霍达写作的另一面。

在写作小说之余，霍达将自身的很大一部分精力放在了报告文学和纪实文学的写作之上。这些文字大多也是写大事件，与她小说中写作的大事件的倾向是一致的。

这些文字比起她的小说可读性不强，涉及比较专业的知识，但这也能在另一个方面看出霍达多方面的专业素养，也可以看出霍达是一个具有高度社会责任感的作家。但是，我们也可以从事情偏狭的一面来看霍达的这些文字。也许正是因为有这些直接关乎国计民生的“大”的写作才在某些方面导致她的小说创作的大题材。也许是霍达过于将目光放在这些“大”的层面，才导致她在很多小说中对人民细微心理的体察不够。

但是不管怎么说，《穆斯林的葬礼》与霍达的另一部小说《未穿的红嫁衣》总算是弥补了这个遗憾。我个人认为霍达还是适合写作爱情而不适合写作英雄的。她作为一个女作家，具有丰富细腻的情感，对人物尤其是在爱情中的青年男女的心理把握得比较到位，虽然在表现情感的方式上她与大多数的女作家有所不同，反倒是和一些男作家比较类似，但她所描写的情感的深度却是大多数男作家所不能比的。而在霍达的报告文学的创作当中，我想稍微提一下她那篇关于农村丰收情景的文章。



在霍达的这类文章当中，我们多是看到事物欣欣向荣的一面，即使在她的这类文学当中我们看到了问题，但要么是人民战胜了困难等大团圆的结局要么是描写得不够深刻。

在这类报告文学和纪实文学当中，霍达的才情没有像她小说所体现的那般明显，但是实用性强，对于国家民生发展问题的研究者来说是一笔宝贵的财富。这也从一个侧面说明了一个问题，霍达对人本身的关注不够，对人民的精神上的困苦关注不够。

真正好的报告文学应该是像夏衍先生的《包身工》一般直面问题，鞭辟入里。但在当代，像这样好的报告文学难得一见。这是为什么？是我们的时代已经没有问题了吗？是我们作家的水平退化了吗？是作家们发现问题但是不敢下笔写吗？这些问题都是值得我们去思索的。

《穆斯林的葬礼》与《平凡的世界》等作品一道获得第三届茅盾文学奖，很多读者认为名不副实。他们认为《穆斯林的葬礼》与《平凡的世界》无论从哪个方面都是不能比的，更有人认为其除了对穆斯林风俗的介绍外便相当于琼瑶的烂俗言情小说。

这些说法有失公允，带有明显的个人感情色彩，但也具有合理性。《穆斯林的葬礼》确实在很多方面都比《平凡的世界》逊色，但是它囊括了众多人物，写了家族以及民族的矛盾等，并以特定的大的时代为背景……这些都不是普通的言情小说所能涵盖的。但是我们也不能去回避问题，为什么茅盾文学奖会将《平凡的世界》和《穆斯林的葬礼》这两部水平有些悬殊的作品相提并论？我觉得并不是评委的水平有问题。



普通读者能够看出这两部作品的高下，专家评委们更能对其进行理性的判断，更何况不止一个专家进行评判，也就不需要考虑评选的个人喜好，得到的结果还是相对公允的。我觉得根本的原因在于从相对客观的角度来讲，参选的作品中没有能超过《穆斯林的葬礼》的艺术水平。这样一来，又可以衍生出另外一个问题，那就是当代中国小说的水平问题。

在当时，中国作家的小说创作水平还比较低。我们知道，每届茅盾文学奖评比中都有近几年出版的几百部作品参选，然后一轮一轮地淘汰，最后只有几部作品能获得茅盾文学奖。这几百部作品本身就代表着中国在近年来的文学作品的成就，最终得奖的几部更是经典中的经典，是近几年来中国长篇小说的最高成就。最高成就被读者质疑，那就只能说明水平不行。

在当时中国的文化环境下，能产生像《平凡的世界》《白鹿原》这样的伟大作品，说明文坛也并不是萎靡不振，但这只是个例。放在今天来看，即使在那之后又涌现出了像《尘埃落定》《长恨歌》《额尔古纳河右岸》《繁花》《应物兄》这样杰出的作品，但还是太少了。

当代中国的文学创作远远没有达到一种经典荟萃的场面，所以很多作家都提出本土化叙事正处于一种困境。王安忆也提出“很多作家都不会写作”这样的观点，残雪等作家更是激进地提出要全面向外国学习的口号。其实不光是长篇小说的写作，凡属于文学范畴的其他体裁，像中短篇小说、散文、报告文学、诗歌还有戏剧都面临着这样一个问题。当代中国的物质生活水平还在不断发展，作家的写作也比以往更便利，但是水平永远回不到现代文学时期的辉煌，学术风气也不能与五四相比较，更不要说与欧美国家的写作比较了。

王安忆老师虽然对现在的困境表示担忧，但她也说明了本土化写作的优势，我们似乎应该紧紧把握住本土化写作的独特性，这是我们永远的资本。在这一点上，王安忆与残雪等作家采取的立场是完全相反的。也许是文学辉煌的时代在中国是有一种周期性的发生，我们所要做的是在努力的过程中等待周期性的降临。

“‘月’‘玉’系列的小说架构，不仅仅是叙述上的时空交错，更使小说整体呈现出一种诗美结构。作者用极富中国传统美学意境的‘月’‘玉’意象来提炼小说的文化精神，凸显暗示人物的理想人格、悲剧命运，极大地丰富了小说内涵，形成了小说深邃的审美意境。‘月’‘玉’显示出的象征魅力，像明丽爽洁的光华渗透于整部小说。”①



“《穆斯林的葬礼》中月、玉精神品格的达成，是通过对一个个鲜活人物形象的塑造完成的。作品中韩子奇形象的塑造体现了人性的丰富性和复杂性，韩子奇对玉矢志不渝的追求与深刻理解，使自己的生命得到了升华，使自己融入了中国玉文化的历史长河。梁冰玉是当代文学中较少见到的五四新女性形象。从她的性格和命运中，我们看到了传统与现代文化的纠结与冲突、女性心理需求的失落与倾斜，抗争意识、自主意识与自卑依附心理的矛盾融合。她像一个凄美而怀旧的梦，开启‘月’‘玉’意境，终结‘月’‘玉’世界。梁君璧是一个现实性较强的形象，她因爱的失落与生存依托的失落，处于一个伦理和情爱相冲突的两难境地，而新月则是她情爱的冷点、伦理的拒绝。她因爱而恨，由恨而冷，冷极而爱。在新月的葬礼上，她对新月复苏的母性与伊斯兰文化精神的神圣，达到了人性和宗教的爱的契合。梁家第三代人以韩新月为中心，以月潮之恋展开。月、潮二人是书中最具理想光芒的艺术形象，他们相

① 杨继国.中国回族文学通史：当代卷［M］.北京：阳光出版社，2014.

知相慕，相恋相依，如明月对潮水的吸引，潮水为明月的澎湃，他们享受着发自本性的幸福与快乐，这既是自然的幸福，又是理性的崇高；他们有着共同的事业和人生目标，热情地追求着共同的理想价值；月潮形象与月潮之恋比较集中地体现了作者的审美理想、价值追求，完美而形象地体现了'月''玉'精神，他们纯情纯美的爱情使'月''玉'意境更具情感美和人性魅力。"①

除了上文对"月""玉"意象的解读外，我觉得"月""玉"从直观的层面上来说更具有人物上的象征意义。"月"象征着韩新月，"玉"象征着她的母亲梁冰玉，它们在叙述上的时空交错其实也隐喻着母女二人至死不得相见的悲剧。

这种悲剧美学体现为一种凄美，体现为古希腊悲剧般的命运悲剧。命运悲剧往往比性格悲剧更为打动读者。角色的命运是一直存在的，它不可被篡改，但我们必须去遵守它所表现出来的起伏。





在命运的征途当中，每个人的结局都是陨落，有的时候，命运所体现出来的具体形式是陨落的折线，但更多的时候，命运为了戏弄他们，往往给予他们以希望，再将希望生生地夺走，就像故事中的苦命鸳鸯韩新月与楚雁潮。更为不幸的是，这对鸳鸯是不被家庭祝福的，也同样是不被宗教所认可的，这对鸳鸯纯粹是自封的。霍达使用悲剧美学的运作原理，便是这种曲线式的命运起伏方式可使悲剧回环曲折、催人泪下。

在故事的前半部分，霍达在设定楚雁潮与韩新月的家庭背景之时采用的是一种参差的对照模式。楚雁潮的家庭不明不白，其父亲很早就被人掳走，他不仅承受着从小就没有父亲的痛苦，还因为父亲的缘故使他一生都背负着不清不白的恶名。

相比之下，韩新月的家庭就幸福得多。霍达通过这两个人的恋爱，实际上是表达了在反差极大的两个家庭背景之中，青年男女的发自天性恋爱自由的觉醒。

然而，新月得了病，在故事的发展中，我们又可以知道她的身世凄凉。表

---

① 杨继国.中国回族文学通史：当代卷［M］.北京：阳光出版社，2014.

面富足安和的家庭中实则有太多经年的苦楚。等这些苦楚一股脑地由作家霍达倾吐出来的时候，她其实是在维持恋爱双方遭际的平衡。

但是，维持平衡的方法有两种，一是将处境差的一方渐渐转好，霍达没有采取这样一种方式。她采取的是另一种方式，将处境好的一方情况越写越坏。

霍达一开始就是要将这部小说写成一个悲剧，她如果采取前者的写作方式，在后续必然会有一个大的逆转，这看似符合命运悲剧的特征，但是却过于独特，故事的衔接性可能会差一些。

毕竟小说不是真的生活，如果将生活的突兀在小说当中过于写实，反而会带来不好的效果。这一方面我想到了郭敬明的《梦里花落知多少》这篇小说的例子：在故事接近尾声的时候，一切都开始转好，眼看生活就要归于平静，谁知这时男主人公突然死亡。在生活中虽然存在这种情况，但是读者却很难接受，也不太符合故事的节奏性。



然而，我们再来看王安忆的《长恨歌》。在故事的结尾，女主人公王琦瑶被长脚杀死，这也是打破了故事的发展预期，但是我们细细体味，会发现它还是合乎故事的发展脉络的，虽然一时无法接受，但在前文王安忆已经做好了铺垫，所以虽然离奇，也不会让人难以理解。

从这一点来看，也许是霍达认为自己在前文所做的铺垫还不够支撑后文的巨大反差，所以她选择了后者渐变性的自然的写作方式。当然，霍达也许根本就没有这方面的考量，她只是在遵循自己的写作习惯也未可知。

这样看来，在角色走向最终的悲剧之前，韩新月与楚雁潮之间的爱情从读者眼中的阻碍其实已经清除了一部分，虽然这个障碍在小说中并没有直接的描述。

但是，这个看起来似乎是他们二人恋爱优势的转变在故事的发展过程中反而成了劣势。与此相伴随的是楚雁潮与韩新月的师生恋所造成的伦理上的非议，这种非议似乎是来自韩新月的班长郑晓京，但实际上是来自她所代表的党。

我们再来分析一下郑晓京这个人物。我们可以从作者对她的描写与韩新月的视角中看出她是一个有着很强领导能力的女性，人很好，但是受那个时代保守的思想影响很深。也正是她所代表的立场，让楚雁潮这样一位优秀的男教师不得晋升，让他饱受师生恋乱伦的自我谴责。这实际上是霍达的一种反思。

从霍达的叙述当中，我们可以发现她的思想倾向：社会伦理是不能够干涉爱情的。实际上，这些阻碍都是他们冲破了的。但是，最后阻挡他们结合的是民族隔阂与家庭阻挠。当然，家庭阻挠也是由民族隔阂所引起的，或者说是民族隔阂成了家庭阻挠的工具。

有人认为，这其实体现了霍达狭隘的民族观。我认为，持这种观点的读者一定是没有读懂霍达。霍达在书中这样安排只是在摆事实，其中却蕴含着深刻的批判色彩与一种无可奈何的被动，这才是霍达的真实情感倾向。我们不能因为作者霍达没有直接在这个小说当中使用一些观点鲜明的话语就给她扣上烂帽子，这不仅是对作品的一种误读，更是对作家本身的一种抹黑。

就像我前文所说，我们解读《穆斯林的葬礼》不应该肤浅地认为她是一部言情小说。



我们可以从两个层面来驳斥这种观点。

其一在于这部小说不仅仅是写言情；其二在于在这些有限的写言情的篇章当中我们能受到一种高尚精神的洗礼，我们能感受到与恋爱相关的其他因素的共同作用，我们还会有一种形而上学的感悟。小说中对穆斯林文化的描写令人印象深刻，作者也敢于去触摸一些写作的禁忌。

穆斯林的丧葬文化应该是让我们印象深刻的一方面。在小说的进程当中不断有人死去，像梁亦清、姑妈、韩新月。但是，在描写他们的葬礼之时，面对几乎类似的风俗，作家却将其写出了新意。在梁亦清葬礼上穆斯林风俗的描写之中，我们可以看到穆斯林葬仪的庄严肃穆与沉重，这符合梁亦清本人生前的气质。而在描写姑妈葬礼的时候，虽然作者霍达对其描写得比较简略，但我们仍然可以感受到姑妈生前是一个被人们所敬爱的女性。

而在写韩新月的葬仪之时，霍达用了最为详尽的笔墨，用一种饱含深情的史诗般宏大的笔触来写这个年轻生命的凋谢。葬仪过后，在故事的尾声中，她年过花甲的生母回到了大陆，她站在韩新月的墓前进行了情感上的蜕变，在《梁祝》哀婉的音乐中，故事落下了帷幕。这就是霍达用笔的魅力，在写梁亦清葬仪的时候文笔理性克制，而在描写韩新月的葬仪包括葬仪以后的情景时，她用了很大的篇幅去刻画，她以一种饱含深情的笔调来写她心爱的角色。

我们可以从这样的笔调中体会到作家内心的挣扎。她不想让这个女孩子死去，她也不想制造一场恋爱悲剧。但是，她的神经被故事本身应该发展成的样子、被故事的主题撕扯着，她必须让韩新月死，她必须听从自己的理智让这场悲剧发生。满怀深情的读者在看到这样的文字后，在体味到作家写作时的煎熬时，怎么能不为小说中的人物所悲伤，怎能不与作者感同身受呢？

我还想分析一下韩子奇与韩太太这两个人物形象。我一直以为韩子奇与韩太太是不般配的，这一点我们可以从他们小时候的表现中看出，在他们很小的时候，韩子奇的师傅，同时也是韩太太的父亲梁亦清去世，在面对生意人的落井下石时，韩子奇选择进入这个生意人的铺子做学徒。

这样做表面上是一种背弃，是一种小人行径，但是韩子奇其实是在卧薪尝胆，期待着蓄力之后再将老师的事业发扬光大，但是当时作为梁亦清女儿的梁太太却不懂得韩子奇的苦心，只看到表面现象。这就可以从一个侧面看出韩子奇与韩太太其实不是相互之间的知心人，他们之间不是夫与妻的最佳人选。这一点，我们可以在日后韩子奇与韩太太的不和中看出。韩子奇是一个疼爱女儿的父亲，同时也是一个“玉痴”，他虽然也存在着旧式家长的某些习气，但总的来说是理想的。而韩太太这个人物形象在小说当中多是以一种批判的形象展现在读者面前的。她保守，过分狐疑，而最不能使读者容忍的是她掐断了韩新月与楚雁潮的爱情。虽然她同样只是民族隔阂的一个发言者，看上去似乎与伦理的代言者郑晓京并无差别。

但是，霍达在一句一笔带过的话语中展现出了郑晓京的心理，她认为既然学校规定休学两年便开除学籍，而韩新月已经休学两年，那么她也就不是楚雁潮的学生了。没有了这方面伦理的桎梏，楚雁潮与韩新月谈恋爱也就不应该受到苛责。读者看完郑晓京的心理活动后也许也认为这是理所应当，却忽略了一点：郑晓京一直在想合理的理由来为他们之间的爱情开脱以求得伦理与感情的统一，这是很合乎人情味的，我们对郑晓京这个人物应该高看一眼。但是韩太太就远没有这一层开脱之心，铁面无私得令人心寒。所以梁太太是作家霍达不待见的一个人物。

但是我们也可以发现霍达对这个人物不待见并不代表着她厌恶这个人物。我们在故事中部的叙述中可以读到：韩子奇与韩太太的妹妹生下了韩新月，这在韩太太的心理上来讲肯定是不好受的并且留下了一个很大的疙瘩。但是，韩太太虽然与韩新月在性格上有龃龉，但是她并没有对韩新月有什么不好之处。韩太太也有她自己的苦衷，她也一直在隐忍。

虽然她对韩新月没有圣人般关爱式的觉悟，但也不能求全责备。霍达写韩太太这个人物只是在写普通人物，只是在写人物平凡的内心状态。虽然她阻挠了儿子的恋爱，又阻挠了韩新月与楚雁潮的结合，但我们充其量只能称其为自私，而不应当对这个人物有一种义愤填膺的态度。

就像引文所说，韩太太在韩新月的葬仪上，母性和善性不是得到了苏醒吗？我们需要给人物一些时间，即使到最后人物的转变对故事本身是徒劳无益的，但是对于故事深层次的内涵与价值却有着不一样的影响。故事中人物的轨迹也不是她一个人就能操控的，究其根源还是命运的无常和悲剧性，其他因素都可被归到这个大的因素当中。

“1987年8月29日深夜，我为《穆斯林的葬礼》点上最后一个标点。当时，我已心力交瘁，但仍然不忍释卷，怀着深深的爱怜和依恋，用一天一夜的时间把浸透心血和汗水的书稿通读一遍，又动手作《后记》，写毕已是9月1日凌晨，我至今清楚地记得，《后记》的最后一句话是：‘请接住她，这是一个母亲在捧着自己的婴儿。’这句话，是对编辑说的，也是对读者说的。从那一刻，婴儿脱离了母体，剪短了脐带，带来了人间。”①

从霍达的这段叙述当中，我们可以体味出作者对于自己作品的这种难舍难分的情感。霍达确实是用了心力来写作，《穆斯林的葬礼》感动了耄耋老人冰心，感动了著名文学评论家陈荒煤，更感动了一代又一代的读者。即使因为时过境迁，这部小说存在一些缺憾，但是这依旧不能掩盖它恒久的魅力！

---

① 《中国政协》杂志社.谈艺论文［M］.北京：文化艺术出版社，2011.

# 解读叶广芩——以《状元媒》为例

我们谈起“京味小说”，首先就会想到它的创始人老舍先生。老舍先生写北京，写北京市民生活，平易近人却不失雍容气度，充分体现了北京的地域特征。



而“京味小说”发展到当代，我们便会选出王朔作为代表。王朔的《顽主》《动物凶猛》等小说集中体现了“京味”的特征，流露出了平易近人中的反叛意识。

我们在很多时候都会忽略叶广芩这位女作家，她也是“京味小说”在当代的一位杰出的继承者，她的作品体现了与老舍、王朔相比较的另外一种个性。

每个作家的写作都有自己的个性体现。老舍的小说可以说是最贴近“京味小说”概念的一种规范化的写作，而王朔的小说则在这个规范化概念的基础上展现出了自己的新意，使我们看到一种叛逆，语句中反讽的意味比较浓厚。

相比而言，老舍的作品语言当中虽然也留有反讽的痕迹，但他毕竟是中规中矩的，这可能也与他是“京味小说”开创者的身份有关。在我们的经验中，我们看一个文学流派的作品，它的创始人的作品往往是我们不能忽略的，而且就是这位创始人的作品，往往最具有他所代表的派系写作风格的鲜明性。

这种写作其实是一种中庸的写作，一种最为朴实而且最为精确的写作，而在这位创始人之后，我们虽然依旧能看到他的传承者，但就像是一棵树的主干上有许多的枝丫，而这些枝丫同样会有自己的体系。它们之间类似于一种孕育关系，但孕育是有差别存在的。一层层向外的盘根错节虽然依旧是源头的产物，但是却越来越体现出自己的个性。所以王朔、叶广芩的写作与“正宗”的老舍的“京味小说”是存在一种游离的关系的。

但是，我们不能苛求作家与作家尤其是跨越了时代的作家之间的写作有一种过于贴合的共性。过于贴合的共性是不存在的，如果我们固执地坚持这一观点，那么文学的派系也就不复存在。更何况“京味小说”本身就不是一个派系，它不像“京派小说”那样有自己明确的理念。它更像是一种共性的集合，所以所谓的一丝不扣的师承关系也是不存在的，因为“京味小说”概念的形成本身就显得有些被动，不像“京派小说”那般有一种明确的指向性。

除此之外，我们还会发现“京味小说”的所谓创始者与集大成者都是老舍。

当然，就像上文所说，因为“京味小说”本身就不是一个正宗的文学派别，所以“创始者”与“集大成者”的说法应该是不大准确的。也许我们可以说“京味小说”中写作的第一人与写作成就最高的人都是老舍。





从这一点看来，我们会发现这与在大多数情况下的创始者与集大成者分别在两个人身上的情况不同。这其实也可以说明“京味小说”虽然在当代不断地发展着，也出现了很多的代表作家，但是能超越老舍的作家还没有出现，这也是一个遗憾。

也许是因为老舍的文学成就太高了，他成了一座写作上的高峰，一般人难以逾越。这与老舍所处的时代有关系，与老舍所处的氛围有关系，还与老舍本人有关系，老舍也成了一个独一无二的存在。而研究者们总要将老舍放置在一个写作文化集合当中，同时又不能抹杀老舍的个性，于是就以老舍作品的艺术风格为基础对其进行了一个延伸化的拓展，使其能够容纳更多的作家，这就形成了“京味小说”。实际上也是对老舍的一个尊崇性质的体现，使其能处于一种文化集合中，能够有写作的后代传承者，这在一定的意义上是后人对于老舍的“香火延续”般的妥善安置。有了开山始祖的地位，老舍在文学史上的地位比起他作为一个独立的作家显然更为牢固。

当然，这种安置也许是一种无意识的体现，上述只能说是一种目的性的结果，但是老舍本人的文学创作功绩也确实对得起“鼻祖”这一称号。

相对于近代武侠小说的鼻祖平江不肖生，作为“京味文学”鼻祖的老舍显然更值得我们去铭记。

那么，王朔、叶广芩等作家的写作为什么达不到超越老舍的地位呢？除了上文所分析的老舍方面的原因外，站在这两位当代作家的立场来看，我们也可以从反面得出结论：虽然在当代尤其是新时期以来，人们的物质文化水平大幅度提高，精神文化水平也得到了普遍提升，但是大师般的作家却没有现代那般多。

可能当代作家的生活相对于现代文学时期作家的生活更为安逸，也可能当时的社会只是从内患中解放出来，不像现代文学时期的社会饱受内忧外患的折磨，这样在社会的大背景层面来看就难以催生大师；还可能是因为当代文学相对于现代文学离古代越来越远，我们对老祖宗的东西少了一份切肤之感；更可能是因为在当代社会作家们受到各方面的影响早已丧失了那种纯正的规范化写作，思想也变得复杂，少了那份写作的初心；也许还有另一种可能是因为阶层分化在当代社会更加明显，以至于当代作家与民风民俗的亲和力没有现代作家那么真切。

当然，我所列举的原因分析只是这个问题背后复杂原因的一部分，有些分析也许只是一种臆测。我们还是拿王朔和叶广芩作例子。王朔的京味写作不似老舍那般正统规整，而他却将老舍文学作品中的“反讽”在他的作品当中旗帜鲜明地运用，而且在这些作品当中还存在老舍作品中不存在的一种反叛意识，这在一定程度上是受到西方文学思潮与文学作品的影响。从这一点来看，王朔的京味写作中的灵魂虽然不是纯正的北京风韵，但是他的写作却有着中西结合的新的魅力，本质上还属于“京味文学”的范畴。我们再来看叶广芩的小说，我认为她的小说就是过于正统了，甚至比老舍还正统，反而缺少了一些文学的灵动之感。在这一点上，王朔和叶广芩是两个极端。

叶广芩是慈禧太后的侄孙女，隆裕太后的亲孙女，祖上为赫赫有名的叶赫那拉氏，后来改姓叶。叶广芩作为满族皇族的后裔，却没有一点骄奢淫逸的习气。这与她良好的家教与时代的变故等因素有关。在旁人眼里，叶广芩平易近人，没有一种居高临下的态度。她生活俭朴，在任县委书记之时，人们经常可以看见她骑着一辆自行车走街串巷，从不搞特殊化。她还热衷于保护自然，把人生中的很大一部分时光用于保护与研究野生动植物上。

但是，叶广芩并不是我们所臆想的一个普通的老太太，她本人不论是从外形衣着，还是言行谈吐，都体现出一种有教养的高贵气质，这种气质是亲和的，不会让人感到不适。叶广芩对旗袍情有独钟，每每参加颁奖典礼，她都要穿旗袍出席。她从不参加省政协的活动，因为她不愿跟孙殿英的后人同席。这体现出她浓厚的家族意识，而这种家族意识往往融入她的一系列家族小说中，像《采桑子》《状元媒》《全家福》等都是她家族小说的经典之作。

叶广芩的家族小说文笔雍容大气，内容贴近世俗，多以家族中的成员与在“我”的生命历程中对“我”有深刻影响的人物为写作对象。叶广芩的这类家族性质的长篇小说便是对不同人物的分别立传，这些彼此之间相对独立的章节组成具有内在联系的小说群，构成了一种盘根错节的宏大叙事的景况。这类家族小说我们应该给予充分的肯定与褒扬，因为它们不仅讲述了一个家族的生活历史，还展现出了北京的民情风俗，读来具有厚重感，是北京的一张名片。



同样是作为城市的一张名片，冯骥才的小说与叶广芩有着诸多相似之处。冯骥才的小说是天津的一张名片，语言俚俗近人，具有烟火气，读来妙趣横生。但是他们二者之间的小说也存在不同之处。冯骥才的天津风味的小说彼此之间完全独立，没有内在的联系，在叶广芩的小说面前略显单薄。而且冯骥才的小说多是民俗的一种直接的展现，对人物遭际的描写没有叶广芩这么深入，少了一份厚重感。

但是，正如我前文所说，叶广芩的小说过于正统，少了一些灵动之气。虽然叶广芩的小说内容很亲民，但是她小说行文的语言却没有冯骥才那么放得开，可以说是在“端着”写作。我这里并不是对叶广芩有所贬低，我认为叶广芩在充满凡俗美感的写作当中依旧保持着自己的自持，只是良好的教育已经内化进了她的行文之中，即使是在写一些家常琐事，依旧可以看出作者不凡的写作气质。这是叶广芩写作的特色与优点，但这种写作气质在小说中的过度流露也成了她的一个不足之处。而在冯骥才的写作中，我们就可以看到一种更与市民阶层贴合的情怀。

“当代社会随着市场经济的发展，‘文化’也被裹挟进入阿多诺所言的‘文化工业’，文化成为商品被贴上价码消费，文化的神圣性迅速消失，取而代之的是消费文化的崛起、大众文化时代的到来。‘大众’意味着大多数，意味着流行，意味着通俗。而文化从本原意义上与权力密不可分，是由少数人操纵并使其程式化、以其神圣性而具有被全体人膜拜的性质。张光直对夏商周社会进行详细考证分析后指出，艺术、文字、巫术等都是攫取权力的手段，而且政治权威独占了这些手段。可见，最早的文化的确具有某种‘贵族’特点。叶广芩不是一个望风而动的作家，大众文化时代对许多作家提出了挑战，即‘媚俗’问题，是适应大众文化潮流获得经济效益呢，还是保持一个作家、一个严肃知识分子清醒的批判意识？知识分子是社会的良心，是高贵精神的守护者，是人能成就的最高的精神高度。叶广芩选择了可贵的批判状态。她以‘贵族心态’对‘贵族’高贵典雅文化的展示与怀念拒绝着媚俗，为我们塑造了许多有缺点但热爱精神生活、具有不俗的文化品位的贵族，这显然是对大众文化的拒斥。”①



“一个女作家写一个大家族的兴衰际遇，便在题材上合了‘雅’的一类。毫无疑问，叶广芩的创作与女性主义文学并无关联。但有一点值得研究，那就是她在读者中的成功与她的第一人称叙事手法的关系。叶广芩所有家族系列的小说都采用了第一人称，这种必然性固然是她的家族的真实历史所决定的。但是熟悉女性文学研究的学者都懂得，文坛上自古有一种现象，女性作家偏爱自传体小说，偏爱第一人称手法，即使用第三人称，也往往采用内视角。这种情形虽然不是绝对的，却也相当普遍。这种现象的产生，可做历史的、文化的、创作动机的、个人经历的以及文学惯例的等多方面分析，但是女性注重感情生活、女性执着于内心世界应是其重要的原因。”②

在《状元媒》等小说当中，我们可以透过文字看到叶广芩节制的感情，正是这种节制分化着不同格调的读者，只有有着一种人文主义精神的读者才能接

---

① 冯肖华.陕西地域文学论稿［M］.西安：陕西人民出版社，2006.

② 屈雅君.执着与背叛：女性主义文学批评理论与实践［M］.北京：中国文联出版社，1999.

受叶广芩的文字，它含义深刻，但是太不讨喜了。

《状元媒》的叙事节奏是缓慢的，一以贯之的缓慢，就像是老太太在拉家常，向读者娓娓道来。急躁的功利的读者是受不了这种节奏的，他们会称之为拖沓，他们想要的是一种视觉快感，即使他们有着一种人文精神那也只是未曾沉淀下去的人文精神。他们也喜欢看贵族，但是他们不喜欢看性情平民化了的贵族，他们喜欢看繁花似锦，喜欢看文字铺陈中的金银细软，喜欢看贵族与平民矛盾的对立，他们受不了平和的叙述方式，只有一种有张有弛的叙述方式才能调动他们阅读的神经，他们的阅读才会有快感。

所以我认为，只有耐得住性子的人才能读完叶广芩的小说，才能读懂叶广芩的小说。我们通常所定义的人文主义是不带有这层意思的，但我认为人文主义除了直接与“理性”等词语相对应之外，它本身的状态就是这种不温不火而又慢条斯理的。这也可以从一定程度上来解释人文主义与媚俗的对立，人文主义在于文化结合紧密之时对“文化工业”的排斥。



正像引文所言，叶广芩家族小说的创作与女性主义文学并无关联。就拿《状元媒》作例子来看，小说中的“我”虽然在性别上是女性，但更多的时候“我”只是一个女童。即使小说当中书写了作为成年女性的“我”的行动轨迹与所思所感，但是也忽略了女性主义文学所必不可少的性别自觉这个因素。

叶广芩只是点明了“我”是一个女性，但是与女性主义相关的结婚生子，“我”作为女性的敏感，“我”的性别自立，“我”对于男性的审视甚至是“我”对于自身身体的变态性的写作等因素都没有出现，所以我们不能称之为女性主义小说。

这部小说是由若干纪传体小说所组成的，“我”在这些纪传体小说中有时仅仅是一个记录者，“我”记录的是别人的故事，自然没有女性主体意识可言。当然，里头还有一些故事是“我”亲历的，但故事着重点依旧不是“我”，“我”依旧是一个参与者，而这个参与者往往对传主的命运不能起到多大的改变，但是传主又与“我”有着一些次要的联系，而且多半这些次要的联系是充满了温情的，是对“我”产生了影响的。可是这种理想显得过于纯洁，是一种没有性别指向的影响，它对“我”的影响固然深远持久，但它不能对“我”产生一种推导性质的影响，这种影响不能使“我”对“我”自身产生影响，这就注定了“我”只是一个记录者和一个无足轻重的参与者，而不能成为故事的主人公。而像故事的各章节中所着力描写的传主，他们就将外界对他们的影响在自身的感情洗礼与心理酝酿下以一种新的方式产生化学反应，从而迸发出具有鲜明主体意识的外在表现。这些都与作家叶广芩的写作目的相关。

其实“我”到陕西农村去插队时，“我”已经成了一个大姑娘，作家完全可以在这个故事进程中添加一些女性意识的因素在里头，但是叶广芩没有。这也许是她没有这个考量，也许是她不想破坏故事的整体观感，还有可能是叶广芩故意不表现“我”的女性意识。正像很多女作家所说，她们不希望自己的作品被评论家和读者称之为女性主义文学，她们更希望自己的文学是没有性别的。通过阅读叶广芩一系列的家族小说与关于生态保护的小说，我们可以发现叶广芩可能是与上述女作家一样有一种回避的倾向，或者说因为不想写，也就不擅长。



虽然“我”的女性意识的一面没有被叶广芩发掘出来，展现在读者的面前，但这并不妨碍“我”是一个个性鲜明的人物形象。与《状元媒》中对人物的主要集中式的着墨不同，“我”的人物形象是在一个个小故事中逐渐确立起来的，并且随着故事的发展越来越丰满。

可以这么说，“我”是作者在读者无意识的情况下逐渐树立起来的一个人物形象。也正是因为叙述者是“我”，所以对“我”的描写既没有集中式的着墨，也没有在这部小说中的另一种刻画人物的方法——互见。

用互见法刻画人物是《史记》的一个特色，叶广芩在《状元媒》这部小说中显然是借鉴了《史记》刻画人物的方法。除此之外，她还借鉴了《史记》纪传体通史的体例来排布《状元媒》这部小说。这种方法在当代小说中比较少见，叶广芩别出心裁，使得小说的叙述方式做到了一种不落俗套的效果。当然这种方法在小说中的运用具有它的局限性，但依旧为当代小说家的小说创作提供了一条新的思路，真正做到了古为今用。

在《状元媒》中，“我”以一种儿童视角来看待周遭的人与事，即使是等“我”长大以后，这种儿童视角在文本中也没有急剧转变，似乎“我”所看待周遭的人和事的方法从小到大就没有变过。

作家这样写作其实是有用意的。

第一，作家叶广芩本身不再是一个儿童；第二，叙述者“我”也不再是一个儿童；第三，这样的“我”在叙述故事时总要采取一个统一的视角。

因为不是写日记，写多年以来的经历，所以不可能存在视角同一主体的年龄阶段的多样化。小说是要求作者选取一个统一的叙述主体的，作者叶广芩则选择了儿童视角。但是虽然视角是儿童的，行文的老练程度又不像是一个儿童的作品，这就构成了叙述视角与行文的一个反差，带给读者以一种不一样的效果。

这又让我想起了萧红的《呼兰河传》，她同样是选择了儿童视角来叙事。那么，这种叙事角度有什么好处呢？我想有以下几个方面。第一，儿童叙事角度能净化读者的心灵。它从儿童的直观性感受出发，将事物现象的一面放大到极致。第二，儿童叙事角度往往是纯粹的，它缺少对事物本质的理性分析，它能放大事物好的一面，又能将事物不好的一面简单化，在成年读者眼中，这完全是一种新的体验。第三，儿童视角能给读者一种看待事物角度的全新可能，它会促使读者去反思、去追忆，从侧面达到一种发人深省的效果。第四，从儿童视角来看待事物，它的着眼之处往往与成人视角不同。既然读者大多是成人，那么再用成人视角来看待事物显然不具备新意，而使用儿童视角就能在一定程度上提醒读者他们所忽略的东西。第五，使用儿童视角可以促使成年读者更好地了解儿童的心理世界，在现实社会中，这些成年读者就可以对包括自己子女在内的儿童更多一份行为与思想上的共鸣，对于儿童的健康成长大有裨益。第六，儿童视角的使用打破了一成不变的成人视角叙述方式，为其他作家的写作提供借鉴。第七，用儿童视角来看待事物多是一种情绪化的看待方式，可以增添小说的抒情色彩。

叶广芩的《状元媒》使用儿童视角很明显就有以上好处。比如说以这种视角书写的“我”在听到家族中的传奇时，往往不会在关键之处去渲染，例如在写五哥的死、钮青雨的死与莫姜的死一般，往往保持着一种儿童的不谙世事的写作，但是感情却是炽烈的，而在这种感情之下的思想内涵也是深刻的。再比如说“我”的父母自尽，同样的轻描淡写，但文字背后所蕴含的感情力量却是巨大的。

接下来我想分析母亲这个人物形象。

母亲是寒门小户的女儿，阴差阳错嫁给了父亲。在一开始，母亲是不愿意的，等听到父亲说他还有一个女人在偏院，母亲便撒起了泼，撒泼的母亲阵势非常厉害，将父亲吓走，使得父亲过了很长一段时间后才敢回家。但是母亲的泼劲又是没有韧性的。她怕丢脸，被震慑于金家大儿子的气势，此时母亲撒泼的气势已经萎靡了不少。她去天津找刘春霖，知道父亲院子里的张芸芳不过是个侧室，而母亲才算得上是明媒正娶。听到这里，母亲的顾虑完全消除了，她总算是承认了这门婚事。

从这里来看，我们可以看出三点，一是母亲的反叛精神是不完全的，不能恒久地持续下去。二是母亲是个容易向现实妥协的人。三是母亲依旧是一个满脑子旧式观念的女性。



但是，母亲的性格中又有着它的复杂性，有时令人费解。这集中体现在她刚开始对待莫姜的态度上。母亲尚能与张芸芳的女仆刘妈和谐相处，但为什么一开始容不下又老又丑，脸上还有一道疤的莫姜呢？我想可能是因为母亲以貌取人，认为这样的脸上有一道疤的女人不安全，她或许得罪了什么人，背后或许有什么不为人知的故事等等。但我觉得更可能是因为母亲没有安全感，即使父亲对于莫姜的来历编好了一套说辞，但是母亲依旧对她的身份持有一种狐疑的态度。

再者可能是母亲对父亲超常行为的一种猜疑：自己与父亲住了这么多年，父亲从未将不幸的女人带到家里来，这是一件不寻常的事。有读者可能会认为母亲是在担心父亲对莫姜有意思，我觉得这完全是一种多虑。一来莫姜身份过于贫贱，二来莫姜又老又丑。即使父亲真的对她有意思娶了她，对母亲而言依旧不能构成一种实质的影响。母亲都可以与比她先进门的张芸芳和谐相处，如何不能和莫姜安稳度日？从对这件事的态度来看，我们又可以发现母亲性格中的强硬多疑的一面，这就与“状元媒”“大登殿”章节中母亲的形象形成了一种互见的补充性的效果。

而且，我们还可以发现，母亲是一个在儿女跟前好面子的人，从她对自己出嫁经历的描述与“我”的舅舅的描述的不同就可以看出。虽然母亲有这么多的缺点，但是母亲的身上还是有许多的闪光点。她疼爱子女，尤其可贵的是她对不是自己所生的子女也很疼爱，这从她对老五的宠爱中就可以看出。除此之外，她也很疼爱小动物。叶广芩这样展开情节实际上是一种十分高明的写法。

如果让其他的小说家来写，也许会写成母亲与前妻所生的子女不和，至少也是他们之间有龃龉，经过母亲漫长的感化之后，他们终于亲似一家人。叶广芩不屑使用这些桥段，更何况她明白她写作的重心也不是这些桥段，她不会被这些桥段所带偏。让我们对母亲和父亲这两个人物肃然起敬的是他们二人双双服安眠药身亡。

从这个情节中，我们可以看到母亲与父亲身上迸发出来的闪光点，一种坚持自己的气节，维护自身尊严的高尚的自爱。同样的，作者叶广芩也未曾着墨去写父亲与母亲的婚后生活，也未曾写父亲归家之后与母亲亲近的过程。虽然叶广芩在刻画人物的时候用笔琐屑，但是这种琐屑是有选择性的。叶广芩有着自己独特的一套写作章法，她在写作的时候充满理性，不会被笔下的人物牵着鼻子走，更不会被传统的故事所影响，使自己的小说落入传统小说的套路之中。



从这一点我们可以看出叶广芩写作时的心性平稳以及她驾驭手中的笔时的一种沉稳，她可以妙笔生花，但是她不会让文字信马由缰。

叶广芩的写作不是根据感觉而来的，而是做好了周详的写作计划。当然，正像我前文所说，这也有弊病，这直接导致“端着”写作的发生。

钮青雨与赫鸿轩这两个人物在小说众多的人物当中显得熠熠生辉，他们二人同样长相俊美，但他们的结局虽不好，却有着很大的不同。

在《状元媒》中，我们会发现叶广芩所着力塑造的人物中没有一个是命好的，但也许是因为儿童视角的影响，悲剧的力量没有直接地展现出来。但是叶广芩在写钮青雨这个人物的悲剧结局之时却是十分壮烈，颇有一种英雄史诗的气韵。比起赫鸿轩来说，钮青雨只是日本人和汉奸的玩物。

在这期间，他有着依时势而动的倾向，人性还处于一种尚未觉醒的状态。

而在他得知自己的父亲的死讯之时，他夺过枪对日本人和汉奸一阵扫射，自己也英勇牺牲了。

这从表面上来看似乎是钮青雨一时冲动的结果，如果他在不同的时空环境中得知父亲的死讯，他可能不会做出这样的行动。我认为，人性的觉醒是有时机的，它需要一个事件来触发，触发完成后他才会懂得自己最本真的最靠近“人”的一面。如果没有这个时机的触发，钮青雨可能在人世间生活的时间会更长，他也能更多地享受荣华富贵。

但是，这样的人生是没有价值的，这样过活只是浑浑噩噩，他将永远找不到自己作为“人”的立足点在哪里。“生得伟大，死得光荣”不是一句空话，我想任何一个读者在读了钮青雨的故事后都会对这句话产生一种强烈的共鸣。这是为什么？我想直接原因是钮青雨将“家”与“国”结合在一起了。这样一来，口号就不仅仅是一句空洞的口号，它还是与我们最近的一个切身的存在。



我觉得在当今我们也不能空谈口号，而应该对口号背后的内涵进行一个具体的阐释，最好能将其与具体的事件结合在一起，这样普通百姓才不会对其有一种排斥的情绪，才会真正懂得“爱国”的真实含义，才会真正去实践“爱国”。我们再来谈赫鸿轩，相比于钮青雨英雄式的悲剧，赫鸿轩的悲剧只是普通人的悲剧，没有那么炽烈，却多了一丝辛酸与深刻。他与老五表面上看是相互扶持，而当我们仔细阅读文本后，我们会发现赫鸿轩对老五的付出显然要多得多。甚至直到老五葬身街头，后事也是赫鸿轩去料理的。

最后我想来谈谈莫姜这个人物。在这个人物上，叶广芩用了很多笔墨来写。从整体的感情倾向上，“我”对莫姜是喜欢的。这种喜欢是由最初的好奇到她给“我”零食时功利式的喜欢再到后来“我”充分了解她身世与生活现状的理解的一种转变。

莫姜一生的苦难在“我”的心底里留下了深刻的印象，但是她最后还是逃不脱自杀身亡的结局。“我”在刻画这个人物的时候虽然不像在刻画母亲那般有许多变故性的意外与波折，也不像刻画钮青雨与赫鸿轩之时在他们身上赋予了许多离奇的东西，莫姜这个人物在“我”的笔下一直是淡淡的，但她不像其他人一般只是成了一段往事，她教给“我”的厨艺伴随了“我”一辈子。每当

“我”做菜之时，莫姜的故事就会浮现在“我”的眼前。所以“我”认为莫姜这个人物形象相对于其他人来说，对“我”更有一种不同寻常的意义，一种直接射进“我”的生命轨迹中的意义。

阅读完《状元媒》这部厚重的家族史诗，我们会觉得自己也随着作家叶广芩的笔触活了一遭。虽然它是一个个悲剧的集合，“我”的亲人，“我”的长辈一个个正常或不正常的死亡，到最后只剩下了“我”一个人，但在读者心底里却不会有那种刻骨铭心的悲怆之感。

除了“我”上文所说到的儿童视角等因素，“我”想这更是因为叶广芩已经到了一定的岁数，把一切都已看淡。虽然字里行间当中有万般感情，但在岁月的流逝面前，都已经化为烟雾。这让我想到了叶广芩的母亲，叶广芩是在她母亲病重之时离开她母亲的，其中的艰难不可言说。她一直在不停地写她的家族，从《采桑子》到《状元媒》，家族中的往事虽已看淡，但终究是她一生的执念。

# 解读虹影——以《饥饿的女儿》为例

虹影作为当代著名的海外华文女作家，与严歌苓、张翎齐名，但是她在国内的影响却不及国外，这对于一个以汉语作为母语写作的作家来说似乎有些反常。



张爱玲在美国用英文写作，但是出版社屡屡拒绝她的书稿，以至于她需要将书稿拿到国内出版。国内是张爱玲最大的市场，也是张爱玲一切写作灵感的源泉，因而很多评论家认为张爱玲在20世纪50年代离开中国转而到美国定居时期她再也没有写过出色的作品，是因为她离开了滋养她的写作土壤，而在美国的张爱玲显然与美国的文化风气水土不服。

从这方面来看，虹影相对于张爱玲显现出了一种极强的异域适应能力，甚至于让我们认为虹影不存在一个作家对于所在地域甚至于国域写作的执念，或者说，从产出来看，虹影一直保持着一种高质量、高影响力的写作，这似乎又可以折射出她的一种麻木式的不敏感的惊人的适应能力。

我们看虹影的作品，发现她的作品题材同样具有一种广度，这在一方面可以显现出她对大的题材的驾驭能力，但是也缺少了我们对于作家本身的一种题材敏感度适应程度的病态般的期待。

普通的读者喜欢看到作家对于特殊地域的偏爱，喜欢看到作家离开特殊地域之后写作一筹莫展的样子，读者会认为这样的作家是一个有着地域情结的作家，而有地域情结的作家往往是值得读者尊敬的。

我们会认为这样的作家效忠着特定的地域，我们可以将特定的地域浓缩而形成这样的作家，也可以将这样的作家铺展开来形成特定的地域。

我们很多时候在一个偌大的城市面前总是会有一种茫然无措、无从下手的感觉，我们会觉得我们对于这个城市而言真正是无足轻重的，书报上的科普式的了解终归只是一些形容词。

读者太不喜欢形容词了，因为科普城市文章中的形容词不够丰富而且具有很大的局限性。我们会有一种恐慌的感觉，我们害怕所有的城市都是一样的，所有城市之前被冠以的形容词都是如出一辙的，我们会感到一种机械般统一的强大的力笼罩着我们，我们会陷入这种认知障碍当中，对一切东西都会表现出一种充满了金属味的隔膜。

而当我们实地想要去了解这个城市之时，我们又会退缩。因为我们看到科普城市的文章中那些统一的形容词又内化进了实在的东西当中，这些东西包括建筑，包括路标，包括行道树。我们会发现这些东西的形态都是一样的，因为它们被冠以的形容词都是一样的。





这样一来，我们会觉得异常的痛苦，那种地域与地域之间分别的感觉不复存在。那种地域情怀我们不能去感受，这是大多数读者的一个切身感受。地域感与代表地域感的作家相结合总是有一种黄昏般的氤氲之美，我们看不真切，但正是这种看不真切使我们更容易做梦，做梦就可以逃避现实中所看到的东西。而且更为可贵的是，我们身体各个部分包括我们的精神都受到了一种良好的外界物质的环绕。

这种环绕是涤荡的。它不像我们在现实中的感觉一般在正常的情况下是被我们所忽略的，而在我们刻意感受到的时候又是稀松平常的。它是一种时刻告诉我们它所存在的一种宣告，但是这种宣告不会带给我们任何不良感受。

相反，我们会乐意接受这种宣告，因为它的舒适性的陌生化的感受。同时，我们又不会在一种完全适应的情况下对它的存在感采取一种忽视的态度，因为它是有时间限度的。

在这个时间限度当中，我们必须采取一种无意识的精神集中，我们不能逼迫自己精神集中，因为那样反而会起到痛苦的效果。我们的精神也不能不集中，因为那样我们不能进入它的世界当中。

可是我们难道只能通过这种方法进入所谓的地域世界吗？我们为什么一定要通过作家与地域所形成的这种特定的氤氲之感，我们除了通过这种间接的方式难道就不能直接去感受吗？直接的方式当然可以，但它需要机缘，需要一种主动，而主动是耗费力气的，而且主动的东西往往也是集中但不完全的。因为，我们缺少这种相互作用的氤氲之感的元素，我们既不是作家，也不对那个特定的地域有一种经年累月的感触。

同时，我们不能将二者之间的关系进行一种确立，所以我们只能去阅读这些作家的作品才能得到这种“氤氲”之感。这类作家有上文所提到的张爱玲，还有同为以书写上海而著名的女作家王安忆、陈丹燕、程乃珊，有书写广州而著名的女作家张欣，有书写北京而著名的女作家叶广芩。

我为什么光说女作家而可以忽略男作家，因为我认为这种作家与地域之间所形成的氤氲之感只能在某些女作家的文字中呈现。“氤氲”这个词本身就是阴性的。而男作家与地域之间所形成的关系不是氤氲，它们往往形成诸如深沉等阳刚性的词语。但是如果对于那些文笔阴柔的男作家来说，诸如苏童，那又可以归入“氤氲”的范畴中。

当然，苏童小说中的地域性不如前面所提到的作家那么明显。而在苏童的另一些文字当中，诸如《蛇为什么会飞》，就连那种氤氲的阴柔也不复存在了。所以，这种氤氲也是不能覆盖作家的全面的，但至少也得覆盖作家的主要方面。从这里又可以引出另外一个问题，那就是男性文学与女性文学的问题。

我们一般不怎么谈男性文学，男性文学在读者的脑海中似乎就与主流的文学画上了等号，而女性文学是需要被照顾的对象，是女性自强的象征，所以我们要提出女性文学这个概念。这又可以引出学术界对女性文学关注的一个新问题。什么是女性文学？女性文学的定义是什么？在前面的篇章中，我已经花了大量篇幅来阐释这个问题。

传统对女性文学的定义无外乎包含三个因素：女性写作的文学，写作的对象是女性，反映了女性意识。但是，从女性文学研究者贺桂梅和张莉关于女性文学的访谈当中可以看到，她们对女性文学定义中的第一个因素产生异议。女性文学一定要是女性创作的吗？男作家苏童等人似乎是一个争论焦点。这个异议到现在还没有确切的结论。但是我想既然对“女性文学”这个概念学者们还存在这么多的分歧，如果要突出女作家是写作的主体不如用“女性写作”这个概念。

当然，女性写作与女性文学之间还是存在着很大的差别，这种代替也似乎只是一种折中的方式，但是在面对一个本身就有争议的概念之时，我们在尽力解决的同时，为了学术正常地运转下去，也只能这么做。

可是并不是说什么有争议的东西都是能够得到最终解决的，避开“女性文学”而谈“女性写作”本身就是如今的一种好的解决方式。文学中的概念与问题也不一定需要解决，不一定需要一个准确的答案，文学之所以为文学的魅力有很大一部分都是来源于此。

作家在一定程度上是读者的参照物，作家对于地域性的深深依恋也会成为作家的独特的个性，这种个性往往也是吸引读者的。而作家与地域性之间的关系体现在两个方面。



正如上文所述，一是作家离不开特定的地域，一旦离开文思在一定程度上就会枯竭。二是在于作家的作品总是在描写某个地域，即使作家刻意去模糊小说中的地域性，我们依旧可以看出特定地域的影子。这种情况在很大程度上都依赖读者的感受力，这样的读者也往往是非常了解这个作家的。但是虹影的小说不符合以上特征。不是说她刻意在她的小说当中模糊了地域性，而是她的小说当中没有一种统一的地域性，也就是说没有一种地域情结。

相反，我们来看看严歌苓和张翎的小说。严歌苓的小说中很有一种时间上的地域性。在《陆犯焉识》中，有修表的情节，而在《芳华》当中，也有修表的情节。虽然修表的主人公不同，对于修表这一事件描写的详略也不同，但是情节是一致的，都是修表的人按书上的流程自学修表，而且修的都是名贵的表。这其实就是一种地域性。

在这里，地域性就是一种有差异的统一。读到这里，我们非但不会觉得严歌苓的才华已经用尽，写不出有新意的情节了，我们还会想阅读严歌苓的整套小说，因为在整套小说中可能还有许多被我们忽视了的“地域性”。再者，严歌苓的小说所写的东西都是一个特定的时代，都是写在那个特定时代的背景下的故事，这又是时间上的地域性的一种表现。

张翎的小说也具有这个特点。但是我们来看虹影的小说，我们会发现这种地域性的表现很少，似乎虹影是一个可以驾驭各种题材的女作家，从她所写的书的集合中，我们得不到一点共性的对虹影这个女作家的心灵的归属。

但是有读者可能会提出疑问，认为虹影的许多书籍都是写民国，很多小说在被归类到其他类别当中的同时也有谍战的影子。从表面上来看，确实是这么回事。

但是我们往往忽略了这么一点：虹影的成名作是写谍战的吗？虹影的成名作主要是写民国的吗？答案是否定的。虹影的成名作是《饥饿的女儿》，同时她至今最为出名同时也最为出色的作品也是《饥饿的女儿》。也就是说，虹影的成名作和她最为出名也最为出色的作品是同一部作品——《饥饿的女儿》。或者说，我们提到虹影，就会本能地想到《饥饿的女儿》。《饥饿的女儿》这部虹影最为出色的作品同时也是当代文学史上的出色作品不是写谍战的，也不是写民国风云的，它与那些虹影写得最多的题材的作品没有什么相关性。

作家最为出色的作品往往就是她的写作的地域可能性的一个窥视点，如果这个作家还有许多配合着这部作品的具有统一性的其他作品的出现，那么我们就会说这个作家是一个具有地域情结的作家。

作家最为出色的作品需要作家同类其他作品的依托，这样作家的地域性才可以彰显出来。虹影笔下众多作品中的民国作为一个时间地域因为它们与《饥饿的女儿》相比而言没有那么高的艺术成就，而且这种艺术成就的落差非常明显，所以它们不能构成虹影作品中的地域性的一个证据。

所以，读者在阅读虹影的作品之时也没有那种地域女作家与地域相联系的氤氲之感。再拿王安忆做例子。王安忆到目前为止大多数读者认为最出色同时也是最出名的作品是《长恨歌》，它具有很强的地域性的特征。同时，《富萍》《考工记》等小说同样作为具有相同地域性的小说，具有对地域性的一种辅助的作用。而她的其他小说，诸如《匿名》，不是她最出色的作品，自然也就不妨碍王安忆写作的地域性的形成。

但是，假设王安忆最为出色的作品是《匿名》，而在她的其他小说当中没有衬托《匿名》的同一“地域”的小说。那么王安忆与特定地域之间的氤氲性便会大幅度减弱甚至不复存在。

从另一个层面来说，虹影能够在英国自由地写作，本身就缺少了写作的地域性。就像虹影自己所言，她适应英国的写作环境，每当夜晚到来之时，她想象着中国正是在大白天，于是她的这种正向的梦幻般的写作动力就上来了。

从这个角度来说，包括严歌苓、张翎在内的所有的能在海外自由写作的作家都少了这种地域性的特征。当然，我们不应该以对张爱玲的标准来苛求这些作家。

张爱玲的写作是真正有民族性的，这种民族性不是“越是民族的，就越是世界的”，相反，她的写作西方人是不懂的。也许是她的作品写的是中国不被外人所理解的一面，或者说她是在以一种西方人所不能理解的语言结构方式在写作，所以西方人不适应她的作品的叙事方式，自然就不会像阅读其他作品一样从她的叙事方式中对其叙述的内容产生兴趣，没了兴趣，自然就没了阅读的欲望。



我认为这体现了不同文化之间的隔阂。相比于以虹影为代表的作家的作品能在全世界受欢迎，能被西方评论界所认同，张爱玲的作品在西方所受到的冷遇似乎能让我们思索这样一个问题：什么样的作品才是民族的，作品的民族性与世界性之间是否是一种正向的相关关系。这并不是贬斥以虹影为代表的在国内外都受到认可的作家，这只是为我们提供一个思考的新的视角。但是，就像开头所说，虽然虹影在国内外都算得上是知名女作家，但是她在国内的影响不及国外。我想这一方面与她的海外华文女作家的身份有关。

既然她的国籍不再是中国籍，那么她在中国所受到的重视程度自然就不能够与其他的中国籍的作家相比。另一方面在于虽然虹影创作出了诸如《饥饿的女儿》《好儿女花》这样的优秀作品，但是她的其他一些作品艺术成就相比于这些作品来说有些逊色，且具有一定通俗的成分，不能与严歌苓等作家的部部都是经典的作品相比。第三在于她最出色的作品《饥饿的女儿》带有一定的女性私小说的色彩，而女性私小说固然可以作为一种文学史的现象而存在，但它的性质也决定了主流对它不会过于宣扬。

从虹影到目前创作的所有作品的整体的眼光来看，虹影的作品不具有地域性。而当我们仅仅着眼于《饥饿的女儿》这部作品时，我们会发现这部作品本身也不存在过于明显的地域性。

虹影是在重庆长大的，重庆给她带来的影响是可以持续一生的。按理说，虹影对于重庆这座城市应该是有很多话可以谈，她也完全可以写一部为重庆代言的文学，就像池莉为武汉代言一样，但她没有。虹影默认重庆给她带来的巨大影响，但是她习惯于将城市放在写作的隐性位置上，她不写地标式的民俗风情。

这又让我想到了南昌的一位女作家阿袁，阿袁曾言有人期望她写一部具有南昌风味的文学。这个建议过了很久阿袁也未曾写出这样一部作品出来，其中固然有时间与精力的原因，但是我们看到她的新作诸如《师母》等一面世之后，我们依旧没有看到这样一部文学作品面世。



我们读阿袁的作品，会发现她写的多是学院内部的事情，她善于将学院内部的阴暗一面扭曲化，从而达到一种强烈的艺术冲击力，当然她也受到了张爱玲很深的影响。我说这些题外话，实际上是想说明两点：为城市代言的文学很难写，每个作家都有自己所擅长书写的领域，每个作家都是在一个特定的城市出生的，当然在这个作家的成长过程中可能会进行城市之间的“移民”，即使是这样，他也对这些城市具有自己的记忆，对城市的内部因子具有自身的感受能力，就更不要提在特定的城市住了很久的作家了。但却不是每一个作家都能写出为自己城市代言的文学，能够写出自己城市的特色出来，因为这种为城市代言的文学真的是很难写。即使作家对这个城市有着自己独特的感悟，但是怎样将这种感悟内化成为人物、成为故事，并在这内化的过程当中还不能减少故事的灵动之气，这是很难做到的。

再者，就像我上文所说，大多数的城市都在现代化的过程当中失去了它们的个性，而残存的个性又不足以去区别所谓的“大众的”城市。在作家的作品当中具有鲜明的个性化的城市屈指可数，像北京、上海、武汉等。我们不能简单地将原因归结成在其他的城市中没有为它们代言的作家，或者说作家们发现城市个性的观察能力不够，实在是城市已经变得都一样了。

我们可以发现这样一个问题，那些具有鲜明的地域特色的城市大多都只是过去的城市，作家们笔下的具有鲜明地域文化的城市大多只是城市的过去。可能是看到这一窘境，作家郭敬明认为自己所写作的上海是现代的上海，它不同于张爱玲、王安忆等人的上海，他希望评论家能够认可他，也希望传统的文学奖诸如茅盾文学奖也能够认可他。他的这些话似乎确实有道理，但是他眼中的现代的上海是什么？是物欲至上还是人情冷漠？

其实我认为郭敬明恰恰没有认识到的一个现实是他眼中的现代的上海其实是现代中国其他城市的一种共性的体现，只不过他把它夸大了，给我们展现出了一个超前的可能。

其实，郭敬明的文学也有他的独到之处，它可以给我们以警惕，但是他把自己的作品说成是展现了现代的上海，那绝对是一种谬误。所以我们对第一点因素的分析所得出的结论在于虹影可能驾驭不了这样的为城市代言的文学。这不是说虹影的能力有问题，只是重庆这座城市的个性可能与上海等城市相比不太明显。



再者就是在虹影之前，没有很多可以书写的参照物，这也就让城市个性写作的可能少了一些材料，少了一些可以借鉴的铺垫。从虹影最著名的作品《饥饿的女儿》中，我们可以看出虹影非常擅长于写家族，写大背景下的小人物的命运，写人民的苦难，写被扭曲的人物的言行与心理。在她的写作中，有国家，有普通人，但就是缺少了国家和普通人之间的过渡——城市。

在虹影的其他作品中，她也忽略了这一点。我想一个作家在初露头角之时可能是没有意识到这一点，但等她陆续出版作品，在文坛上逐渐站稳脚跟之时，她的作品当中还是没有地域性的展现，那就不能说是作家没有意识了。任何一个优秀的作家都会通过各方面的学习或者是自身的体验得到小说中的地域性的认知。虹影的众多作品中很少看到地域性的体现，除了我第一点因素的分析，那就在于虹影自身的有意避免。

她或许不喜欢在小说中过于提及地域性，或许是认为自己的文风不适宜于写作地域性的文学，这是作家的擅长与偏爱的体现。

“小说不管写到哪一个人物的经历，虹影都采用的是平静叙述的口吻，没有感情上的大起大落，没有愤愤不平的指责谩骂，更没有惊天地泣鬼神的情节冲突，让人难以想象她创作时如何控制感情，她的这种创作表现或许是因为她在经历了大苦大痛大悲之后的从容淡定，也有可能是久经痛苦之后的麻木不仁？何以如此，真正的原因恐怕只有虹影本人才知道。读者从作品中所能看到的只是冷静的叙述，真实的呈现，还有小说中那些主要人物在艰辛苦难中所获得的人性经验。这种写作风格，'新写实'小说将其称作'零度叙述''零度叙事'或'零度情感'叙述。"①

"那么，我作为一个女诗人又如何自处，如何自辩？我的诗哪怕主角是'我'也不是我。我不是诗的主体，哪怕摧心裂肺，痛苦的不是我。很简单，我不冒充，不模仿。当我读萨福的一首首情诗时，这个莱斯博斯岛的巫女坐在一把竖琴旁，而我朝她微笑。我和她是平等的，她难以嘲弄我。我的'大隐隐于市'的生活方式，使我快乐地活着，孤独地写诗。"②



在虹影的小说《饥饿的女儿》中，虹影第一次采用零度情感的方式来叙述，但相比于其他作家掌握这种方法时体现出来的渐进性，虹影一出手就将这种方法练得圆熟，这不得不说是她的经验与天赋占了优势。但是，我觉得不应该将虹影简单地归入新写实主义作家的写作群体当中。

虹影对于女性私人心理有着一种敏感的驾驭能力，《饥饿的女儿》从这个角度来看似乎也可归于女性私小说的行列。整部小说都是关于作为女性的"我"。女性私小说的一个很突出的特点就是女性隐蔽心理的展现，以及女性对于外界与自身的一种病态式的感悟，一种女性之所以为女性的女性意识。但是不同于那些突出女性意识的崛起的小说，女性私小说往往不重视女性与男性在地位上的抗衡。

在这里，女性不求展现自己作为女性的宏大的一面，不求这种宏大的一面能挑战读者对于女性的固有认知以及显现出与男性的阳刚相映衬的女性的魅力。女性私小说突出的是女性的敏感，而且这种敏感往往不是对生活有益的，

---

① 倪立秋.新移民小说研究［M］.上海：上海交通大学出版社，2009.

② 张清华.中国新时期女性文学研究资料［M］.济南：山东文艺出版社，2006.

也不是能引领着女性自身走向人生的坦途的一个凭依。它没有“动力”的成分，它更像是在原地转圈圈，在女性病态的泥沼当中越陷越深。

同时，伴随着的是身体写作。虹影在《饥饿的女儿》中写了“我”意识到了自己的美好是通过与历史老师的交合，“我”的身体意识的第一次产生是通过“我”作为女性的一个依托，“我”并不是真正地爱历史老师，历史老师对于我来说只是“我”想奉献的一个对象。同时，“我”对他的爱情更像是在攫取一种父爱，在历史老师自杀之前，“我”一直认为自己对历史老师的感情就是爱情，但是虹影不同于别的小说的高明之处在于，“我”正是失去了父爱，所以才没有办法而用爱情去填补父爱的缺失。

但是这又会带来一个问题：“我”用爱情来填补父爱的缺失，那么又该用什么来填补爱情的缺失？所以在故事的结尾，“我”的心得不到治愈。“我”所视为救命稻草的历史老师式的父爱般的爱情已经失去了，同时“我”又没有了真正的爱情，“我”的命运是悲惨的。



虹影在小说中所体现出来的身体写作不能等同于一种色情写作。

什么是色情描写？我认为很重要的一点就是在于它的目的是引起人们的生理欲望，它的写作方式没有太多藻饰，显得很直露。

举一个例子，张爱玲称男人的生殖器是亚马孙森林中的一头兽，我认为这就不算是色情。因为色情的描写不可能这样具有文学性，而且色情的文字只会给人带来一种形体式的、画面式的联想。而张爱玲的文字我们同样可以联想，但是我们只会有一种比喻式的联想，并且它的目的不是挑起人们的欲望。相反，我们还会在其中得到美感。这些文字如果连成一个语段，一个整的篇章，我们顶多将其称为“身体写作”，而不是色情文字。而虹影在《饥饿的女儿》中的描写不也是这般吗？而且，这些描写不是单纯地写交合过程本身，而是通过“交合”这一过程写灵魂。虹影正是以一种形而上学的方式来写“我”与历史老师的交合，从这个方面来看，虹影的身体写作虽然是女人对自己肉体的一种病态感受，但是它上升到了精神的层面，比起其他后现代主义女作家的身体写作显然要更胜一筹。

前文第二段引文是作为诗人的虹影的自白。她的这段话我们也可以从小说家虹影的角度去观照。“我”对生父充满了恨，我们乍一看会觉得这种恨意有些不近情理。生父为了“我”经受了许多，吃了官司，遭人指责，每月将自己工资的一半交给“我”的母亲。如果说，他有什么过错的话，读者想到的只是他缺少了对“我”的陪伴，或者说他和母亲的交合使我背上了“私生女”的臭名声。

但是，当我们深入“我”的心理世界的时候，就会发现并不是这么简单。母亲一早就想好，在我十八岁的生日的时候，将“我”的身世告诉“我”，“我”自身也想知道自己的身世。但这只是一种事理上推演式的逻辑关系。其实在渴望真相的同时，这个事实本身对“我”所造成的影响是摧毁性的。就像是家属隐瞒癌症病人的病情，病人非常想知道自己的真实情况，但一旦知道对病人来说莫过于晴天霹雳。

生父的出现让“我”对养父对“我”的不冷不淡的态度有了一个了解。原本，就算是养父对“我”不冷不淡，只要在“我”的心中他是生“我”养“我”的父亲，“我”心中的疑问就不会产生。只要这个疑问没有产生，我就可以活在一种虚假的幸福当中。我认为“我”对生父这么憎恶的原因实际在于，他的出现让“我”同时失去了两个父亲。原本“生父”与“养父”这两个身份集中在“养父”一个人身上，但是“生父”的突然存在让“我”对养父骤然产生了隔膜，“我”由一个因为自以为受到了父爱的女儿转而变成一个仔细体察父爱究竟存不存在的这样一个敏感的研究者。“我”由一种对父爱的无意识的态度转而变成一个有意识探求父爱的女性。

再者，因为生父对于“我”来说是个全新的存在，再加上他的出现使“我”明白了“我”受议论的缘由。所有的懵懵懂懂在这时都被现实的残酷所取代，使“我”这颗本就敏感的心再次受到了不可愈合的重创，这也就是为什么“我”这么厌恶自己的生父。所以当“我”明白自己一直以来就没有得到过一种浸润着的父爱的时候，“我”才去寻找父爱，“我”才会在历史老师身上去寻找父爱。但是，“我”与历史老师的逐渐亲密关系的养成是在“我”知道生父的真相之前的，这又如何解释？

从行文来看，这是虹影埋的一个很深刻的伏笔，但是我们也可以从身体先行的角度去理解，从一种无意识的角度去理解，可能会更为接近虹影的本意。“我”还不知道真相，但是“我”的身体已经知道了真相，“我”的身体的敏感度大于“我”的意识。

身体告诉“我”，“我”应该喜欢比“我”年纪大的、跟“我”一样具有神经质的、可以当“我”的父亲的男性。但是身体毕竟是一种体验式的直觉，它不能提前告诉“我”真相是什么，但是它能跳过真相本身，转而直接牵引“我”，告诉“我”的无意识“我”该怎么做。这个阶段实际上是身体刺激无意识的过程。而当“我”知道了真相的时候，无意识才真正地转化成了意识，意识与身体才真正形成了一个统一体。这个时候，是意识指挥身体，这其实也是一种顺序上的纠偏，是主次关系上的一次拨乱反正。

我认为《饥饿的女儿》中关于“私生女”，关于“恋父”的主题是虹影非常想要在小说当中彰显的。





当然，除此之外，还有很多可以解读的东西。比如说母亲这个形象，再比如说大姐这个形象，还有就是“我”这个形象。虹影负载在“我”身上的东西除了上述之外，还有就是“我”的内在敏感与外在愚笨的反差等等。这种反差实际上向读者们制造了一个“内向”的人物。她不等同于内向，她身上所拥有的东西远不是内向可以概括的。我认为“我”这个人物形象其实一直在郁积，外界的事物不断地向“我”涌来，“我”只是一味地接纳。读者很担心这个人物一直郁积下去会产生什么样的爆发式的后果。

在故事发展期间，“我”唯一一次向外的输出其实就是与历史老师的交合。等历史老师死后，“我”又处于一个不断郁积的过程。所以我认为“我”这个人物具有一种延展性，等故事结束了之后她其实一直处在一个崩溃的边缘，只是不知道她什么时候会崩溃。《饥饿的女儿》的续书《好女儿花》则又为崩溃延缓了时间，同时又一次令读者胆战心惊。

# 解读琼瑶——以《窗外》为例

琼瑶是台湾著名的言情小说家，但是她的名气绝不局限于台湾。与同为言情小说女作家的亦舒、张小娴相比，她更加有读者缘。

亦舒的小说是残酷的，文字是克制而冰冷的，在写情爱的同时也触及人伦等因素。而情爱本身就冰冷，人伦等不具备暖色调的因素显然就更为冰冷，以至于读者将她称为“师太”，就如一个毫无感情的女人一刀刀将情爱分崩离析。



从这一点可以看出，亦舒的读者多是有一定的岁数的，即使在青少年群体中存在着少部分的读者，也或多或少有一种早熟的意味。

“冷静”“早熟”加上“中年”虽然同样可以为亦舒本人的小说带来市场，但是热度却是很难比肩琼瑶的。

琼瑶的读者大多数是当时的少女，少女敏感、狂热，具有一种很强的情感上的被牵引，这种“被牵引”的状态总要维系很长的一段时间，隐性地变成了一种忠实，但是这种忠实在很多情况下是一种“成瘾的忠实”。

“忠实”这个词本身就是一个主动性很强的词语，上述所说的亦舒的读者群就属于这一类，因为他们是与亦舒作品当中的气质相符的，他们很明白自己在做些什么，自然就处于一种完全的主动当中。而琼瑶的作品以一种共鸣取胜，它的客观目的就是要做到紧贴读者，从而去操纵读者，虽然这种操纵不是琼瑶的主观意愿，而是已经离开作家的小说本身的引诱与读者的主观能动性相结合的结果，从而就形成了一种被动，因为读者的主观能动性在逐渐阅读的过程中已经向小说本身的引诱所屈服。引诱造成的屈服与理智无关，即使亦舒的读者同样痴迷于她的每一本新书，但是因为这种痴迷不具备“引诱”一词的双重主体的配合性，亦舒的作品也够不上这种“引诱”的状态。

以上我所对于琼瑶和亦舒的作品的评价的词语都是去除了褒与贬这一明显的倾向性的词语，但是现在的很多读者与评论家都喜欢维持着没有剔除褒贬含义的词语的评价。

当然，这种评价具有它的合理性，只是说它看待问题的范围更宽，它由这个现象本身发散到了一个历时性的角度去分析，而一旦站在这种角度上分析，琼瑶和亦舒的作品对读者产生的负面影响就会被放大。这是因为读她们作品的都是普通读者，这些普通读者构成一个庞大的群体，而不像是其他作家的书一样会在无形之中对读者进行筛选，并且他们的书也不是通俗言情小说。

琼瑶的小说相比于亦舒的小说更具有时代性，读者群体的高峰期大多停留在几十年以前。当时的少女已人到中年，她们当中有一部分人怀念着当时的敢爱敢恨的青涩美好的时光，而另外有相当一部分人的性格当中理性已经占据了主导的地位，她们会去反思当时的狂热，甚至会具体到事件上，诸如少女时期因为看言情小说而耽误了学业，因为效仿琼瑶小说中的叛逆的女性从而与家里人闹得不愉快等等。这部分人就会分化成为两种状态，一种是对琼瑶的作品进行谩骂与指责，一种是会对其进行反思。但是不要忘记她们此时的年纪也与一代代喜欢亦舒的读者年纪一般大，掀起的风浪自然不可与当时喜欢琼瑶的年纪同日而语。

但是，虽然琼瑶的小说在年轻一代读者中的影响大不如前，但是她以情动人的感染读者的方式依旧为后世作家所借鉴。相比而言，亦舒的小说要比琼瑶耐读。但是前文所说的读者缘的大小绝不是看谁的书耐读的。

相反，耐读的书往往没有情感喷涌、直抒胸臆的书那么有读者缘，鲁迅和冰心的例子就可以很好地说明这一点。鲁迅的小说深刻精炼，在当时收获了很多的读者，但是与鲁迅同时代的冰心依靠她问题小说中的“爱的哲学”，更是俘获了一大批年轻读者的心。亦舒的小说作品自然是不能与鲁迅相提并论，但是琼瑶的言情小说却与冰心的小说有着共通之处。她们都是依靠所谓的“爱”，认为爱可以治愈一切。

冰心的小说充满着爱的温情的普照，而琼瑶则是将这种爱具体到了男女爱情，具体到了家庭伦理等方面之上。但是，琼瑶的思想虽然没有冰心那么的宏大，在文学史上的地位没有冰心那么高，也不像冰心一样充当了先锋的角色，但是可能是她从小就受到古典诗词的熏陶，再加上在她之前已经在现代文学上发展得较为成熟，所以她吸取了其中的养分，文风比冰心细腻，真正体现了一个女性言情作家的气质。

相比之下，张小娴的小说笔力更为清淡，有些像日本的轻写作。张小娴的以《面包树上的女人》为代表的小说作品显然比琼瑶有时显得感情泛滥的小说更为打动现在的年轻人。我发现现在的年轻读者更为崇尚一种“轻阅读”。现在的年轻读者为什么更偏爱张小娴而曾经风靡一时的琼瑶的作品反而会受到冷遇？我想还有一个很重要的原因是网络文学与大众传媒的影响，再加上现在的生活环境的变化与人们的精神状态的变化。

在琼瑶小说风靡的20世纪后半期，所谓的作家还不像今天这么多，尤其是没有像今天一样出现网络文学，也不会像今天一样任何人都可以当作家。大众传媒在当时不够发达，人们只能通过阅读来满足自己精神生活的需求，而人们阅读的对象又具有集中性，还不存在一些亚文化来干扰读者的正常阅读生活。年轻人较为单纯，情感较为专注，而琼瑶敏锐地窥破年轻人真实的情感状态，并做起了年轻人的代言者，这个时期大多数的年轻人还是将阅读当作阅读本身的。



同样的，随着义务教育的普及，大多数的年轻人具有了一定的文学素养，这也为“琼瑶热”提供了群众基础。但是，在如今，我们很少看到有年轻读者在看琼瑶，即使由琼瑶作品改编的电视剧，如《新还珠格格》，收视率相比于老版《还珠格格》更为惨淡。

当然，一部电视剧的红火存在包括市场、演员等很多因素，但不可否认的是，琼瑶的价值观念在当代显得有些不合时宜，至少不像是当时那么走红。当代大多数读者并不像琼瑶所生活的时代一样，将阅读当成阅读本身，而是将阅读当成在疲累的工作与生活压力之余的一种放松。阅读具有很强的功利性，这也从一个侧面反映了当代的读者尤其是年轻一代的读者不像老一辈的读者一般有着纯净的心灵。

这并不是人类进化出现了倒行逆施，而是在社会大环境之下一种不得已的随波逐流。张小娴小说的轻节奏在保证小说艺术性的同时，也为新生代读者的心灵提供一个安栖之处。

新生代读者难以消化琼瑶小说中的情感，因为现实中的情感显然是一种新时代的情感，而琼瑶小说中的情感虽然仍具有一定的现实意义，但是在作家的时代写作背景的局限下，显然不能够与新生代的读者产生一种足够的共鸣。所谓“足够”的共鸣，是指读者的情感世界中的一部分能与其产生共鸣，这是过去与现在的情感的共性，但更多的是需要读者去揣摩，去领会。这种揣摩与领会是需要精力的，需要读者将自己代入当时的社会之中，代入当时的青年男女中，而显然大部分读者是在没有能力代入的同时也不愿去代入，因为琼瑶的小说只是通俗言情小说，只是一种读物，而不是经典。普通读者口耳相传，虽然他们大多数不具备对经典的准确认知能力，但是他们也不会对与自己产生了隔膜的琼瑶的小说套近乎。





新生代读者相比于对琼瑶，对经典实际上有更大的隔膜。但是，通识教育会鞭策他们去阅读经典，分数会驱使他们进入经典的世界中去。至于琼瑶的小说，她是言情小说的经典，但是言情小说本身就属于通俗文学，通俗文学本身就不受学界的重视，甚至被贬斥，所谓“言情小说的经典”也会显得无足轻重。再加上琼瑶的小说离当今社会没有太大的时间上的距离，它还没有经过时间的充分淘洗，它能否在未来成为经典还是一种未知，所以它在当下研究界中所遭受的冷遇也可以理解。而已经经过时间淘洗的言情小说作品诸如张恨水的言情小说，在通俗小说当中算是被学界所认可了的，但是淘洗的过程是漫长的。

有研究学者认为，琼瑶的小说都是以大团圆的方式结尾，并且多是写男女间、男女在家庭中的关系问题，缺乏对社会现实的关注。持这种观点的学者有他们的合理性，他们从总体上把握了琼瑶小说的大致走向，但是显然他们是没有完整地阅读琼瑶那六十多部小说的。

在琼瑶的有些小说，尤其是她后期的小说中，我们可以看到琼瑶对小说结局的处理发生了变化。在这些非大团圆的结局中，有一部分是以男女主人公一方的死亡作为结局，有以男主人公的出走作为结局，当然还有一些开放的结局，这体现了琼瑶后期的爱情观的转变。她不再认为爱情就是一切，爱可以挽救一切，而是更多地去体察社会生活，体察人生百态，力图在自己的小说当中创作出更多样的结局。

这从一定的程度上就是对琼瑶缺乏对社会现实的关注这一绝对的论点的一个反驳。当然，琼瑶的小说确实存在这样的弊病，即使有那么一些对社会的关注，也是隐蔽的。

所以就像很多评论家所说，琼瑶的小说中所描写的人物是具有理想主义倾向的。他们大多出生在衣食无忧的家庭中，无须为生计所烦恼。在他们的世界中，爱情几乎占据了他们的全部。他们为爱情所牵引着，但是这种精神生活过于夸大，使得他们给读者一种不食人间烟火的感受。

在这一点上，很多评论家认为王安忆的《长恨歌》中对于王琦瑶后期生活的描写也存在着这样一种弊病，但是我认为这只是作家本身的侧重点的不同。《长恨歌》的写作有它务实的一面，相比于它，琼瑶的小说显然没有这样的因素在里头，所以会给人一种过于理想的感觉。但是，就像托尔斯泰批判莎士比亚的悲剧《李尔王》一般，托尔斯泰认为莎士比亚将李尔王的言行举止理想化，而且有时还不合逻辑，比如说李尔王因为自己小女儿的几句话，对她的态度就有了一个急剧的转变，这实际上是不符合现实生活中的人的逻辑的。



有批评家认为，托尔斯泰发出这样的评论是因为他以他一贯的现实主义的眼光来看待《李尔王》，而没有体会到莎士比亚本身的着重点在于表现一种性格上的悲剧，而在表现这种悲剧的时候是需要理想化的。在悲剧中，往往需要忽略掉某些符合现实逻辑的因素，才能将剧作家所要表达的感情彰显出来。这些批评家还从托尔斯泰本身来寻找一种猜测的可能性。托尔斯泰评价莎士比亚的《李尔王》时正处于和剧中的李尔王一样的年纪，在外人看来，同样都是年老昏聩的老人。可能是因为托尔斯泰看到李尔王这个形象之时戳中了自己的痛处，认为李尔王就是对自己的一个讽刺，所以才恼羞成怒，从而用一种激烈的语调对《李尔王》进行了一种刻意的挖苦。

我举出这个例子，是想将其与琼瑶的小说进行一个比较。自然，琼瑶的小说不论在哪一方面都是不能与莎士比亚的戏剧相比的，批判琼瑶小说理想化的批评家同样不能与托尔斯泰相提并论。但是我们依旧可以对他们两者形成一个对照。我们是不是也可以认为琼瑶的小说显得过于理想化是为了将男女之情彰显到极致从而对那些妨碍男女之情充分彰显的现实生活中的琐事进行一种刻意的忽视呢？偏激的评论家可能会这么认为，但是这种为琼瑶的辩驳本身也在某些方面是符合琼瑶的本心的。

但是正如前面所说，琼瑶的男女之情彰显到的极致所给读者带来的艺术感染力能与莎士比亚的性格悲剧所达到的高度相提并论吗？显然是不能。男女之情本身就有一种局限性，男女之情所造成的悲剧本身就不能与崇高的命运悲剧与性格悲剧相提并论。

再者，琼瑶将男女之情力图表现到的极致也不能突破男女之情本身的局限性，琼瑶自身的创作功力也无法与莎士比亚比肩，所以我认为为琼瑶辩护的读者想要抓住这样一个观点是行不通的。相反，那些一味地批判琼瑶小说过于理想化以至于歇斯底里的批评家在某种程度上也如托尔斯泰一样有一种对照般的恼羞成怒，只不过这种对照的恼羞成怒不是一种相同性质的对照，而是一种相反的对照。他们不是在琼瑶的小说中看到了自己不愿意看到的一种镜像式的映照，而是反对琼瑶的作品本身。





说到底，这依旧折射出学术界对于通俗小说的偏见，只不过这种偏见从目前来看是有它的合理性的，偏见的产生也多是对事不对人。

在琼瑶的一系列小说中，她的文笔并不算优美，虽然说“优美”只是文笔的一种表现方式，但也绝不能算是质朴洗练的。我们初学写作的时候，学的是与我们的语言相契合的一种写作，也就是一个识字写字的过程。怎么样把我们的语言以及由我们的思想所外化的语言写到纸上，这是必不可少的阶段。

等到我们已经对常用字、对常用的句子结构方式有了一个较为纯熟的把握的时候，我们就开始将最朴素的所思所想写在纸上。在这个阶段中，写作是原始的，还停留在一个日常训练的过程，而这个过程往往需要延续很长的一段时间，并成为我们的写作进入下一个阶段的瓶颈。但在这个瓶颈到来之前而又无限接近这个瓶颈的时候，我们的写作就会给人一种“学生腔”的感受。

在这个阶段，感情是较为泛滥的，但感情的深度不够，感情的由来往往也说不清楚。我们只知道去抒情，大段的抒情是我们内心的阐发。似乎有了抒情，我们的文章就可以感染读者，从而达到很高的艺术成就。在这个时段，我们认为好的文章就是抒情性强的文章，而且必须要是直接抒情，一浪接一浪地抒情，情感的喷涌将读者压得喘不过气来，这样我们就认为是好的文章，文章的目的也就达到了。但是，真正有了一定写作经验的人往往是不会写这样的文章的，但是他们会对这类文章报以一种欣赏式的追忆的态度，因为写出这类文章的作者是朝气蓬勃的学生，是国家未来写作的生力军。他们实在是不想挫伤这一批学生的写作热情，因为他们在这些充满了学生气的写作上看到了自己的过去。冰心与琼瑶的写作就属于这样一类。同样的，将这一类的充满学生气的写作发展到极致就往往会与学生产生共鸣，成为学生所追捧的对象。

有一部分人停留在第一个阶段，这一类的人往往是受教育的程度较低或者是文字天赋较低的人，而又有一部分人停留在上述这个阶段，而且有一部分人在这个阶段达到了较高的水平，写出了许多具有开创意义的作品，如冰心。而像琼瑶这样的言情小说作家，虽然开创的价值并没有在她身上有过多的体现，但她在当代却是与大批量的女学生产生了共鸣，她在女青年中的影响，就像金庸、古龙、梁羽生在男青年中的影响一般。像以两位作家为代表的作家群体，她们一生的创作都停留在这个阶段，但是还有一部分人依旧会有一种写作上的转变。其中一些人会喜欢雕琢性的文字，会喜欢藻饰很强的文字，在这个阶段更多的是一种模仿，比如说模仿张爱玲。“张爱玲热”已经持续了这么多年，有很多的人去模仿张爱玲的文风，去模仿张爱玲的遣词造句的习惯，但是他们大多只模仿到了表层，而张爱玲文字中的实质是不可模仿的，是独一无二的存在。其中最低劣的模仿者就是去模仿张爱玲的考究的文字了。但是，在他们的眼中，张爱玲的考究的文字仅仅只是一种烦琐，一种雕琢，于是他们也开始照葫芦画瓢，结果一看上去总是满眼的古奥的词语。这些写作者不是在写文章，只是在卖弄，只是在堆砌辞藻，他们的写作对于写作的意义本身就是一个极大的歪曲。

当然，还有另一部分的写作者会在这样漫长的磨砺中渐渐找到了评论界认为的好文章的基本范式，也是我们大多数人所认为的好文章的基本范式，那就是一种明显的受过大量书籍的教育与在漫长的人生经历的历练之下的一种写作。当然，前文所说的堆砌辞藻的写作者也有很大一部分能渐渐地度过那个写作中的误区，从而明白写作的真谛是什么，向这个方向不懈努力着。

当然，对此不能狭隘地理解成为这样一种取向会造成写作风格的统一。写作的风格是多样化的，只不过写作时的心态总是要向这个方向靠拢的。但是，在这一浪浪的淘洗之中，总是只有极少数的人能不断地突破写作上的瓶颈，找到写作的真谛。写作的熟练度与深度的不断探讨最终的旨归都是写作心态的探讨。但是，这并不是说冰心与琼瑶就没有达到这种程度，她们也在不断成长。

我们看冰心后期的文字，也已具备了一个恬淡而超然的写作心态。我们再来看琼瑶后期的文字，也会发现她的创作理念在不断地变化。我们不能仅仅因为一部作品就对某个作家下结论，但是我们可以通过某部作品去解读当时写这部作品时的作者，也可以就作品本身而分析。即使这个作家在她后期的写作中这种变化并不明显，我们也不可以简单地认为她的写作已经止步不前，或许这位作家在追忆自己年轻时写作的心态，或许在找寻自己写作的初心。




从这个角度来看，文并不如其人。不过，在我们普遍的认知当中，读一个作家的散文是比读这个作家的小说更能够了解这个作家的。虽然通过琼瑶的小说来解读琼瑶更有一种曲折的快感，但是琼瑶的散文与她的博文告诉我们她已不再年轻，她写作时的心态已经不能与当时同日而语。

琼瑶小说中的语言是较为稚嫩的，这种稚嫩绝对不能与朴实画等号，但是，她却能用这样稚嫩的语言去铺排一个个令人肝肠寸断的故事，情节又是那么的绵密，形成了一种奇异的反差。我觉得琼瑶是一个善于讲故事的言情小说家，虽然她的语言不是那么的精练而直指人心，但是她的故事是好的，足以弥补她语言方面的缺陷。

“‘爱情’是琼瑶小说中一个永恒的主题，从琼瑶那一行行脉脉含情的朦胧文字间，不难想到有一个纯情的少女，在既富有诗意又不用穿雨衣的细语中，偶遇一位多愁善感的白净少年；一位感伤的少女心事重重地伫立在萧瑟的秋夜里，一位英俊的‘白马王子’突然走来，主动帮她化解疑虑。用中学生自己的话来说：‘我们中学生趋向“纯情化”，盼望着每一件事物都有美好的、梦境般的、朦胧的结局。’琼瑶的小说正具备了这些特点，因此受到中学生的厚爱不足为奇。”①

“琼瑶的小说，虽然也有痛苦有哀愁，却抛弃了一切的丑陋与邪恶。她小说中的主人公总是在浪漫的心境中享受着各种强烈的情感，在情节的极尽曲折中，出现三角、四角甚至五角的恋爱关系。但她的故事人物类型化严重，情节也具有明显的公式化倾向，往往是俊男靓女，加上误会、激情、痛苦，最后来一个封闭式的结局，实在难以令人回味。不过其作品具有一定的中国传统文化的气息，并因情节跌宕，处理人物感情极为理想化而能令读者与作品同喜同悲。因此，琼瑶的作品虽然只具有‘一次性捧读’的效果，但也是有其存在的自身价值的。”②

按理说，三角恋本是言情小说中一个很好的可以制造矛盾冲突的方式，但是琼瑶几乎在她的每一部言情小说中都使用这种方式，再加上后期的一大波言情小说与韩剧的影响，这种三角恋的方式便显得有些烂俗。



例如在琼瑶的处女作《窗外》中，在江雁容、康南与李立维这三者中有三角恋的戏码，在《烟雨濛濛》中，陆依萍、何书桓、陆如萍之间又构成了三角恋。在《还珠格格》系列中，含香、乾隆与蒙丹依旧是三角恋。而在《庭院深深》中，同样也有三角恋。但是，琼瑶也不是以一种单纯的三角恋来叙事。在《窗外》中，在故事的接近尾声的部分才出现了三角恋，而且这三角从未同时会面，而在《烟雨濛濛》中，这三角之间有过多次的会面。在《庭院深深》中，三角恋的部分又加上了其他的诸如“有妇之夫”的桥段。而在《还珠格格》系列中，故事本身就是发生在清朝，时代的特殊性使得小说当中的三角恋关系不至于与其他小说雷同，或者说，在客观上来说，时代其实是琼瑶的又一吸引读者的工具。

在《窗外》中，琼瑶巧妙地将故土情结与爱情相结合，使得小说也有了一定的厚重之感。例如，小说中的康南在年轻的时候经历了丧妻之痛，从而在异

---

① 赵艳红.中国文学.com［M］.合肥：安徽文艺出版社，2009.

② 赵艳红.中国文学.com［M］.合肥：安徽文艺出版社，2009.

乡到处漂泊。他是一个没有家的人，在他自己创作的诗歌中，他充分表达了自己对故乡的思恋，同时也是对妻子锥心的痛。正是因为他经历了太多，所以他才有一种深沉的魅力。他原本打定主意一辈子就一个人过，了此残生，但是偏偏他遇到了江雁容。

江雁容是一个瘦小、脸色苍白的女孩子，虽然面貌并非国色天香，但别有一番韵致在里头。通过与江雁容的相处，他发现了江雁容内心的苦楚。江雁容的苦使康南对她更加怜惜，最终他们二人产生了爱情，一种不健康的爱情。我认为这种爱情的产生从康南这方面来看其实正是一种惺惺相惜，是一种由“怜”到“知心”再到“爱”的一种情感的变化。在世俗的眼中，抛开他们师生的这层关系，这样的爱的产生本身就不是健康的。健康的爱情的产生应该是两情相悦，应该是一种正向的相互欣赏从而产生的爱情。而康南与江雁容的爱情是一种不平等的爱情，他们轮流坐着施舍者和接受者的位子，他们的爱不健康，是因为他们将爱理解成了一种慰藉，而不是一种相互扶持。同时，他们的爱的产生就是动机不纯的。江雁容缺少的是一种父爱，自己的父亲对弟弟的无条件偏心以至于她对自己真正的父亲的爱已经如同死灰，所以她成了一种“缺爱”的人。而康南的深沉与睿智又是多么符合自己对于父亲的期望，但因为康南是她的老师，永远不可能成为与她有着血缘关系的父亲，所以她只能将他当作自己的恋人。“当作自己的恋人”本身虽然是不健康的，是不符合大众设想的，但这是她唯一一个将他与自己扯上一种永不分离的联系的可能，所以这段孽缘就由此产生。不仅如此，一旦产生，就注定了它的坚固，它是很难被摧毁的。

起初，他们也一直隐瞒着这段感情，这从一个侧面就能看出他们对这段感情本身的走向就没有一个明确的认知。他们都不具备恋爱中的男女应该具备的这种对于爱情的责任感，从而有一个理性的认知。他们都是被感情所支配的，这又与康南带给我们的深沉睿智的形象形成了一个反差。读者在这里可以看出，康南这个人物的性格其实是有着两面性的。

在爱情之外，他是清醒的，而一旦陷入爱情之中，他比谁都感性且没有主见。即使他们爱情的风声已经走漏，遭到了别人的指指点点的时候，依旧是一种随命运而为的状态。我认为对故事的走向起着关键作用的节点在于江雁容的企图自杀以及江太太发现她的自杀的真正原因。在这时，通过人力的强烈干预，江雁容与康南才在他们的爱情当中有了理智的考虑。

但是，这种考虑依旧是不切实际的，他们在挣扎中考虑摆脱挣扎的方法又是一种对于当时的他们而言的一种美满的考量。但是，这种考量往往又是一种无益的考量，即使它是理性的，也是一种无益的理性。

从表面上来看，对他们这段孽缘的阻力来自以江太太为代表的江雁容这方的家长。琼瑶似乎是在小说当中塑造阻拦女儿婚姻幸福的封建大家长的形象。但是，一旦我们细细地品味，就会发现这种说法的片面性。其实真正的原因来自社会伦理，来自未来的江雁容。江太太以自身的惨痛教训得知，一旦女儿嫁给了康南，结婚之初可能会有一段快乐的日子，但是自己的女儿一旦变成了康南的妻子，她往后的生活又是自己生活的重蹈覆辙。康南穷，康南老，康南又抽烟又喝酒，自己从未吃过苦的女儿一嫁过去就必定是吃苦，一旦吃苦，所有的精神方面的爱情都会屈服于物质上的窘迫，即使康南一开始对江雁容照顾有加也敌不过现实的力量。

再者，康南总会比江雁容先死，江雁容为他守多年的活寡也是在所难免的。即使江雁容选择了再婚或者是与康南离婚，江雁容的声誉也会受到极大的影响。再者，即使这些因素都不存在，社会上的非议也会将他们淹死。江太太的论断是正确的，不仅从旁人的主观角度来看是正确的，而且未来本身也会证明它是正确的。

不仅是江太太，任何人都明白这一点。其实江雁容和康南同样对这一点心知肚明，只是他们不愿意做出一些狠心的行动上的决绝，真正是为情所困。

在《窗外》中，琼瑶不仅写了江雁容与康南这对恋人，还写了她的同学的爱情，从而一主一辅，揭示了这样一个最朴素的道理：爱情可以冲昏人的理智。这其实体现了琼瑶爱情至上的价值观，这在她的很多部小说中都有体现。但是，《窗外》的杰出之处就在于它并没有深入贯彻爱情至上的价值观。

我们可以看到，江雁容最终屈服于世俗的压力，选择了嫁给李立维。李立维与康南是两种不同类型的男人，甚至是两个极端。从琼瑶的叙述中，我们可以得知，江雁容与李立维的婚后生活并不幸福。李立维有着强烈的大男子主义倾向，并且有家暴行为。李立维很会承认错误，家暴完了以后便会马上向江雁容承认自己的错误。最后，江雁容在忍无可忍的情况下决定与李立维离婚。她去找康南，发现康南已经垂垂老矣，认不出自己了。

从琼瑶的这段叙述中，大多数读者会认为这其实是对所谓的社会伦理的一个讽刺，他们可能会认为江雁容与康南是社会伦理下的牺牲品，他们两个人在一起一定会幸福。

我认为，他们两个人确实是牺牲品，但是他们两个人在一起会不会幸福依旧是未可知的。就像我上文所说，假想中的他们二人的婚后生活本身就有着阻碍他们幸福的阻力。琼瑶的原意其实并不是说明这个道理，更不是一种反讽。她是在彻底地关注女性的婚姻问题，女性的命运问题，女性在这个世界上该何去何从的问题。只不过，琼瑶并没有给我们答案，这个问题也没有明确的答案。

在琼瑶以后的创作中，我认为鲜少有像《窗外》一般深刻的作品，这样充分地表现女性问题的作品。《窗外》可以被称为新时代的问题小说，在反映妇女问题上，显然比冰心等人要更为深刻，所以它能被纳入20世纪中文小说一百强之中确实是有它的合理性。我认为，单凭《窗外》这一部小说，我们就应该重视琼瑶，充分地肯定琼瑶创作上的贡献。

最后我想总括地谈一谈琼瑶小说中的女性形象和男性形象。

正像引文所说，琼瑶小说中的男性形象大多英俊潇洒，女性形象大多温婉可人。《窗外》从一开始就打破了这样一个人物设定的窠臼，就已经取得了很高的成就。

但是，我们还可以思考这样一个问题，为什么这些“优质”的男女在感情上会经历这么多的挫折，而小说当中的配角尤其是平民小户的配角就很少有这方面的烦恼。我认为除去琼瑶刻意的因素之外，琼瑶也通过这样一种现象表达了她对普通人生活的向往之情。但是回想起琼瑶的未出名之前的生活，又仿佛不值得怀念。

《窗外》中的江雁容就是以琼瑶本身为原型所创作的一个人物形象，在这个人物形象当中有着琼瑶太多的不堪回首的经历。这其实又从一个侧面表现出琼瑶内心的矛盾的情绪。